事缓则圆

陈 仓 ◎ 著

陕西新华出版传媒集团
三秦出版社

图书在版编目（CIP）数据

事缓则圆/陈仓著. — 西安：三秦出版社，2019.11
ISBN 978-7-5518-2056-1

Ⅰ.①事… Ⅱ.①陈… Ⅲ.①寓言-作品集-中国-当代 Ⅳ.①I277.4

中国版本图书馆CIP数据核字(2019)第247167号

事缓则圆

陈仓 著

出版发行	陕西新华出版传媒集团　三秦出版社
社　　址	西安市雁塔区曲江新区登高路1388号
电　　话	（029）81205236
邮政编码	710061
印　　刷	三河市嵩川印刷有限公司
开　　本	787mm×1092mm　1/16
成品尺寸	170mm×240mm
印　　张	16
字　　数	245千字
版　　次	2019年11月第1版 2021年7月第2次印刷
标准书号	ISBN 978-7-5518-2056-1
定　　价	48.00元
网　　址	http://www.sqcbs.cn

目　录

自陷绝境 …………………………………… 1
恶意劝说听不得 …………………………… 2
布谷鸟学麻雀 ……………………………… 3
病者见病 …………………………………… 4
一枚硬币有几面 …………………………… 5
追随不如追逐 ……………………………… 6
钉钉无痕 …………………………………… 7
蛆蝇对打 …………………………………… 8
驴选骡子监督自己 ………………………… 9
不上树也能吃樱桃 ………………………… 10
虚承假诺 …………………………………… 10
雀鹰捉麻雀 ………………………………… 11
高高挂起 …………………………………… 12
负面干扰 …………………………………… 13
错题不辩 …………………………………… 13
王者不沾血腥 ……………………………… 14
饿汉不知饱汉饱 …………………………… 15
井口之蛙 …………………………………… 16
卖赃自卖 …………………………………… 17
多疑近乎愚 ………………………………… 17
螳螂逮蛐蛐 ………………………………… 18
反制伪善 …………………………………… 18
鹦鹉与乌鸦吵架 …………………………… 19

引狼下坡	20
放虎自卫	20
狼狈争肉	21
有痒无恙	22
自信的刺猬	23
谬夸乱赞	24
鸡恋樊笼	24
岂能唱衰	25
散材成林	26
蝇随狮尾	27
毛驴踢爹	27
知识也是路标	28
屎壳郎质疑啄木鸟	29
名将不参小赛	30
撑死胆大的	31
癞蛤蟆吃到天鹅蛋	31
吃到甘蔗偏说苦	32
种花引蝶	33
鸿鹄安知燕雀之能	34
假托强者巧解释	35
麻雀攀高枝	35
虎嫌狐臭	36
赞扬式祸害	37
信谁像谁	37
智胜于力	38
遇狼自黑	39
请跳起来咆哮	40
事缓则圆	41
狼责狈负	41
泳者不品苦水	42

呆鼠获赞	43
歌攻损德	43
狼狗骂狼	44
喝粥的鄙薄喝水的	45
臭虫卖香	46
狗逮老鼠猫看门	47
诱羊逮兔	47
麻雀与蝙蝠	48
独臂担当胜空谈	49
留巢待鸟	50
赵家的驴与猫	51
驴贬象夸	52
抱怨到死的驴	53
鄙视型礼让	54
蜗牛不是牛	55
苍蝇喊打	56
结伴造福	57
吃掉天敌待天机	58
私怨公解	59
外行好评内行笑	59
八戒不作为	60
狮子与跳蚤	61
恶意盘问正面答	62
驴象舞会	63
互相轻贱	64
老猫破题	65
明香暗臭	65
善事正说	66
蒲公英离弃大树	67
水牛不喝脏水	68

搭车穿越	69
"高尚"的卑鄙	70
老鼠塑猫	71
乌贼避责	72
起底效应	73
白吃沙枣不领情	73
蚯蚓挖洞	74
一山一湾	75
肥瘦之辩伤无辜	76
虎爪出笼	76
利益之争无好鸟	77
居中自在	78
跨界滥赞	79
怨新怀旧	79
逆转险夷	80
智叟造地	81
东施摔镜	82
摆脱流俗	83
吝者刻薄	84
甘苦自知	85
老马知驴	86
蟋蟀与蟑螂	87
人约黄昏后	88
神医难治装病	88
投骨诱蚁	89
行善治恶	89
笨狗当道	90
借光避热	91
肥大并非强大	92
山呼报丧	92

货郎过河	93
泥虫换缸	94
不赏萝卜偷着吃	94
虎借驴皮	95
弃马种草	96
小工大做	96
猛虎添翼	97
败狗夹尾	98
饮露吸汁	98
托狼管羊	99
猩猩解渴	100
不痛不苦	100
无知妄劝	101
自我淘汰	102
猪忌犬食	102
损彼利此	103
让公牛先走	103
青蛙的反抗	104
无形的权力	105
圈与笼	106
白狐反省	106
良马自弃	107
落水狗咬猴	108
审问空答	109
印象归因	110
禁不如吓	111
小鹿骗狼	112
无知错觉	113
渡鸦落脚皂角树	114
装睡变傻	114

冷暖自知	115
赶超偶像	116
山羊的差距	117
色盲论色	118
一嗯答百问	118
挡道的理由	119
守株打猎	120
舵手与水手	121
白猫得宠	121
南山猴挠头	122
高义大利	123
旱鸭子落水	123
刺猬不碰刺	124
杞人忧地	125
因事而变	126
狐狸炫皮	126
屠夫套狼	127
啄木鸟敲钟	128
与鸟为邻好早起	128
对立却统一	129
施惠借力	130
虚名招祸	130
爱啥缺啥	131
卖义谋利	132
鸡传鸭谣	133
古槐无用成风景	134
人好为官	134
带钥匙的老虎	135
痴狂如病	136
蝗虫与蚯蚓	136

山羊有角不顺眼	137
盗贼赏骨	137
驴马换位	138
逼蛇失窝	139
墙头草与墙根草	139
喜鹊改巢	140
工蜂赞蝇	141
持枪驯兽	141
苍蝇打虎	142
蛙鸣蝉噪遮鸟声	143
帮凶遇害	143
登高不为比高低	144
驱鸟遭灾	145
飓风扬猪	146
贩卖谎言	147
优化联结	148
鸡鸣不已	148
设问造谣	149
弱者高攀	150
鸟笼不限鸟成长	150
增福减利	151
水中冷暖鱼常知	152
变色龙说猪婆龙	152
优势互补成强势	153
老鸟恋笼	154
小狐狸吃葡萄	154
挫折损耗热情	155
兔子休克	156
联鹰制鳄	156
车站等船	157

作乐得乐	157
从你做起	158
伟大的暗示	159
壁虎改名	159
猎鹰与猎豹	160
鸟各有志	161
一毛富豪	162
猛虎插翅	163
老虎咬狼	164
劝不如吓	164
野草与稻草	165
啄木鸟飞进蚕桑林	166
池塘之蛙	166
兔子尾巴不须长	167
田鼠师狗	168
牛棚里的绵羊不知狼	169
丢失的种子会发芽	170
引狼出圈	170
土狗攀亲	171
肥猫心术	171
益鸟自利	172
虎死苍蝇乐	173
狗咬萤火虫	174
盲人不摸火	174
狼爱上羊肉	175
衔来树枝让你站	176
游戏文字	177
不受伤害不知痛	178
棕熊扬威	179
驴进马厩	179

狗熊借鹦鹉造势 ……………………… 180

蝼蚁避雨 …………………………… 181

黑猫装病 …………………………… 181

和尚掩耳看盗钟 …………………… 182

松鼠不占鹊巢 ……………………… 183

旱鸭子吟诗 ………………………… 183

虎死百兽咬 ………………………… 184

支山则面 …………………………… 185

梦见惠帝 …………………………… 186

苍蝇挑蛋 …………………………… 186

鸡疑鸭病 …………………………… 187

鱼鸟不相知 ………………………… 187

低就有道 …………………………… 188

免费搭车的猪 ……………………… 188

竹子不懂冬青痛 …………………… 189

想喝池水不要池 …………………… 190

蔷薇插在牛粪上 …………………… 191

制造困境 …………………………… 192

毛驴出声不出力 …………………… 192

细狗卖药 …………………………… 193

虎穴避险 …………………………… 194

鹌鹑占巢 …………………………… 194

布谷鸟的叫声 ……………………… 195

狐狸的威胁不可怕 ………………… 195

后患先除 …………………………… 196

斑马结盟 …………………………… 196

刺猬与火狐 ………………………… 197

老虎讲飞行 ………………………… 198

螳螂当车救孩子 …………………… 199

秃鹫作死 …………………………… 199

蜜蜂与蝴蝶	200
乌鸦变调	200
狐狸吃肉	201
鸭蛋下在鸡窝里	202
小马送信	202
好为虎子	203
讨好谋私	203
空想不算数	204
以损益论是非	205
大象的回答	205
出水不淹	206
炭客与乞丐	206
狗看外人低	207
危机打开机遇之门	208
黄鼠狼捕鼠	208
蜘蛛抗敌	209
不对等赌博	209
丑小鸭的背景	210
背锅脱险	211
螃蟹蹿红	211
自爱胜自律	212
缠足适履	212
自夸型教导	213
羊吃甘草狼吃肉	213
鸭子问海	214
蜗牛卧沙	214
一颗种子一塘荷	215
天道唯平	215
小虎称猫	216
钓鱼得蟾	217

黑狗选猪	217
鹦鹉学歌	218
屠夫养猪舍得料	219
喜鹊报灾情	219
转向拍马	220
螃蟹进城	221
画眉入笼	222
毛驴的对策	222
无效推销	223
高尚的理由	223
蜘蛛拧绳	224
郓哥举报	225
置身事外瞎话多	225
以臭遮臭	226
老鹰变革	226
打狗驱贼	227
猪死狗喜	228
小智酿大祸	229
老虎无牙不咬狼	229
槽中无食猪拱圈	230
浣熊看鸡窝	230
苍蝇抢鸡肋	231
赞扬型自夸	231
飓风来时入沟渠	232
卖废为宝	233
野马设局	234
画饼卖饼	234
喜柿在望	235
请虎吃狼	236
养儿不养狮子狗	236

剪毛识狼 ································· 237
野兔互吃窝边草 ··························· 237
鹦鹉不入内室 ····························· 238
乌龟租窝 ································· 238
雄鸡爆料 ································· 239

理性的展示，物性的绽放
　　——《事缓则圆》后记 ················· 240

自陷绝境

黑狐死乞白赖地追求白狐,白狐不胜其烦。为了摆脱纠缠,白狐约黑狐到桃花潭叙话。

白狐问黑狐:"你说你对我最最忠诚、最最热爱,何以见得?"

"桃花潭水深千尺,不及黑狐一片情。"伶牙俐齿的黑狐随口表白一句蹩脚的套话,逗得白狐差点笑出来。

白狐正色道:"问你两个问题。第一,你怎么知道桃花潭的深浅?是刚够一千尺?千余尺?还是几千尺呢?第二,感情是非物质的,无形的,没有长宽高厚;论说感情深浅,能用物理度量衡吗?"

黑狐被白狐问得张口结舌,无言以对,急得抓耳挠腮。黑狐瞅瞅白狐,瞧瞧桃花潭,环顾四周。突然,黑狐捡起一根一尺长的竹棍,扬扬手,自信地对白狐说:"潭水到底有多深,我下水去测量,一测便知深浅。"黑狐说完,扑通一声,纵身跳入桃花潭。

黑狐不自量力,莽撞行事,淹死在桃花潭里。黑狐爸爸悲痛欲绝,将白狐告上法庭,请求犀牛法官给个说法。

犀牛查明事实,做出判决:"黑狐自陷绝境,咎由自取。白狐无过错,不负责任。"

恶意劝说听不得

天气热了,眼镜蛇想租个地窝子住,就去询问老鼠。老鼠知道眼镜蛇面善心恶,反复无常,与普通的蛇不一样。慎思之后,老鼠借口儿孙太多,住不下,婉言拒绝了蛇的要求。

眼镜蛇恳请老鼠帮它找窝子。老鼠想,狐狸与自己有宿怨,不如顺势将这单"生意"介绍给狐狸,说不定,凶猛任性的眼镜蛇会替自己除掉狐狸。

老鼠找到狐狸,言说粮食生意不景气,房地产行情看好。于是,改行做起房产中介,此次登门拜访,只想给敬爱的狐狸先生介绍一单生意,给尊敬的眼镜蛇先生租个合适的窝住。因为大家都是好朋友,为了友谊,此单生意免收中介费。

老鼠巧舌如簧,反复表白,百般劝说,眼镜蛇口吐莲花,极力自夸,反而让狐狸起疑生厌。狐狸想,老鼠是知名打洞专家,儿孙们都是打洞高手,这么好的生意,它自己不做,为什么要让给我呢?多年来,蛇鼠一窝,互相勾结,互相利用;平白无故,两个坏蛋怎么会给我办好事呢?综合分析之后,狐狸断定,老鼠包藏祸心,眼镜蛇居心叵测。

为了以其人之道,还治其人之身,尽快打发走老鼠和眼镜蛇,狐狸隆重推荐它们去拜访浣熊先生。狐狸说,浣熊先生不但是著名建筑设计大师,还是杰出的巢穴开发商,它在树上、河边、湖畔、池塘建造大量巢穴,价廉物美质量高,生存发展两相宜,能租能买。最近正在搞促销活动,机不可失,时不再来。

老鼠听懂了狐狸不愿出租地窝子的意思,只好辞别狐狸,拉上眼镜蛇去找浣熊。

眼镜蛇悄悄告诉老鼠,浣熊外号"夜行神偷",不但是蛇类的天敌,而且爱吃老鼠,狐狸的介绍心存恶意,恶意的介绍是听不得的。老鼠闻言,大惊失色,它意识到狐狸已经识破自己的计谋,且要反手收拾自己。于是,不由分说撒腿就跑,眼镜蛇尾随其后,落荒而逃。

布谷鸟学麻雀

麻雀多子多孙,鸟多势众,地盘广,影响力大,布谷鸟特别羡慕,特地找麻雀王取经,欲学麻雀家族的发展秘诀。

布谷鸟问麻雀王:"怎样才能安全、高效、持续地孵蛋,大量繁衍子孙,扩充种群实力?"

"其实很简单,除了多下蛋,多筑巢布点,勤照看之外,就是不要把蛋放在一个或少数几个窝里。"麻雀王毫无保留地向布谷鸟介绍了麻雀家族发展经验,布谷鸟如获至宝,立即模仿实施。

一年后,布谷鸟不但没有实现愿望,而且适得其反,损失惨重。布谷鸟痛心疾首,大感不解,请麻雀王帮自己找差距,查漏洞,解决问题。

经过查访之后,麻雀王告诉布谷鸟:"你确实将蛋均匀地放在上百个巢穴里,但是没有一个巢穴是你专用的,你做主的巢穴都不是你自筑的。不是你寄宿在别的鸟巢里,就是别的鸟儿无序寄宿在你的巢穴里。更严重的是,你与斑鸠、鹌鹑、乌鸦、灰喜鹊、知更鸟、刺嘴莺等问题鸟混住。你们互相算计,各自打小算盘,都想让对方做自己雏鸟的养母,企图无成本孵化养育小鸟;同时,你们互相滋扰,随意扔掉、啄破、吃掉对方的蛋,企图在恶性竞争中败坏对方,发展自己。如此这般乱来,无论多好的方法,都于事无补。"

"照这么说,我还得回到从前,按老样子过活。"布谷鸟无奈地对麻雀王说。

麻雀王不解地问:"为什么呢?"

"我不会筑巢，学不会筑巢，我是漂泊不定的候鸟，还是居无定所的寄宿鸟，我很难改变自己。"布谷鸟坦陈自己的缺点，希望麻雀王给自己另出新招。

　　麻雀王说："你没决心改变自己，又不愿学新技艺，那就好自为之吧。"麻雀王说完，转身飞走了。

病者见病

　　兔子采药归来，半路遇见三只猫。好久不见，大家彼此打招呼，漫不经心地寒暄起来。

　　白猫热情地对兔子说："好久不见！您是休病假了，还是去外地疗养啦？"

　　"我没休病假，也没外出疗养，我去山里采药了。"兔子如实回答了白猫的提问。

　　没等兔子与白猫说完话，黑猫惊诧地插话道："是药三分毒！有病一定要看医生啊，千万不敢自己采药吃，当心中毒，乱吃药会没命的。"

　　"我没病，放心吧，我没病！"兔子努力克制住自己厌恶恼怒的情绪，耐心地应答白猫和猫的絮叨。

　　黄猫狐疑地看着兔子，自言自语道："没病？没病采药干什么呀？"

　　"我采药卖给狐狸医生。"为了打消三只猫的疑虑，兔子说出它本来不想说的话。

　　辞别三只猫，兔子将草药送到狐狸医生家里。闲谈中，兔子无意中说起三只猫在路边与自己说过的闲话。

　　说者无意，听者有心。狐狸闻言，击掌大笑道："哈哈，亲爱的兔子兄弟，见闻就是机遇！信息就是金钱！谢谢您告诉我这个重要信息。今天，我又多了三个医药客户，谢谢您啊谢谢您。"

"我没给您介绍客户呀,何以言谢?"兔子好奇地问狐狸。

狐狸说:"仁者见仁,智者见智,病者见病,那三只猫都是病猫!我马上上门服务去。"

一枚硬币有几面

哲学课上,老师突然向同学们发问:"一枚硬币有几面?"

"两面。"全班同学异口同声地回答。

哲学老师注意到,坐在最后一排的旁听生没有开口。于是,哲学老师下了讲台,走到他跟前。他和蔼地问旁听生:"一枚硬币有几面?也许你有与众不同的答案?"

旁听生恭恭敬敬地站起来,略加思索,一板一眼地回答道:"大的方面是正反两面,总的方面是正面、反面和侧面,三个面。"

"很好!很好!非常好!"哲学老师高兴地夸赞旁听生,顺手从衣兜里掏出一个放大镜递给旁听生,以鼓励的目光看着他。然后,以探寻的目光对旁听生说:"如果用放大镜细看,一枚硬币有几面?"

"很多面。"旁听生脱口而出,哲学老师带头鼓掌,同学们也热烈鼓掌。

追随不如追逐

在三岔路口,草原狼与猎豹不期而遇。好久不见,两个老朋友亲切地互相打招呼,继而亲热地拍打起对方肩背。

"哈哈,猎豹兄,好久不见,最近一切都好吧?您跑那么快,是不是盯上什么好猎物了?"草原狼关切地询问起猎豹的近况。

猎豹兴冲冲地对草原狼说:"贤弟你好!我正在追寻虎大王。你知道吗?虎大王正在招聘高级猎手,待遇很高。看你行色匆匆,是不是也要去应聘?"

"不,大哥!我正在追鹿,一只狂奔中的马鹿。"草原狼简明扼要地答道。

"哈哈,你不去追随所向披靡、势不可挡、威名赫赫的虎大王,难道要追随一只微不足道的马鹿,给它做保镖?真是奇怪!"猎豹觉得草原狼的做法简直不可理喻。

草原狼解释道:"大哥您误会了,马鹿不是我要追随的东家,而是我要追逐的猎物。"

"跟着虎大王打猎不是势力更大,收益更多,更安全,更有面子吗?"猎豹企图以它的就业观说服草原狼的创业观。

草原狼见猎豹这么说话,只好开门见山地回应道:"事业高于职业,创业高于就业,自由高于面子,自我发展的收益永远大于追求待遇。我能打猎养活自己,为什么要追随别人呢?"

猎豹无言以对,草原狼不想多言,于是分道扬镳,各奔东西。

钉钉无痕

书画家吴先生租了一间工作室,房东在租房合同中明确要求,租房期间,不得自行装修,不得在墙壁上打孔钉钉子。否则,除了高额索赔外,还要立即终止合同搬走。

春节到了,吴先生想将自己的作品悬挂起来,既美化室内环境,又顺势展示兜售。但是,苦于合同约束,吴先生裱好的字画全部堆在书桌上。

进退两难之时,焦急郁闷的吴先生想到在本市做装修工程的堂兄,电话请他来帮忙。

说明情由,堂兄环顾四周,进出房间,终于想出一个好办法。堂兄从楼道上捡来一个邻居扔掉的薄板条,用随身带的美工刀将板条分段割成指甲盖大小的小木片。然后,将吴先生桌上的一张白色餐巾纸叠起割开,再将小纸片叠成小木片外套,用透明胶带将套好的木片十字交叉粘贴,牢牢地将木片固定在白墙上。接下来,堂兄将小圆钉钉在木片上,最后将字画挂在钉子上。

堂兄变废为宝,堂弟没有花费钱财,心想事成,墙壁也毫发无损。看到堂兄的奇思妙技,吴先生异常兴奋,脱口而出:"道可道,非常道!兄技高,非常高!"

中学语文教师出身的哥哥见弟弟夸自己的好手艺,开心地回应道:"大巧若拙,钉钉无痕。"

蛆蝇对打

酱缸里有一只蛆虫，酱缸外有一只苍蝇，两个自命不凡的小家伙互相看不起、看不惯，稍有不悦，轻则对骂，重则大打出手。

看罢《封神榜》，一贯自以为是且多少有点自我崇拜的蛆虫愤怒了：我对发酵事业、对废物利用做出了巨大贡献，作为发酵大神，居然没有获得一席之地？！简直岂有此理！

看罢"灭四害榜单"，苍蝇愤怒了：为什么没有蛆虫？论肮脏程度，论现实危害性，它更严重！为什么要灭我留它？这世上还有公道吗？

苍蝇认为：我虽然有一些人人皆知的毛病，但人无完人，蝇亦无完蝇啊！我毕竟是"完全变态昆虫界"的飞行大仙之一，岂能受此不公？为了发泄不满情绪，彰显自己正义的一面，树立自己的正面形象，消除负面影响，苍蝇发挥自身的空中打击优势，先向酱缸中的蛆虫开火。蛆虫正在气头上，见人人厌恶的苍蝇竟敢冒犯自己，火气更大。于是，积极迎战，与苍蝇对打起来。

蛆虫大战苍蝇，双方从缸内打到缸边、缸外壁，继而打到地上，双方打得难分难解。最后，双双落入蜘蛛网，被蜘蛛咬死。蜘蛛边吃两个蠢货的肉，边唱着歌讥笑它们。

歌曰：同在酱缸圈，何必装大仙？装神弄成鬼，后悔不后悔？哎，呼咳，呼咳，呼咳呼咳咳咳咳！

驴选骡子监督自己

动物们内部分工，驴负责推磨，千里马负责长途运输，老黄牛负责犁地，骡子负责短途驮运，狗负责看门防盗，公鸡负责啼鸣。起初，大家各司其职，相安无事。慢慢地，动物们先后产生苦乐不均、不负责任、效率不高、以权谋私等问题。其中，驴的毛病最多，大家对它的意见最大。

为了加强对驴的监督，老黄牛提议，让马和驴一起推磨，提高效率，加强监督，提高推磨工作透明度。驴坚决不同意，理由是，千里马是大才，推磨大材小用。况且千里马喜欢出差旅行，不喜欢室内工作，性情太急躁，恐难以和谐共事。

千里马也不喜欢与驴相处，不愿与驴共事，却不便明说。为了避开驴，少看驴的脸色，千里马推荐老黄牛与驴一起推磨，用老实的牛监督精明的驴，提高推磨工作公信力。驴还是不同意，理由是，牛虽然品德高尚，耐力韧性都很好，但行走速度太慢，不但不符合优化组合原则，而且会降低推磨效率。

狗见驴、马、牛三方争执不下，建议由驴自选一个监督自己的帮手。公鸡和骡子赞成狗的意见，马和牛默许，驴暗自得意，立即推选骡子与自己一起推磨，互相帮衬，互相监督。

骡子是驴的侄子，驴用自己人帮自己做事，选自己人监督自己，结果是效率未提高，推磨更轻松，内部监督流于形式。时隔不久，骡子不但跟驴叔学会磨洋工，而且与驴沆瀣一气，偷吃、私分、贪污精饲料。

不上树也能吃樱桃

樱桃沟的樱桃熟了！动物们争先恐后，有的上树摘，有的爬坡攀岩靠近树枝摘，有的用棍棒石头打下樱桃来吃。

猴子善长上树，总是捷足先登，最先吃到新鲜美味的樱桃。猴子自命不凡地建议黄牛拜自己为师，学习上树、攀援和跳跃特技，采集樱桃，改善生活。黄牛嘿嘿一笑说："学不了，不想学。"

狗熊会爬树，但不如猴子精通。每次上树摘樱桃，狗熊总是不由自主地显摆自己比黄牛技高一筹。狗熊自以为是地建议黄牛学自己，像自己一样节食减肥，苦练上树本领，摘吃樱桃。黄牛冷冷地说："不上树，咱们照样能吃到樱桃。"

狗熊见黄牛不屑，只好闭嘴。山羊见黄牛不听劝，很自信，好奇地问黄牛："大哥，不上树，能吃到樱桃？"

黄牛憨憨地冲山羊一笑，起身摇晃樱桃树，熟透的樱桃落了一地，山羊高兴地与黄牛一起捡樱桃吃了。

虚承假诺

牦牛当了王屋山老大，要求其他动物找差距、摆问题，定整改措施，承诺限期改正，这件事让动物们颇伤脑筋。为了应付牦牛，顺利过关，驴请狐狸出主意，想办法。

问明来意，足智多谋的狐狸周密考虑之后，帮驴草拟了一份《三大缺点与三项承诺》。三大缺点：有时忍不住想吃窝边草，有时挡不住嫩草的诱惑，有时想吃回头草；为此，庄严承诺：第一，绝不吃窝边草；第二，绝不吃嫩草；第三，绝不吃回头草。

看了文稿，驴哈哈大笑道："高！高！实在是高！把兔子、老牛、驽马的突出缺点承认为自己的缺点，等于自己无缺点；认缺点只承认到思想意识层面，等于无过错。如此这般，承认等于没承认，承诺等于没有承诺，自然不需要改正什么。"

狐狸点点头说："是的，虚承假诺，不但自己没事，而且能顺势改善与兔子、老牛、驽马等老邻居的关系，让它们放心你，喜欢你。"

听狐狸说破所有意图，驴大喜，慷慨地送给狐狸两条大鱼，作为谢礼。

雀鹰捉麻雀

雀鹰见猎人支起筛子，撒下小米捉麻雀，既佩服猎人的聪明，又鄙视麻雀的愚蠢。同时，对自己的精明能干沾沾自喜起来。

雀鹰看猎人吃烤麻雀肉，食欲猛增，杀心顿起。雀鹰想，我的力气比麻雀大多啦！凭我的力气足以顶翻筛子，顺利出逃。我不妨窜到筛子下边装作吃小米，然后乘机捉一只麻雀，一举两得！

心动不如行动。雀鹰迅速窜到筛子底下，边吃小米边等机会。不料，雀鹰被猎人逮住，成了猎人的美餐。

自信满满的雀鹰到死都没有明白，一地小米，麻雀们为什么半天不来？筛子为什么那么重？雀鹰根本不知道，猎人捕鸟用的筛子是特制的，竹筛子外加钢筋铁丝网，比农夫用的竹筛子既重又结实，且雀鹰也是捕猎对象之一。

高高挂起

老鹰对鱼鹰、雀鹰和猫头鹰的工作效率很不满意,而且这三只老鸟彼此不和。于是,老鹰企图利用内部矛盾控制它们,利用内耗整治它们。

老鹰以提高工作效率为名,鼓励三只老鸟提合理化建议,三只老鸟怕多事,怕惹事,怕陷于被动,面面相觑,都不想先发言。

鱼鹰被迫带头发言并建议:"第一,早起的鸟儿有虫吃,因此要早起早工作;第二,要做到捕鱼筑巢两不误,不能顾此失彼。每天捕鱼结束,顺便带点柴草,衔点泥回来,闲暇时间,多筑巢,筑好巢。"

雀鹰和猫头鹰都不愿同时干两件事,对鱼鹰的建议不支持,不表态。猫头鹰晚上睡得晚,早上起不来,对鱼鹰的第一条建议十分反感,却不好发作,暗自琢磨如何还击鱼鹰。

轮到雀鹰发言,雀鹰建议:"完全同意鱼鹰的观点:第一,要早起早工作;第二,要做到兴利除害相兼顾,在逮兔子的同时,要兼顾捕鼠捕蛇,不能总是盯着鲜鱼。"

雀鹰的思路与鱼鹰类似,以自己的本职工作为标准,给大家加码加任务,自己表演假积极,还捎带着"黑"了鱼鹰一句,惹得猫头鹰生气,鱼鹰更恼火。

轮到猫头鹰发言,猫头鹰对鱼鹰和雀鹰的意见和建议不置可否,只提了一条建议:晚上不休息,加班工作。

鱼鹰和雀鹰都愤怒了,不约而同地建议取消午休,耗死可恶的猫头鹰。猫头鹰见鱼鹰和雀鹰都以自己为敌,怒不可遏,跳起来激烈反对关于取消午休的建议。

三只老鸟闹得不可开交,老鹰心中窃喜,自言自语道:"事不关己,高高挂起;挂你挂它,挂起自己。"

负面干扰

王屋山养猪场出现四种怪现象：槽中无食猪拱槽，槽中有食猪拱猪，吃饱喝足猪拱圈，拱圈不破猪咬猪。这些负面现象旷日持久，很难解决。为此，猪倌特地请教兽医。

兽医问明缘由，判定"病根"，开出应对"处方"：匮乏生烦躁，槽中无食猪拱槽。放苍蝇进去骚扰，猪不堪其扰，它们就会恨苍蝇，忙着扑咬苍蝇而不拱槽。同好相争，槽中有食猪拱猪，放跳蚤进去咬，被咬的猪疼痛难忍，自然顾不上咬同类。能量富余生火气，食不消，火气难消。三餐过后，多放点虱子进去，吃饱喝足的猪忙着逮虱子，顾不上骚扰同伙。当拱圈不破猪咬猪时，放一条疯狗进去乱咬，内部矛盾迅速转化为内外矛盾，一群猪同仇敌忾，停止拱圈，团结一致咬疯狗，围墙就安全了。

猪倌得绝招大喜，迅速实施，果然灵验，并获得实验心得：负面问题，负面干扰，负负得正。

错题不辩

大涝池旁的大柳树下是王屋山闲聊中心之一，每日吃饱喝足之后，动物们海阔天空，东拉西扯，图个嘴上快活。

有一天，动物们以"饭后百步走，能活九十九"为题，展开辩论。激辩中，餐后习惯反刍、打盹、闭目养神的骆驼、梅花鹿、长颈鹿、羊驼、羚羊、牛、羊等动物不但成为鸡、鸭、鹅、狗和猴子等小动物们的嘲笑对象。在众声喧嚣中，见多识广的骆驼大哥闭目养神，一言不发；高大潇洒的长颈鹿袖手无言，笑看口水飞溅。

爱面子、脾气躁的老黄牛受不了耍笑，气得暴跳如雷，与鸡鸭鹅对骂，与狗和猴子打架，大家喧哗打闹，乱作一团。长颈鹿见文斗渐渐演变成武斗，连忙劝住老黄牛，拦住疯狗和急猴子，建议大家听听骆驼大哥的高见。见多识广的骆驼睁开眼睛，慢条斯理地说："错题不辩！各位想过没有，谁能熬过五十年？大哥我号称动物界的寿星，也不过熬四十年啊！还有，反刍类与非反刍类动物的生理结构不同，生活习性自然不同，没有长命百岁的大前提。论辩主体不同，没必要辩论，不值得辩论。辩什么辩？吵什么吵？"

王者不沾血腥

白虎成为王屋山新大王后，有些动物羡慕嫉妒恨，有些动物不服气，它们暗地里摩拳擦掌找机会，私下里绞尽脑汁找借口，密谋与白虎搏斗一场。

一只疯狗上门闹事，一见面，不由分说，扑上去咬白虎，白虎一闪而过，疯狗跌倒在地，摔伤嘴脸。疯狗见白虎脸色凝重，目光如剑，惊恐万分，夹着尾巴逃跑了。

一群恶狼路遇白虎，它们拦路纠缠，聚众骚扰。白虎没有发怒，没有还击，客客气气地让到路边，让任性的狼群呼啸而过。

猴子、狐狸和乌鸦在树上看热闹，它们见连狗和狼都敢挑战白虎，以为它是一只无能力无勇气的纸老虎。于是，它们蠢蠢欲动，在一旁奚落白虎。面对嘲讽挖苦嬉闹，白虎置若罔闻，无动于衷。

好心的白鸽看不下去，建议白虎收拾肆意冒犯者。白虎呵呵一笑，对白鸽耳语道："王者不沾血腥！我也不会给它们挑战我的机会，因为它们不配。不过，你等着瞧，地上跑的，有猎豹收拾；天上飞的，有老鹰教训。"

时隔不久，白鸽得到消息，疯狗、恶狼、猴子、狐狸和乌鸦们先后被猎豹和老鹰收拾，罪名分别是逮兔子、偷鸡、掏燕子窝、非法钓鱼等。

饿汉不知饱汉饱

骆驼素有"沙漠之舟"之誉，单次食量大，用餐次数少，不吃零食，极能忍饥耐渴，没水喝可以忍耐三周，没食物可以熬过一个月。在驴的眼里，骆驼的优点不是优点，而是缺点。驴认为，骆驼生活习惯怪异，疑似食欲不振、消化不良、厌食挑食。在走西口的路上，驴不停地絮叨，要求骆驼向驴看齐，学习驴类好榜样。

一天早上行路，看见路边的嫩苜蓿，驴连忙跑过去吃，一边吃，一边给骆驼讲苜蓿的营养价值。还谆谆教诲骆驼："多吃苜蓿营养好，少提意见影响好。"

骆驼瞧了一眼带露水的苜蓿，摇摇头，给驴一个礼貌而科学的解释："谢谢您，我胃寒，不宜食露水草。"

行至中午，路过一片野生枸杞林，驴大喜，止步不前，张嘴猛吃枸杞叶子和果子，边吃边聊枸杞的药用价值，建议骆驼多吃。骆驼客客气气地说："昨晚吃饱了，吃饱了就不能随便吃零食，乱吃零食，食道和肠胃会生病的。"

行至午后，路过一块燕麦地，驴喜出望外，大吃狂嚼起来。驴一边吃，一边不停地催促骆驼："快来吃，快来吃，多吃点，多吃点，走过路过，不要错过。"

骆驼无奈地摇摇头，不耐烦地对驴说："出发前，我已吃饱喝足，三五天根本不需要吃喝，真是饿汉不知饱汉饱！"

驴见骆驼多次不听劝说，不吃好东西，狐疑地问骆驼："一路见好东西不吃，你是不是有啥病？"

骆驼被驴的无端猜疑惹火了，气愤地对驴说："你才有病哩！我告诉你，你的病叫作饿汉不知饱汉饱。"

井口之蛙

为了保障井底之蛙的安全，青蛙大王指派小青蛙到井口当哨兵。因此，大家都称呼它"井口之蛙"。每天早出晚归，虽然工作很辛苦，但是井口之蛙的见识与井底之蛙迥然不同。

一天晚上，按照惯例，青蛙大王又给大家讲解它的《井底哲学》：第一，井口有多大，天就有多大；第二，井有多深，地就有多厚；第三，井下是天堂，井上很危险。

听罢青蛙大王的陈词滥调，井口之蛙忍不住哈哈大笑起来。青蛙大王大怒，厉声质问道："笑什么笑？难道朕讲的有什么不妥吗？"

"您的《井底哲学》完全不符合事实，我已经出去看过了，井口一点点，天空大无边；井深不算深，山大沟深见地厚；井下小天堂，人间乐无边。"井口之蛙心直口快，三言两句颠覆了青蛙大王的《井底哲学》，青蛙大王恼羞成怒，扑上去一顿暴打，将井口之蛙打死了。

井口之蛙死后，井底之蛙们对它的说法将信将疑，却充满好奇心。同时，大家开始怀疑《井底哲学》的正确性，对青蛙大王的说教日益不信、不屑。私底下，大家都在嘀咕："世界有多大？不妨出去去看看？"

心动激发行动。为了了解外面的世界，青蛙们纷纷爬出井口，四处察看。就这样，蒙蔽大家多年的《井底哲学》不攻自破。

卖赃自卖

猴子引种的甜椒接连被盗,猴子向黑猫警长报案,希望尽快破案,保卫丰收果实。

为了迅速破案,黑猫警长委托狐狸高价收购甜椒。狐狸不知是计,贴出"高价收购甜椒"的布告,鼹鼠、黄鼠、沙鼠、虎头鼠、土拨鼠等鼠辈闻讯大喜,先后将它们偷盗的甜椒卖给狐狸。不料,它们卖赃物"卖"了自己。根据狐狸提供的账单,黑猫警长将盗窃犯全部抓获归案。

多疑近乎愚

狐狸异常聪明,却非常多疑,不但怀疑别的动物算计它、伤害它,而且怀疑自己做事不周密,不细致,不严谨。因此,它总是不停地复查自己做过的每一件事,努力做到细致细致更细致,严谨严谨再严谨。

狐狸很贪很勤很节俭,暂时吃不完的食物,它会藏起来,以备饥荒。狐狸到处埋藏食物,而且疑惧别的动物偷挖偷吃。为了确保万无一失,狐狸将埋藏食物的地点精心掩蔽起来,然后定期逐个挖出埋藏物反复查验。

狐狸的习惯性行为引起其他动物的注意。有的动物认为,狐狸好眼力,善于挖掘其他动物埋藏的食物;有的动物认为,狐狸嗅觉灵敏,哪里埋着好东西,狐狸都能闻出来;有的动物认为,狐狸是非凡的搜索高手,凡是狐狸重点搜索过的地点,必定有好东西,我们尾随狐狸搜索,即使吃不到肥肉，也能啃个骨头。

多疑近乎愚，多事必坏事。狐狸万万没想到，由于它的多疑多事，频繁复查，埋藏食物的地点全部暴露，让别的动物捡了便宜。

螳螂逮蛐蛐

螳螂捕蝉，黄雀在后，这件事让螳螂很害怕，很苦恼。为了对付好黄雀，解除后顾之忧，放心大胆地捕蝉，螳螂用心研究起黄雀的特点和嗜好。

经过全面了解，认真研究，螳螂得知，黄雀不但喜欢吃蛐蛐，听蛐蛐叫，而且还喜欢玩斗蛐蛐。为了讨好黄雀，螳螂专门捕猎到美味可口型、能歌善舞型和勇猛好斗型蛐蛐，分类分送黄雀，黄雀大喜，螳螂窃喜。

同好者相亲。共同的爱好使黄雀与螳螂之间的关系日益密切，黄雀不但不再找螳螂的麻烦，而且成为螳螂的保护者，与螳螂一起逮蛐蛐，吃蛐蛐，听蛐蛐叫，玩斗蛐蛐。

反制伪善

果园里飞来一群能歌善舞的蛾蝉。不久，果树得了奇怪的皮肤病，未成熟的果子莫名其妙地腐烂变质。为此，猴子要追究啄木鸟医生的失职责任。

树皮果皮上布满细细的针孔，啄木鸟忍辱负重，明察暗访，却没发现一只虫子。是谁偷吸了果树的汁液和果子果汁呢？蛾蝉自称饮露度日，免费唱歌，义务驱虫，一心一意地保护果木。露水没营养，它们活动量大，叫声更大，个个长得肥头大耳，膘肥体壮，其中必有隐情。思来想去，啄木鸟对素有淡泊高洁之名的蛾蝉产生合理怀疑。

蛾蝉小头目见啄木鸟来访，连忙领唱起蛾蝉们自我表扬的赞歌《蛾蝉颂》："垂缕饮清露，流响出疏桐；居高声自远，非是藉秋风；露重飞难进，风多响易沉；无人信高洁，谁为表予心？"

一曲终了，啄木鸟热烈鼓掌，继而满怀激情地吟诵《蛾蝉颂》，蛾蝉们以为啄木鸟很傻很天真，得意扬扬地起舞歌唱，自鸣得意。联欢之后，啄木鸟恭恭敬敬地邀请蛾蝉团队移居漆树园子，免费居住，义务唱歌，保护漆树。

蛾蝉们不知是计，兴高采烈地移居漆树园子。入住的当天晚上，蛾蝉们偷偷吸吮漆树汁液，天亮前，这帮假益虫、真害虫全部中毒身亡。

鹦鹉与乌鸦吵架

鹦鹉模仿抄袭，拾人牙慧，喜欢说废话、套话、大话、空话，还到处自吹自擂，说它自己是搞原创的，许多真理是它发明的。乌鸦不但喜欢说假话的行为，而且偏好造谣，却从来不承认自己说假话，它到处强调要讲实话，严厉批评说假话。因为缺乏共识，它们彼此鄙视，互相厌恶，一见面就吵架，一吵架就翻脸。

一天中午，乌鸦正在午休，鹦鹉高声朗诵喜鹊的代表作《屁颂》，打扰了乌鸦的睡眠，乌鸦很烦很生气。乌鸦一本正经地教训鹦鹉道："念这种烂诗有什么意思呢？废话无益，套话无用，要讲真话！一定要讲真话！你能不能说两句真话？说点表明你自己独立观点的真话？"

"你反复唠叨讲真话，那么，你先说两句真话！说两句属于你自己的真话?!"鹦鹉反唇相讥。

乌鸦愤怒地质问鹦鹉："你什么意思？我说的哪一句不是真话？"

"哼哼，你除了说假话是真的，其余都是假的，包括唠叨说真话的腔调，也是假的。"鹦鹉针锋相对，乌鸦无言以对，双方不欢而散。

引狼下坡

一只狼撵一群羊，羊群吓得屁滚尿流。领头羊带着羊群不停地往高处跑，羊越跑越慢，渐渐力不从心，狼穷追不舍，眼看就要追上羊群。

危急时刻，一只小羊建议，羊群分散迂回逆行，引狼下坡。然后，合围恶狼，致狼于死地。领头羊接受了这个合理化建议，率领羊群跑下坡。

狼前腿发达，后腿低能，善于奔跑，善于上坡，但不善于走下坡路。狼追下坡羊，长处变短处，一不小心，摔倒在地，滚下山去。

恶狼失足摔死，羊群不战而胜，大家都夸小羊聪明机警，赞领头羊从善如流。

放虎自卫

北山的狼群频繁袭扰南山，南山猴王问计于群臣，大家众说纷纭，莫衷一是。

为了乘机摆脱限制，获得行动自由，笼子里的老虎自告奋勇，请求打先锋，希望能在猴王率领下，与大家一起打击狼群。猴王听信了老虎的表白，其他动物认可老虎的能力，于是按照山寨既定的决策程序，猴王提议，公决是否开锁放虎。为了保卫山寨安全，大家一致同意放老虎出来咬狼。

击败狼群之后，老虎原形毕露，危害南山，其危害性远远大于狼群。为了平安，在猴王的组织、策划和带领下，大家齐心合力，布下陷阱将老虎抓获。

制服老虎之后，猴王组织大家总结经验教训。喜鹊说："现在看来，当初，我们的民主决策错了！"鹦鹉随声附和说："民主是靠不住的！以后遇到大事，应该由英明伟大的猴王乾纲独断，不必七嘴八舌地乱议论。"老鹰反驳说："不是民主决策的错，更不是民主的错，而是彻底放弃笼子锁子约束效能的错，也是忽视虎性，没有及时采取预防措施的失误。"

老鹰话音未落，兴奋的猴王带头鼓掌，大家恍然大悟，为老鹰的卓越见识热烈鼓掌。

狼狈争肉

狼狈为奸，偷得一块肥肉，狼想独享，狈想分享，狼狈争执不下，官司打到老虎大王堂前。

老虎问道："这块肉是从哪里弄来的？"

"从豹子那里弄来的。"狼如实回答。

老虎追问："你们两个，谁先得手的？"

"先下手为强！肉是我弄到手的，没它什么事，它却要求分一半，真是岂有此理。"狼得意扬扬地说。

狈愤愤不平地说："事先说好的，我望风，它下手，得手后，对半分。获得肥肉，它贪心变卦，企图独吞，请大王明察公断，为小的做主。"

"哼哼，你们知道自己该当何罪？"老虎声色俱厉地质问狼狈。

狼狈疑惑不解，双双摇头，装出一脸无辜的样子。老虎见它们执迷不悟，开门见山地说："这块肉本来是我的，豹子贪污，你们偷盗。狼是主犯，必须打断两条腿，狈是从犯，应该打断一条腿，肉没收。"

听老虎这么一说，狈连忙改口辩解道："大王！大王！我胡说八道，我胡搅蛮缠，狼说得对，肉是它弄到的，没我什么事！没我什么事啊！"

"唉唉唉！自投法网！你蠢，我蠢，我们都蠢。早知道我们都是戴罪之身，还打什么官司呢？"狼追悔莫及，叹息不已，狈无可奈何地低头认罪。

有痒无恙

猴子身上多虱子，一天到晚，只要没急事，猴子就会逮虱子，挠痒痒。因此，大小动物们有个错觉，只要闲来无事、安然无恙，猴子一定会逮虱子，挠痒痒，晒太阳。

有一天，一只小猴子发高烧，虱子怕热，跑个精光，小猴子既不逮虱子，也不挠痒痒。对猴群的一般现象与小猴子的个别现象，庸医驴郎中的判断是：无恙安然、安然有痒、有恙无痒、痒则无恙。为此，驴郎中开出史无前例的治病"处方"——用一包虱子咬小猴子。结果，小猴子病得更重。猴爸爸大怒，打上门去，撕破驴脸，向驴郎中索赔。

猴爸爸不依不饶，驴郎中不服气，请啄木鸟医生评理。啄木鸟医生弄清原委，做出结论：驴郎中视现象为本质，倒果为因，处置不当，负全责，赔偿猴子家损失。

自信的刺猬

刺猬长了一身的棘刺，水貂、猫头鹰和狐狸等天敌袭击它不顺手，看着它不顺眼。兔子、猫、鸡、蝙蝠等大小朋友也看不惯它的优点，总觉得它与大家不一样，毛不顺是不对的，经常劝它顺一点、乖一点、巧一点，最好去掉棘刺，投靠一个好主子，讨个生活。自信的刺猬不为所动，依然我行我素。

凶狠的水貂强占溪流岸边的兔窝，无家可归的兔子找刺猬帮忙，刺猬见义勇为，乘水貂外出之机，堵住窝门，针锋相对，逼走水貂，兔子重新获得故居，感谢刺猬，刺猬反问兔子："你还劝我去掉棘刺吗？"兔子无言以对，尴尬地摇摇头，羞愧地低下头。

猫头鹰袭击值夜班的猫，猫被追得屁滚尿流，连忙呼叫刺猬救命。刺猬挺身而出，拦住猫头鹰，掩护猫逃跑。猫大难不死，既感激，又后怕，向刺猬致谢并道歉。猫惭愧地说："当初我不该劝你当我家主人的宠物。如果你当了宠物，我就没命了。"刺猬笑着说："你是站在你自己的角度看问题说事情。老兄有所不知，我一旦脱离野生环境，被人类当成宠物饲养，就等于接到'死亡通知书'，详情不必解释，多说无益。"猫听罢，羞愧地抽了自己一耳光。

狐狸夜袭鸡窝，公鸡母鸡们大声呼救，兔子吓得不敢出击，猫左冲右突，体力不支，危急时刻，刺猬滚动出击，扎得狐狸节节败退。刺猬打头阵，大家齐心合力，击退狐狸，母鸡捧上鸡蛋，酬谢刺猬。刺猬婉言谢绝，并悄悄忠告，以后没事少多嘴多舌，免得误事坏事。公鸡母鸡连连点头称是，都夸刺猬有主见。

经过三次危机，朋友们不但更加赞赏刺猬的自信，而且达成共识：将朋友的优点看作缺点，无异于给敌人帮忙；某些未经深思熟虑的"好心"纯属瞎操心，绝不可以"关心"的名义给朋友提愚蠢的建议。

谬夸乱赞

土豪王英到处寻美,声言想找一位古典美的夫人。妄人李雄成心捉弄王英,极力夸赞拳击手鲁智高的妹妹,并应承从中做媒。

王英问李雄,鲁妹妹长相有什么突出特点?李雄笑呵呵地说:"鲁妹妹天生的古典美,眼睛长得像月亮,个头一米六七,与您绝配。"王英大喜,要求迅速见面。

见面之后,王英大怒,斥责李雄谬夸乱赞,欺骗朋友,给自己介绍了一个相貌奇丑无比、两只眼睛大小不一的跛子。李雄辩解道,鲁妹妹的脸庞长得像北京猿人,那是无与伦比的古典美!她一只眼睛小,像初一的月亮!一只眼睛大,像十五的月亮!她左脚落地一米六,右脚蹬直一米七,一米六七,能高能低!

李雄话音未落,王英暴跳如雷,追打李雄,李雄夺路狂奔,王英穷追不舍,引起众人围观。

鸡恋樊笼

鸡兔同笼,兔子心知肚明,自己是待宰的肉兔,鸡是待宰的肉鸡。但是,母鸡因为会下蛋而自命不凡,自高自大,公鸡茫然无知,满不在乎,天天唱着欢乐的歌儿,自鸣得意地混日子。

兔子对鸡说:"世上没有白吃的三餐,笼中的好日子难得长久,这里不安全，我们必须想法子尽快逃走。否则，迟早要被杀死吃掉。"

母鸡不以为然地说："吃了我，谁给他们产蛋？你不会产蛋，或许会被杀掉吃肉！"

"我死了，谁给他们啼鸣？谁给他们唱赞歌？你既产不了蛋，干脆拜我为师，学习唱歌吧！"公鸡对自己的特长和效用非常自信。

兔子忧虑地说："不错，你们各有所长，确实比我强。在人家眼里，我的价值，除了被剪毛，就是被剥皮吃肉。依我看，身处樊笼，失去自由，我们都有死于非命的危险。"

兔子话到嘴边留半句，没有说出公鸡母鸡的肉用价值。公鸡母鸡都认为，兔子有杀身之祸，自己平安无事，安然无忧。母鸡对兔子说："多么漂亮，多么结实，多么细密，多么舒服的笼子啊！狐狸进不来，狼更进不来，有水有米有麦草，没事还可以晒太阳打瞌睡养神。我实在舍不得离开这里。"

公鸡点头称是，并指着母鸡补充说："有吃有喝有它在，我更不想离开。"

话不投机半句多，兔子不再劝说留恋樊笼的公鸡母鸡。在饲养员清扫樊笼时，兔子乘机逃走，幸免于难。时隔不久，公鸡母鸡先后被宰。

岂能唱衰

春暖花开，猴子家蟠桃园发生蚜虫病，七星瓢虫、中华草蛉和蜘蛛不忍心看桃花飘零、枝叶病残，不约而同地行动起来，义务灭虫。

在灭虫过程中，三只益虫边劳动，边喊劳动号子，边唱灭虫歌。当它们唱起《你是害虫》时，莫名其妙地惹恼了猴子。猴子怒斥它们"唱衰桃园"，指责它们唱灭虫歌不但影响眼下的旅游赏花，还影响未来的桃子销售。

七星瓢虫不解地问猴子："自古以来，树木只有病衰、老衰、受伤衰，哪里有什么'唱衰'？"

"如果桃园一唱就衰，说明桃园的'心理素质'太差?！请问猴子先生，植物有心理活动吗？唱歌会对桃树的成长产生负面影响吗？"草蛉觉得猴子的指责很荒谬，绕弯子调侃猴子。

猴子咆哮道："你们懂不懂'影响力经济'这个概念？你们大张旗鼓地灭虫，高唱灭虫歌，路人一看一听，我的桃园里居然有害虫！大家心里觉得腻歪，近期不来赏花，将来不买我的桃子。你们传播负面消息，造成负面影响，不是唱衰是什么？"

蜘蛛听猴子这么说，干脆不与争辩，摆摆手，招呼七星瓢虫、中华草蛉离开桃园，去别的地方灭虫。

时隔不久，猴子的桃园大面积发生病虫害，桃花飘零，叶枯枝残，猴子追悔莫及。

散材成林

两千多年前，秦岭北麓有个杂木林，长着各种小树，一棵刺槐也在其中，因为太普通，世人视而不见，忽略其存在。

刺槐长得与众树不同，树叶根部有一对三寸长的刺，谁动扎谁手。因此，小孩不愿攀折，樵夫避而远之。刺槐歪歪扭扭，纹理不顺，浑身节疤，手感极差，路人皆不愿摸它，山区的木匠弃之不用。长到一百岁，同树林的参天大树先后被山民砍伐利用，栋梁之材先后被皇家官家伐走，用于建造宫殿庙堂馆舍。由于纹理扭曲不可用，裂口节疤太多没法用，材质坚硬砍不动，除了夏天遮阳，雨天遮雨，老刺槐百无一用。慢慢地，老刺槐成了拔不起、砍不掉、没人理的弃树。

树大根深，花繁子多。两千年后，老刺槐的周边自然长成一片刺槐林，山上山下的刺槐，都是它的子孙后代。春天里，槐花飘香，馨香十里；夏天里，荫翳蔽日，凉爽宜人。世人都知道它们无用，不去砍伐，子孙们也得以保全。一诗人路过观之，感慨万端，即兴赋诗一首《散材成林》，诗曰："散材无用得长寿，山木无名获幸存；平平淡淡自成林，普普通通享清福。"

蝇随狮尾

赤日炎炎，苍蝇听说人类要"老虎苍蝇一齐打"，吓破了胆，不敢继续追随老虎吃臭肉。为了活命，苍蝇转而投靠狮子，尾随狮子，或招摇过市，或苟且偷生。

狮子比老虎更凶猛，人们惧怕打苍蝇招惹狮子，只好冷眼旁观，等待时机。等待着，等待着，冬天终于来了，苍蝇冻死在风雪之中，狮子却浑然不觉。

毛驴踢爹

一头老驴被虎豹豺狼扑倒在地，猛兽们对老驴撕咬踢打，小毛驴见状，也扑上去踢老驴，众兽愕然，老驴震怒。

老驴咆哮道："小畜生，狼崽子，睁大你的狗眼，仔细看清楚了，我是你老子！"

"你是谁？"老虎狐疑地问小毛驴。

小毛驴狡黠地回答道:"我爹刚才不是已经说了吗?我们是狼狗,狼心狗肺狗眼睛,它是超级大狼狗,我是狗崽子。"

"哈哈,大水冲了龙王庙,一家人不认识一家人啊!你看起来就是瘦了点,高了点,尾巴细长了一点而已。大体上还是像狼的,比你爹更像狼。"大灰狼自作聪明,自以为是地乱讲解,本想在老虎、豹子、豺狗面前显摆自己博学多识,无意中却保护了驴父子。

能够被大灰狼接纳,小毛驴高兴极了,它连忙附和道:"是啊,是啊,我从小发育不良,身患多种疾病,没有您那么优秀、那么强壮、那么勇猛。如蒙不弃,我想拜您为师!"

小毛驴与狼套近乎,获得信任,众猛兽停止攻击老驴,四散而去。因为刚才踢打亲爹,小毛驴不安地给老爹赔不是。

老驴伸出大拇指夸儿子道:"好儿子,真机警!你做得对!危急时刻,勇于说谎,善于说谎,及时表态,正确站队,精彩表演!不但保全了你爹,还拉上了重要关系。好样的,你将来能干大事!"

知识也是路标

一位南行的小贩在深山老林中迷路,彷徨之中,偶遇一位进山采药的老药师。

小贩恭恭敬敬地询问药师:"老先生,您好!今日南行,不料途中天气突变,云雾遮住了太阳,天空灰暗,走着走着,迷了路,辨不清方向。请问老人家,哪边是南方?怎么走才不会迷失方向?"

"哦,是这样!太阳永远在南方。但是,山有阳坡阴坡,石有阴面阳面,树有向阳背阴,花草有喜光喜阴。如果懂得这些知识,即使没有太阳,也可依生态环境和植物状态辨阴阳、知南北。你看这棵老梧桐树,向阳的一面枝繁叶茂,树枝较长,树皮较厚,树干阳面被太阳晒得多,阳面树皮裂口多而深长,有些还干裂卷起脱落。"老药师诚恳热心,知无不言,言无不尽,小贩既感激,又佩服,连连致敬道谢。

老药师咳嗽两声,补充道:"还有两个植物知识,一定要记住。往上看,阳面的树叶出芽早,长得快,长得大,必然黄得快,落得早,枯叶较多的一面就是树冠的阳面。往下看喜光的花草,花儿朵朵向阳开,喜阴的花草多长在背洼洼里,那也是天然的路标。"

"谢谢老先生,感谢您的启发,我明白了,没有太阳的时候,树木花草是路标,知识也是路标!"小贩脱口而出一句富有哲理的话,乐得老药师哈哈大笑。

屎壳郎质疑啄木鸟

啄木鸟每日捉虫数量超过一千五百条,荣获"森林医生"光荣称号,此项荣誉不但引起某些鸟儿的羡慕嫉妒恨,还引起一些昆虫的强烈质疑。

质疑者认为,啄木鸟捉虫子,并非义举,而是自己的生活需要,不应受到表彰。在众多质疑者中,数屎壳郎的意见最大,不满情绪最强烈。屎壳郎不但背地里说啄木鸟的坏话,而且等机会当面调侃啄木鸟。

一日,屎壳郎偶遇啄木鸟,屎壳郎不怀好意地问啄木鸟:"哎哎哎,著名的啄木鸟先生,我想请教您一个问题。您被誉为'森林医生',您到底是吃虫子爱好者呢?还是捉虫子能手呢?"

听屎壳郎这样问话,啄木鸟立刻明白,屎壳郎一肚子坏水,不可上当,不可落下口实。沉默片刻,略加思考,啄木鸟呵呵一笑,反问屎壳郎道:"尊敬的蜣螂先生,您被誉为'自然界的清道夫',您还有圣甲虫、推粪虫、推屎爬、屎壳郎、粪球虫、铁甲将军、牛屎虫、推车虫等光荣雅号。请问阁下,在各种工作、行动和行为中,哪些是您的爱好?哪些是您的需求?哪些做法是缘于您的本能欲望?哪些又是您伟大高尚的义举呢?"

啄木鸟反唇相讥，说话不带脏字，问得含沙射影，骂得不动声色，气得屎壳郎瞠目结舌，无言以对。

名将不参小赛

龟兔赛跑，乌龟一举成名，为了迅速跻身动物界长跑名将行列，乌龟带头发起，黄牛、毛驴、蜘蛛、蚂蚁、蜗牛支持，拟定举办一场长跑比赛，通过比赛，评选出"十大长跑名将"。

按照比赛规则，比赛报名即将结束，老虎、狮子、跳羚、野驴、马、长颈鹿等六大名将只是口头答应参赛，但都不正式报名。乌龟打发黑熊裁判长询问缘由，原来大家都在等猎豹，如果猎豹不报名，六大名将都不报名。

黑熊再次出面邀请猎豹参赛，猎豹直言不讳地说："比不比，我都是第一，有这个必要吗？还有，按照龟兔赛跑的规则比赛，我与老虎、狮子、跳羚参赛，即使获奖，也很可笑，甚至很悲哀！"

得知猎豹拒绝参赛，六大名将纷纷表示，没有猎豹参加的"十大长跑名将"比赛没有任何意义。为此，它们也决定不参赛。

无可奈何，为了保住面子，乌龟、黑熊、黄牛、毛驴、蜘蛛、蚂蚁、蜗牛协商，将十大长跑名将比赛改为"跑步爱好者俱乐部邀请赛"。

撑死胆大的

蟒蛇精明凶猛。通常它以吞食野兔、松鼠、小麂、羊羔、小野猪等小动物为生,饱餐一顿,一两个月不饿。

有一次,蟒蛇大胆行动,吞掉一头肥猪,半年不需觅食,整天睡觉、休闲、娱乐。蟒蛇尝到胆子大的好处,于是它瞄上比自己体积更大的动物。蟒蛇下地袭击牛,上路袭击马,下河袭击河马,胆子越来越大,继而,它又盯上水族之王——鳄鱼。企图击败鳄鱼,称霸水陆。

一天午后,蟒蛇乘机咬住一条睡大觉的鳄鱼,顺势将鳄鱼吞入腹中,鳄鱼奋力反抗。在窒息前的一刻,鳄鱼用尽全力,猛烈屈身扭动,将蟒蛇的肚子撑破。蟒蛇惨叫一声,鲜血洒地,与鳄鱼双双毙命。

癞蛤蟆吃到天鹅蛋

大河边,柳树下,老虎、狮子、黑熊、豹子、狼和狐狸聚在一起。野兽们望着天空飞翔的天鹅,个个垂涎欲滴,恨不得立即插翅飞向蓝天,咬住白天鹅。

野兽们嚎叫,蛤蟆呱呱叫,狐狸很诧异,尖叫一声,脱口而出:"哈哈,怪哉!癞蛤蟆也想吃天鹅肉?"

狐狸的调侃逗得野兽们哈哈大笑。面对突如其来的羞辱,蛤蟆镇静自若,没有发作,它迅速想着如何应对这群自以为是蛮横霸道的野兽。

"是的,我吃不到天鹅肉。不过,我可以吃到天鹅蛋。你们行吗?"蛤蟆撂下两句轻重合适的话,转身爬向河边的沼泽地。蛤蟆早已侦察过,沼泽地深处是白天鹅的栖息地,那里有许多天鹅蛋。

远远看见蛤蟆居然吃到天鹅蛋,而且边吃边唱歌,野兽们愤怒了,它们奋不顾身地奔向沼泽地。不料,老虎、狮子、黑熊、豹子、狼和狐狸,一个接一个地深陷泥沼,难以自拔,慢慢地,野兽们全部淹没在沼泽地里。

吃到甘蔗偏说苦

狐狸特别喜欢吃甘蔗,它企图独占甘蔗田,自己吃独食,不让别的动物吃。为此,每当别的动物询问甘蔗的滋味的时候,狐狸总是说,苦啊!苦啊!甘蔗很苦,苦得很,比黄连都苦!

一天,动物们在甘蔗田头聚会,老山羊不解地问狐狸:"你总说甘蔗苦,为什么还要吃它呢?"

"良药苦口利于病!甘蔗虽然苦,但它可以清热解毒利尿。"狐狸颠倒黑白,混淆是非,随口就来,面不改色心不跳。

"药再好,也不能当饭吃、当水果用啊?我看你经常啃甘蔗。"大黄狗狐疑地问。

"慢性病就得慢慢治,坚持不懈地治,随时随地治。"狐狸继续完善着自己的谎言,企图欺骗所有动物。

驴虽然聪明,但没有狐狸狡猾,驴对狐狸的话永远只相信少一半。驴说:"我最近跟你一样,上火,发低烧,眼睛黏糊,还有尿结石症状,给我一根甘蔗,让我也治治病吧!"

狐狸眼珠子转三转,脑筋急转弯,装作十分慷慨大方的样子,送给驴一根霉变的毒甘蔗。驴咬一口毒甘蔗,连吐三口,连连叫苦,涕泪横流。

驴的窘态惹得不明真相的动物们哈哈大笑。

驴的自作聪明成全了狐狸的邪恶奸诈。从此以后，每次说到甘蔗的味道，狐狸总是以驴吃毒甘蔗的孤证为例，大讲特讲甘蔗之苦，欺骗了许多用耳朵看世界的动物。

种花引蝶

小猫咪喜欢花蝴蝶，一天到晚，四处奔走捉蝴蝶，捉回来的蝴蝶不是逃跑，便是死掉。小猫咪既生气又伤心，也很无奈。

小猫咪对爸爸说："我有一个梦想，我们家房前屋后院里院外，到处都是五彩缤纷的蝴蝶在翩翩起舞！老爸，我怎么做才能实现这个梦想呢？"

猫爸爸用不容置疑的口气对小猫咪说："种花引蝶！"

"为什么呢？"小猫咪不解地问爸爸。

猫爸爸说："蝴蝶喜欢吸食花蜜，只要在房前屋后院里院外种满花草，百花齐放的时候，蝴蝶不请自来。"

遵照爸爸的指点，小猫咪迅速行动起来，在房前屋后院里院外广种花草。春天到了，百花盛开，各种色彩鲜艳的蝴蝶不请自来，翩翩起舞！小猫咪没想到，蜜蜂也不请自来，为小猫咪酿蜜！小猫咪不但实现了自己的梦想，还得到意外的收获。

鸿鹄安知燕雀之能

秋分过，天气凉，大雁和天鹅结伴南飞。大雁和天鹅在黄河边遇见筑巢的燕子和麻雀，喝水的乌鸦，觅食的公鸡。有朋自远方来，不亦乐乎！大家互相施礼，聚在一起寒暄、嬉戏。

乌鸦虽不能远行，但对远方充满丰富的想象和无限的憧憬。看见远道而来的大雁和天鹅，乌鸦再次用名言警句奚落燕子和麻雀道："燕雀安知鸿鹄之志哉？"

踏实勤奋的燕雀忙着在树上筑巢，没工夫搭理乌鸦。敏感好强的公鸡认为，乌鸦在指桑骂槐，讥讽自己。于是反问乌鸦道："鸿鹄安知燕雀之能乎？"

"燕雀有什么了不起的？"乌鸦鄙夷地白了公鸡一眼。

公鸡说："燕雀都是筑巢高手，燕子有三处窝子，黄河、淮河、长江边各一个，都是水岸景观。麻雀更能干，它有四个窝，树上、悬崖、山洞里和农家屋檐下各一个，舒适安全方便，想住哪住哪，哪舒服住哪，根本不需要千里奔波。"

大雁一听，感慨地说："是啊，公鸡兄弟言之有理，我们是飞行高手，却不会筑巢，应该看人家的长处，学人家的高明之处，不宜随意评判。"

天鹅点头称是，燕雀拍打翅膀，施礼致谢，乌鸦羞愧地闭上它那个讨嫌的嘴巴。

假托强者巧解释

弱肉强食的丛林里,动物们有一个生存方法——撒尿圈地。即动物们走过路过,一路拉屎撒尿,强行圈定自己的势力范围,以特有的气味警示别的动物,这是我的地盘,请勿靠近!请远离!请绕道!否则,后果自负!

老山羊的苜蓿地先后被野猪、狼、熊、豹子、狮子重复圈占,害得它饥寒交迫、居无定所。为了威慑其他动物,摆脱困境,老山羊找来老虎粪便,原模原样地放在地头,谎称老虎大王已经圈占此地,自己替虎大王看守。野猪、狼、熊、豹子、狮子等野兽信以为真,自动退出,不再骚扰。

毛驴对老山羊的说法将信将疑,追问老山羊:"虎大王吃肉不吃草,要这苜蓿地干什么呢?"

老山羊故作神秘地对毛驴耳语道:"等喜欢吃苜蓿、偏好吃羊肉的动物们来送死!"

毛驴闻言,大惊失色,撒腿就跑,再也不敢偷吃苜蓿。

麻雀攀高枝

凤凰在巨大的梧桐树上筑巢,麻雀、燕子、喜鹊、乌鸦、斑鸠看见后羡慕不已,它们既想靠近鸟王,紧跟鸟王,混个副鸟王,或者相当于副鸟王的地位,又想在丛林里获得蝉儿那样的名声与影响力。

燕子谦虚，斑鸠胆小，它们选择在低于凤凰巢穴的树杈上筑巢，以免招惹祸端。喜鹊智慧，乌鸦孤傲，它们选择在凤凰巢穴的左右筑巢，大有与凤凰平起平坐的姿态。麻雀鸟小志大，无所畏惧，它选择在凤凰巢穴之上筑巢，与声名显赫的蝉儿为邻，显得既高瞻远瞩，又不同凡响。

好心的燕子认为，鸟儿可以攀高枝，但要有个限度。否则，难免有覆巢之祸。麻雀不以为然，鄙夷不屑地回应燕子道："居高声自远嘛！你懂不懂？"

"可是，你是麻雀，不是蝉儿呀。"斑鸠调侃麻雀，希望它慎重决策，预防潜在风险。

乌鸦暗含讥讽地自言自语："跨界攀高枝有无限风光，有意料之外的惊喜，也有不可预知的风险。"

麻雀目空一切，一意孤行，朋友们觉得劝说无用，便不再劝说。一场飓风袭来，低处的鸟巢有惊无险，位置最高的麻雀窝被暴风掀翻，覆巢之下，无一完卵。

虎嫌狐臭

老虎饥不择食，猛追小狐狸，小狐狸连忙跪倒在地，磕头解释道："大王圣明！大王圣明！罪臣有病，罪臣肉臭，万万吃不得，吃了中毒染病！"

老虎抓住小狐狸一闻，小狐狸身上的气味确实奇臭无比。老虎疑惑地问小狐狸："你有什么病？"

"有遗传病、传染病、精神病，还有不择饮食、消化不良、不喜欢洗澡，以及晨昏颠倒等坏毛病；导致百病缠身、性情乖张、神经错乱、骚臭难闻。"小狐狸从容应对，面不改色心不跳，老虎信以为真。谈话间，小狐狸故意挤出一连串的臭屁，臭气熏天，老虎嫌臭，放了小狐狸。

小狐狸急中生智，不但虎口脱险，而且为狐狸家族赢得"臭名"。老虎嫌弃狐狸，不吃狐狸，狮子、豹子、熊瞎子、大灰狼等猛兽也效仿老虎，厌恶狐狸，除非饿得发疯，它们轻易不会追杀狐狸。

赞扬式祸害

乌鸦与猪闹矛盾，乌鸦天天骂猪，说猪是蠢猪、脏猪、贪心的猪。猪以牙还牙，每日一"黑"，到处散布"天下乌鸦一般黑"！"乌鸦不灭，灾连祸结"！双方的骂战闹得动物界观念混乱、是非不分，关系复杂。

乌鸦与猪的骂战祸及无辜的黑白鸦和白鸦。有些动物认为，它们是不伦不类的怪物！经常欺负它们。一些不明事理的鸟儿认为，它们是来历不明，居心叵测的异类，蛮横无理地驱逐它们。

黑白鸦和白鸦明白，猪和乌鸦一样黑，它们不想与猪结怨，不愿与乌鸦结盟，不想介入乌鸦与猪的恶斗，也不想在口水战中弄坏自己的名声。经过精心策划，它们反其道而行之，到处赞扬猪的效用，说猪的"好话"——猪浑身是宝！赞扬式祸害猪，结果猪成了经济实用的"杀才"，声名远扬的"食材"。

信谁像谁

百灵鸟靠一曲《森林的清晨》一举成名，好评如潮，却招来莫名其妙的造谣诬蔑。一时间，飞短流长，是非真假难辨。

麻雀"好心"地对百灵鸟说："听说您和金凤有特殊关系，被特殊照顾，获得本届大奖?！作为明星，你可要注意影响，不要招惹口舌是非，免得银凰找你麻烦。"

"哈哈，有趣！某些伟大聪敏的鸟儿是想无私奉献，编故事炒作我，借鸟王抬高我呢？还是没事找乐，抹黑鸟王，招惹鸟王收拾它们呢？小妹啊，我觉得你最近进步特大，学到乌鸦先生的很多优点啊！"百灵鸟不以为然地调侃麻雀、转弯抹角地讥讽麻雀。麻雀自觉失言，担心惹祸，立即闭嘴摇头，明确表示，自己也不相信这种谣言。

灰喜鹊以老大自居，劈头盖脸地训斥百灵鸟："你要注意影响！注意形象！检点自己的行为！你知道不知道外界怎么议论你？我都替你脸红！！"

"哈哈，老哥，听话听音，您没说明白，我却听懂了。谢谢您的关心！我最近有一个心得体会，想与您分享。动物猜忌异类，轻信同类，信谁像谁！如果长期与乌鸦麻雀之流厮混，难免被同化，迷失自己，被划圈子归类，耽误自己。您注意了吗？小麻雀越来越像老乌鸦！"

听罢百灵鸟一席话，灰喜鹊羞愧地低下头，沉思片刻，点点头，无言地飞走。

智胜于力

西瓜成熟了，动物们争先恐后，各显其能地摘瓜，津津有味地吃瓜。

野猪嘴大力气大，吃瓜如同吃零食。狗熊天生得尖牙利齿，掌上功夫过硬，吃瓜易如反掌。秃鹫身怀绝技，一会儿，将大石头紧紧抱住，飞到空中，从空中抛石，砸破抱不动的大西瓜，然后得意扬扬地吃瓜；一会儿，抱住不大不小的瓜，飞到空中，将瓜抛到地上，摔碎了吃，吃得有滋有味有范儿。

猴子从秃鹫的技法中得到启示，它想将瓜抱到树上去，抛下来摔破了吃。但是，顾了上树，就无法抱住瓜，抱着瓜难以上树。在大家的讥笑中，猴子开动脑筋，不一会，它又想出新办法。

猴子先将瓜滚到悬崖边储存，然后将想吃的瓜推下悬崖，毫不费力地摔破瓜，再跑到崖下，独自享用。

动物们目睹了猴子的做法，不约而同地赞叹道：智慧比力气更管用，方法比技巧更高效。

遇狼自黑

大小两只骆驼与一只狼在阿拉善草原不期而遇，狼心怀鬼胎，却假装热情善良，大骆驼高度戒备，却显得漫不经心，小骆驼不知所措，默不作声。

大骆驼不慌不忙地喝了一口盐水，狼好奇地问："傻大个，你为什么喝咸水不喝甜水？"

"偏方治大病，治各种疑难杂症。"大骆驼从容自若地给狼一个不是答案的答案，狼却信以为真。

狼继续问大骆驼："俗话说，饭后百步走，能活九十九！你为什么饭后总是磨牙打盹吐唾沫，不运动呢？"

"我有遗传的牙病胃病肠道病，还有严重的传染病皮肤病。"大骆驼继续自黑，让狼确信，自己全身是病。

狼从头到脚仔细地打量了一番大骆驼，惊呼："你看看！你看看！你可得注意了啊！你的脊背都肿啦！肿俩大疙瘩！那又是啥病？"

"毒瘤"。大骆驼顺势给狼一个可信的解释，误导狼的认知和判断。自以为是，自以为生而知之，无所不知的狼由此断定，所有骆驼都有病，骆驼肉不能吃。狼不自觉地收起它的假慈悲，目光阴冷地看了小骆驼一眼，转身离去。

小骆驼不解地问大骆驼："大哥，您为什么在狼面前刻意抹黑自己呢？"

大骆驼呵呵一笑，侃侃而谈："给坏蛋讲真话，不是诚实有德，而是犯傻犯糊涂犯正确。如果直来直去，说我们比牛羊更讲卫生，那不是招灾吗？如果实话实说，说我们比驴马骡更善于养生，那不是惹祸吗？如果口无遮拦，说驼峰是上八珍第二，那不是找死吗？"

"可以封锁好消息，保密好事情，为什么要刻意给狼传播坏消息呢？"小骆驼大惑不解地问大骆驼。

大骆驼哈哈大笑道："坏消息是好新闻！畜生们喜欢传播与己无关的坏消息以自娱自乐、自我安慰、自我满足。狼更喜欢传播坏人坏事坏消息，直接证明自己是比较不坏的，间接证明自己是样样好的。遇狼自黑，被嫌弃，被疏远，自然脱离食物链，变成局外者，赖名誉让我们更加安全自在。

请跳起来咆哮

驴与骆驼发生利益冲突，驴暴跳如雷，咆哮不止，骆驼说理不成，沟通协商不成，妥协还不成，无可奈何，准备动武。

长颈鹿见状，笑嘻嘻地指着骆驼对驴说："跳起来！跳起来！跳得比我高，比它更高，高它三等！跳着骂着！请跳起来咆哮！在气势上压倒它！！"

驴气急败坏，不假思索地跳起来咆哮，样子比猪崽哭丧都难看，惹得围观者大笑不止，逗得骆驼笑得前仰后合，笑到泪奔。

长颈鹿忍住不笑，一脸庄重严肃，不停地煽动驴骂，鼓动驴跳高一点，再跳高一点。驴跳累了，骂够了，气消了，才意识到自己上当了，出丑了，跌份了。悲从中来，号啕大哭起来。骆驼见状，默默地转身，偷偷笑着离开。

事缓则圆

　　巴图乐家的院子开着前后门，门前都是路，父亲在后门一边顺墙栽植一排杨树，放置一堆准备盖房用的石料。不料，大树下的石料堆变成了路人的歇脚点，一排杨树变成拴马桩，任由路人拴牛拴马拴骆驼，巴图乐每天必须和老爸一起清理这些臭气熏天的粪便。

　　巴图乐嫌脏嫌麻烦有怨气，建议父亲砍树搬石料，或者在后门拴条恶狗，吓走歇脚的路人。父亲说，没必要，不可刻薄待人。我们只管清理牛粪马粪骆驼粪，储存干粪饼，要友好地给路人免费供水，千万不要给人家脸色看。

　　冬天到了，缺少燃料的人家在严寒中受冻，或到处拾柴，或花钱买炭，巴图乐家却有充足的粪饼烧。父子围炉夜话，巴图乐问父亲，这样的好人好事还要做下去吗？父亲说，不但要做，而且要上档次。明年，我们前后院分开，前院住人，后院开车马店。

　　春暖花开的日子，车马店开张了。回顾一年多的苦乐，巴图乐将父亲的智慧概括为四个字：事缓则圆。

狼责狈负

　　狼狈为奸，盗窃狮子王一块肥肉，狮子王大怒，责令黑熊查办。狼闻讯，主动给黑熊报告，谎称肥肉是狈伙同狐狸野狗干的，自己监管不力，负有间接责任,应该自我批评,吸取教训。按照分级管辖原则,此事应该交由自己处理。黑熊认为狼言之有理,委托狼依法查处。

狼找到狈,说透利害得失,说破脱罪计谋,由狈承担首要责任,次要责任推给子虚乌有的狐群狗党,大大减轻了狈的罪责。狼狈达成共识,狼代表黑熊,对狈的各种罪过定罪不处罚,责令具结悔过,限期改正。

黑熊委托不当,狼上下其手,狼责狈负,狼狈为奸的勾当不了了之。为了感谢狈,狼赏给狈一根肉骨头,狈获罪不受罚,丢脸不吃亏,狼狈关系更加密切。

泳者不品苦水

小海豚长大了,爸爸带它离开淡水河湾,游过海湾海峡,一路前行,奔向大海,练习在大风大浪中游泳、觅食。

游着游着,小海豚哇哇大哭起来,小海豚哭着对爸爸说:"海水太苦啦,海湾水苦,海峡水苦,海沟的水更苦,我不想游了,我要回去,我要回风平浪静水甜的淡水河湾。"

海豚爸爸笑呵呵地问小海豚:"儿子啊,我们想要离开港湾远涉重洋,就要学习游泳强身健体,才能逮乌贼鱼、品黄花鱼、赏石斑鱼。所以,必须要坚持喝海水,反复品尝海水的苦涩哦!"

老爸一席话,胜读十年书。小海豚顿悟,破涕为笑,闭上嘴巴,咬紧牙关,追随爸爸,在风浪中奋勇前进。

呆鼠获赞

两只老鼠一起玩,突然遭到一条眼镜蛇的袭击,呆头呆脑胆子极小的呆鼠吓破胆似的,立即眩晕过去,原地卧倒一动不动,活像一具僵尸。而机警麻利的聪明鼠却撒腿就跑,努力躲避眼镜蛇的追捕。眼镜蛇穷追不舍,将聪明鼠咬死,无胆无识无能的呆鼠却得以幸存。

事后,鼠辈们讥评聪明鼠胆小怕事,聪明反被聪明误,夸赞呆鼠临危不惧、大智若愚、大义凛然,以静制动,以不变应万变,以超常的勇敢震住了威慑凶猛的眼镜蛇。为了自壮声势,扩大影响,激励鼠类,吓唬蛇类,鼠辈们极尽溢美之词,不遗余力地编造有关呆鼠的佳话、传说、传奇、神话,将呆鼠炒作成一只英勇无比的神鼠。

呆鼠羞愧地解释道:"不敢当!不敢当!眼镜蛇是个近视眼。当时,我吓昏死过去了,什么都不知道。"

歌攻损德

大灰狼攻击牛羊鹿兔,在草原上落下恶名,连老虎大王都有点讨厌它、忌讳它。为了颠倒黑白、混淆是非,消除负面影响,树立正面形象,捞好名声,大灰狼送给灰喜鹊各种好吃的,请它歌颂狼的所谓功德。

按照大灰狼的意图,灰喜鹊炮制出一曲《狼颂》。歌词大意是:"狼赶走横冲直撞的牛群,保护了可爱的小白羊!狼驱逐不讲卫生的羊群,保护了清澈的小溪！狼讨伐马鹿，保护了红色的草莓！狼撵走兔子，保护了绿色的小草！啊！伟大的大灰狼啊！您是大草原的守护神！您是千百万牧人崇拜的图腾！"

鸿雁、天鹅、白鹤、百灵鸟、黄鹂鸟、杜鹃、沙鸥、麻雀、小燕子听到《狼颂》，怒不可遏，纷纷斥责灰喜鹊。百灵鸟义正词严地批评灰喜鹊："你知道不知道？残暴的攻击行为是不能歌颂的！歌攻损德，替坏蛋唱赞歌，要损你自己的德行的！"

黄鹂鸟声色俱厉地质问灰喜鹊："你知道什么叫鸷狠狼戾、狼心狗肺、狼子野心、声名狼藉吗？你难道要学乌鸦、鹦鹉、知了、蝗虫之流，做个职业说谎者吗？"

"我浅薄，我势利，我愚蠢，我错了，我悔过。"灰喜鹊在一片责骂声中认错，并低下它高傲的头。

狼狗骂狼

小狼狗被狼掳走，大狼狗循迹找寻，边找边骂，一路骂到狼窝。看见小狼狗与狼一起吃肉，大狼狗怒不可遏，破口大骂狼。

大狼狗叫骂着，叫小狼狗跟自己走，小狼狗却不愿走。大狼狗诧异地问为什么，小狼狗实话实说，跟着狼吃肉，跟着狗吃屎，跟着狼狗既吃肉又吃屎。比较而言，紧跟狼最实惠、最有利、最安全、最爽，前途无量！

大狼狗觉得小狼狗言之有理，机不可失，必须抓住机遇。于是，大狼狗急急忙忙骂骂咧咧地回家，又骂骂咧咧死乞白赖地将其他狗崽子送进狼窝，交给狼托管。然后才骂骂咧咧得意扬扬地回去了。

大狼狗没想到是，后来的狗崽子们都认狼做了干爹干妈干兄弟干姐妹，与它们恩断义绝。为此，大狼狗骂狼骂儿女，骂不绝口，骂到自己气绝身亡为止。

喝粥的鄙薄喝水的

日落西山，月上柳梢，大柳树下，一群乞丐聚在一起吃晚饭，晒成果，说见闻，谈人生。大家都在喝粥，却有一个老乞丐手捧矿泉水瓶子，慢慢地喝，咝咝咝地咂巴着，脸上洋溢着幸福满足的笑。

喝八宝粥的乞丐讥笑老乞丐老迈无能，讨饭不成灌凉水，吹嘘自己善于选施主；喝黑米粥的乞丐批评老乞丐懒惰愚昧，讨饭不得喝凉水，自夸勤劳勇敢不怕狗；喝杂粮粥的乞丐批评老乞丐嘴馋身懒挑剔吃喝，标榜自己艰苦朴素不讲究。

喝粥的乞丐们逐个数落老乞丐，老乞丐却仰天大笑，以嘲弄的口吻附带鄙夷不屑的目光问各位乞丐，你们知道不知道，听说没听说？而今现在目下，富豪权贵们喝什么酒？怎么喝酒？于是，乞丐们就其所知想象了一番，又热议了富豪权贵们喝酒的品牌、品味、格调，以及他们如何用矿泉水瓶子喝茅台酒，土豪喝洋酒掺果汁，喝干红葡萄酒加冰糖等逸闻趣事。

老乞丐听大家夸夸其谈，旁观大伙激烈争论什么是品质生活，什么是低调奢华，什么是气质派头。突然，老乞丐将瓶中剩余之物一饮而尽，漱漱口，洗洗牙，然后扑哧一声喷射到乞丐群中。老少爷们惊呼：茅台！茅台！老东西喝的不是凉水，是陈年茅台！

臭虫卖香

贪婪的臭虫是一种嗜血为生的寄生虫，接触什么，污染什么，走到那里，臭到那里，走过路过，一路臭气，大家避之唯恐不及。为了欺世盗名、名利双收，臭虫做起香料生意。

臭虫沿街叫卖，广而告之："吃藿香，治病强身，一身正气！"围观者哄笑，笑而不应，看而不买。大家想，臭虫过手的香料，干净吗？

"你还是留着自己吃，先给自己治治病，多吃点！当饭吃！吃到遗传变异。"蚂蚁鄙夷不屑地回应臭虫，匆匆忙忙地去搬运东西，看也不想多看一眼。

"吃木香，补中益气，气完神足，气壮山河！"臭虫的虚假广告不伦不类，招来又一阵哄笑。蜘蛛捂住鼻子讥笑道："香臭不分，除了苍蝇、蟑螂、屎壳郎，谁会真的买账呢？"

臭虫见大家不买账，拿出极品丁香兜售。臭虫大声叫卖道："吃丁香，口齿生香！吹气如兰！气冲霄汉！"

臭虫话音未落，一只花蝴蝶飞过来询问："我刚才没听明白，您卖的是丁香，还是兰草呢？"

花蝴蝶揭穿虚假广告的逻辑错误，惹得围观者再次哄笑起来。壁虎站在墙头嘲笑道："臭虫卖香，糟蹋行当。"

壁虎一语中的，臭虫无地自容。臭虫意识到，自己臭名远扬丧失公信，无论如何宣扬大家都不会买账。

狗逮老鼠猫看门

猴子聘用狗和猫帮它经营桃园。猴子发现,猫能熬夜,狗会逮老鼠,大有潜力可挖。

为了充分挖掘猫狗潜力,将它们用足用活用扎实,猴子精心设计岗位责任制和劳动制度,将猫与狗轮岗,实行一事两员工,一岗双职责,狗逮老鼠兼看门,协助猫,猫看门兼逮老鼠,协助狗。精明愚蠢的猴子暗自得意,自我崇拜,它居然用制度将两个员工当作四个员工使用!高!高!实在是高!

猫狗轮岗兼职之后,能力特长与岗位需要不匹配。猫狗职责不清,增加责任与义务,没有获得新的收益和福利,积极性和责任心日益下降。狗忙忙碌碌,碌碌无为,疲于奔命,认认真真地应付差事,收效甚微;猫晨昏颠倒,无精打采,形同虚设,劳而无功,导致小偷猖獗、老鼠成灾。不久,桃园倒闭,猴子破产,猫狗不辞而别,另谋高就。

诱羊逮兔

天寒地冻,动物们冬眠了,大灰狼吃不到羊,饿得发慌。为了诱骗羊出来抢夺荒原上的干草,趁机杀羊,大灰狼制造谎言,散布谣言。它说今冬明春气候异常,寒冷冰封期将大大延长,而且还会发生倒春寒和严重春旱,预计明年春天草料奇缺,草原上可能会发生大饥荒。

为了制造假象，引起恐慌，诱羊上当，大灰狼披上羊皮，连夜割草。大灰狼的欺诈行为没有骗了羊，却吓坏了兔子。兔子盲信大灰狼的谎言，害怕食草动物抢吃它的窝边草，早早起来吃窝边草，不料暴露了自家窝点，被饥肠辘辘的大灰狼逮了个活的。

麻雀与蝙蝠

槐树林里，爱抱怨的麻雀遇到爱抬杠的蝙蝠，两个老朋友立即打开话匣子，没边没缘地唠叨起来。

麻雀："唉！唉！唉！洪洞县里没好人！槐树林里没好鸟！"

蝙蝠："请问兄弟，您是鸟类，还是非鸟类？"

麻雀："那还用问？！兄弟我不但是鸟类，而且是资深鸟类，资深鸟类中的益鸟！"

蝙蝠："哈哈，照您刚才的说法，阁下这样的益鸟也不是什么好鸟啦？"

麻雀恼羞成怒，厉声责问道："你又不是鸟类，为什么替鸟类辩护？关你鸟事？！"

"不错，众所周知，我是唯一会飞的哺乳动物，虽然长得像鸟儿，但不属于鸟类。不过，我与你所争论的是真理问题，不是面子问题。"蝙蝠冷冷地回应麻雀，然后张开翅膀，义无反顾地转身飞走。从此以后，蝙蝠不再与麻雀议论任何话题。

独臂担当胜空谈

猴王召集八个猿猴在"一言堂"商议"除四害"。会前,大家欢天喜地、争先恐后地吃桃子。突然,从外边飞来一群苍蝇,骚扰得大家坐立不安,心烦意乱。大家七嘴八舌地谩骂苍蝇,却没一个愿意放下手中的桃子去打苍蝇。

猴王问大家,有什么好办法能赶走苍蝇、消灭苍蝇呢?请大家各抒己见,集思广益,尽快解决,彻底解决。

一言堂是猴王发号施令的地方,一般猿猴很难有机会高谈阔论,难得有机会满足表现欲,"刷"存在感。露一手的机会来了,八个猿猴七嘴八舌唾沫乱飞,谈了八千八百八十八种设想,提了八百八十八条意见,设计了八十八个方案,商议了八项措施。最终,因为缺乏共识意见不一,大家争吵不休。

苍蝇猖獗,众声喧哗,猴王忍无可忍,举起蝇拍问大家:"谁会使蝇拍?"众猿猴的争议喧嚣戛然而止,大家面面相觑,大眼瞪小眼,个个摇头晃脑,示意自己不会。

静默中,没资格坐上座的独臂猿猴接过蝇拍追打苍蝇,将苍蝇驱散。见此情景,猴王转怒为喜,哈哈大笑,众猿猴喜形于色,释然吃喝。

留巢待鸟

春寒料峭,青黄不接,白桦林里的猎人缺少柴火。猎人明白,砍树违法,割草麻烦,枯树叶火力不足。猎人在山林里转悠半天,犹豫不决。他不敢砍树,不想割草,不愿扫树叶,最后盯上树杈上的众多空鸟巢。

仰望满树林满树杈的大小鸟巢,猎人狂喜。搭鸟巢的树枝都是好柴火,易燃火旺烟少,用竹竿一捅就得手,不违法,不麻烦,经济适用。猎人打定主意,立即动手捅鸟巢取柴火,却被护林员阻难。

猎人认为,空鸟巢无用,当柴烧就是废物利用。护林员认为,冬去春来,天气转暖,候鸟很快就会返回。惊蛰之后,害虫们蠢蠢欲动,益鸟们就会开始防虫,我们不能看眼前不顾长远地乱来。

猎人固执地认为,防虫护林是护林员的事,与己无关。护林员气愤地说,没鸟就生虫灾,虫灾就要毁树林。没有树林就没有猎物,没有猎物,猎人就会失业改行饿肚子。筑巢引鸟是上策,留巢待鸟是爱鸟护林的底线,也是护鸟护林常识,动摇不得。

护林员站在有利于猎人生计的角度因势利导,说服了猎人。猎人幡然悔悟,不但不再捅鸟巢,还开始搭建鸟窝,等待春暖花开鸟归来。

赵家的驴与猫

未庄赵太爷养了一头拉磨驴,为了让驴昼夜不分地拉,赵太爷给驴蒙上盖头,还让骡子经常给驴洗脑——好马死在征途上!好牛死在地里头!好驴死在磨道里!为了节约粮食,防范驴边拉磨边吃,赵太爷给驴戴上笼嘴,还让守夜猫暗中监视毛驴。

久而久之,猫发现,赵太爷的所有措施一概无效。于是,猫好奇地询问起毛驴。

猫:"毛驴哥哥,您看不到夕阳西下,瞅不见月明星稀,怎么会天天照常按时睡觉呢?"

毛驴:"眼睛被蒙蔽,我不知道黑白昼夜,却知道疲倦困乏。困了睡,饿了吃,人懂得,猫懂得,驴当然也懂得。"

猫:"赵太爷给您戴上笼嘴,您没法吃到白米细面,却照样吃小麦苞谷豆子?!"

驴:"除非给我戴口罩,让我享受人的殊遇。"

猫:"如果给您戴口罩呢?"

驴:"戴口罩就会憋死,我死了,赵家损失会更大。"

猫:"赵家如此这般刻薄地对待您,您为什么不逃跑呢?"

驴:"活着,活着,忍辱苟活,苟且活着。"

猫:"您给我说这么多真话,难道不怕我去赵太爷那里举报你,让赵太爷弄死你?"

驴:"哈哈,你才不会那么傻的。如果我被赵家弄死,你就下岗失业了。"

猫:"是的,是的,哥哥,我懂得利害关系。我这个清闲自在的就业机会就是您创造的。所以,除了汇报一些鸡毛蒜皮无足轻重的琐碎小事,我一概守口如瓶。"

驴:"对头!对头!好兄弟!不糊涂!在赵家的眼里,我们都是畜生,不属于人类。如果我们都站在赵家的立场上考虑问题,就都没有好下场。"

猫:"哼哼,他们浅薄刻薄,自以为是,自高自大,却不通驴性,不懂猫性,其悟性连畜生都不如!"

驴:"哈哈哈哈,是的,是的,贤弟所言极是!我们虽然是畜生,但是,我们多少还通一点人性!"

驴贬象夸

浅薄、刻薄、奸诈、阴毒的奸驴有三个坏毛病:一是喜好品头论足,随意贬低评论对象,貌似无所不知;二是滥用诡辩法,左右反转,颠倒黑白,以偏概全,乱挑毛病,时时处处事事常有理,貌似永远绝对正确;三是偏好对正面事物做出负面评定,任意抹黑,貌似高大上。驴遇见大象,忍不住评说起来。大象内心十分厌恶,为礼貌起见,却装作洗耳恭听的样子,静听奸驴大放厥词。

奸驴唾沫飞溅,信口开河地开贬大象:"大象个头很高,力气很大,但不适合推磨,不适合拉车,一点也不专业,不在行。大象虽有个大尾巴,但大而无用,没什么价值,没什么市场,不如牛尾巴值钱。最近,红烧牛尾很火爆,很流行!行情看涨啊!大象有四条粗壮的腿,但是个个大而不当,重而无效,拖累自己,威胁别人。大象有个长鼻子,但长而不美,没有猪鼻子简约,没有狗鼻子敏锐,没有牛鼻子著名。不过,象牙是个好东西,价值不菲,却经常给自己带来杀身之祸!"

"哼哼,听你所言,冒昧猜想,你与屠夫、吃货、罪犯、猪狗是一伙的!?"

奸驴不假思索,不置可否地说:"呵呵,刚才我所说的观点,都是听它们说的，我自己并不十分清楚。"不经意间，驴不但彻底暴露了自己的无知，而且自我证明了自己的无知。

"你讲了我很多缺点，有利于我全面认识自己，我完全接受，非常感谢。相比之下，我觉得你非常优异，特别优秀，有些优点是其他动物无与伦比的，有些特长是值得大书特书的。"大象反其道而行之，狂赞驴，驴不知是嘲弄，高兴得心里乐开了花。

"您说！您说！我哪一特长值得大书特书？"驴得意忘形地追问大象。

大象热烈鼓掌，大声赞扬道："天上龙肉！地上驴肉！经济适用！价廉物美！香飘四海，誉满全球！"

驴听大象这么赞扬它，知道大祸临头，厄运将至，吓得屁滚尿流，落荒而逃。

抱怨到死的驴

驴抱怨独自拉磨太累、太烦、太孤单、太不公平。于是，东家派朝气蓬勃的骡子与驴搭档，协助驴干活。没几天，驴给骡子挑了一箩筐毛病，抱怨骡子太急太躁太快太倔强，指责骡子不尊重它，强烈要求换搭档。于是，东家换敦厚善良的黄牛与驴搭档。黄牛不慌不忙，不急不躁，很温和、很谦逊，对驴很尊重，驴暗自高兴，得意扬扬。

好景不长，驴又给黄牛找了一大堆差错，抱怨黄牛太慢太沉闷，太死板，不活跃，没主见，不专业，不在行，强烈要求换掉黄牛。其实，骡子和黄牛都不喜欢驴的坏脾气，讨厌驴的挑剔、抱怨、刻薄、浅薄、多疑、狭隘。驴的挑剔、抱怨、指责、排挤正中下怀，骡子一声长叹，默默离开，黄牛一声冷笑，无言离去。

为了让驴满意，让驴舒心，让驴高兴，充分发挥驴的磨面特长，东家建议马搭档，马断然拒绝；提议骆驼搭档，骆驼不置可否，始终不表态。

东家让驴自选搭档,驴看谁都不顺眼,不满意,不合适。于是,东家只好让驴独自拉磨。驴边干边骂边抱怨,直到累死在磨道里。驴累死了,但大家都不同情它,都说它可憎、可恶、可悲、可笑!

鄙视型礼让

独木桥头,一群动物排队过河,有的心急如焚,有的急不可耐,有的心慌意急,有的迫不及待,唯有长臂猿神闲气静,排队等待。

猪见长臂猿不着急,说它自己饥饿难耐,要赶回去吃东西,央求长臂猿让自己先过,否则它会饿晕的,晕倒就会瘫痪的。长臂猿不由分说,将猪让到前面。

狗见长臂猿礼让猪,连忙对长臂猿说,它要到河对面去找肉骨头啃,去晚了,就耽误了,耽误了啃骨头,它会发疯发狂胡乱咬。长臂猿看狗一脸可怜相,二话不说,礼让了狗。

在排队过程中,鸡一直叽叽喳喳地叫唤个不停,抱怨路堵桥窄动物多。鸡见长臂猿让了猪,又让了狗,内心十分不悦,万分焦急,要求长臂猿让自己一步。否则,它的瘟热病会加重,会晕厥过去。长臂猿不但厌烦叽叽喳喳的鸡,而且鄙视无病呻吟的驴,它不但让了鸡,还让了排在鸡后边的驴。

长臂猿一让再让,落到倒数第二,与绵羊为伴。长臂猿礼让猪狗鸡驴,猪狗鸡驴得寸进尺,纷纷要求排在前边的猴子、狗熊、山羊礼让它们,没等猴子、狗熊、山羊同意,猪狗鸡驴之间却打了起来。长臂猿见状,招呼绵羊,放弃排队,绕道前行。绵羊不解地问长臂猿:"您为什么要礼让那些道德败坏的家伙呢?"

"世上的路千万条,河道上的桥也不止一个。为什么要与它们争过独木桥呢?我的礼让,不过是鄙视型礼让而已!"长臂猿话音未落,猪狗鸡驴又与猴子、狗熊、山羊打起来，导致独木桥滑动、落水、漂走，谁也无法通过。

蜗牛不是牛

龙虎牛出名后，小动物们非常羡慕，大家纷纷改名换姓，扩张名头，企图成名成家，名利双收。

在小动物改名潮中，四脚蛇先改名壁虎，后改名檐龙，再改名钱龙，越改越大。蚯蚓胆大不知羞，索性改名地龙，一次到位。长得像蜗牛的鼻涕虫先改名水蜒蚰，后改名蛞蝓，虽然日益文雅，但不够宏大，不够响亮。思前想后，蛞蝓改名蜗牛，企图混迹蜗牛朋友圈，且不被察觉，不被歧视，不被驱逐。不料，蛞蝓的做法却遭到知了的讥笑。

知了笑呵呵地问蛞蝓："蜗牛是牛吗？"

蛞蝓恼羞成怒，愤愤不平地质问知了："壁虎是虎吗？地龙是龙吗？"

"是的，壁虎不是虎，地龙不是龙。但是，不管怎么说，蜗牛不是牛！"知了不以为然地讥讽蛞蝓。

知了一语中的，蛞蝓羞愧难当，自知不伦不类，不再辩驳，不再自称蜗牛。

苍蝇喊打

老鼠过街，人人喊打。虫子喊打，鸟儿喊打，苍蝇也喊打。蝉儿感到诧异，连忙问苍蝇："除四害，首先打老鼠，然后逐个消灭蚊子、苍蝇、蟑螂，你知道不知道？你看看，你看看，形势严峻，烂嘴蚊子闭嘴噤声，装作事不关己！臭嘴蟑螂涂脂抹粉喷香水，假装益虫！作为打击对象之一，你喊什么喊！凭什么喊？"

"哼哼，哼哼，我痛恨老鼠！恨得咬牙切齿！恨得怒火满腔！"苍蝇义愤填膺，捶胸顿足，一脸正色，浑身怒气。

蝉儿好奇地追问苍蝇："你恨它什么？"

"我一恨它独吞臭肉，让我美梦落空！二恨它独占臭豆腐，让我痛不欲生！三恨它干扰我进厕所，让我十分不爽！四恨它重视小小蚊子，居然看不起伟大的我！五恨它偏袒蟑螂，竟然不给我面子！六恨它一朝暴富，为富不仁！七恨它一夜成名，目空一切！八恨它一炮走红，得意忘形！九恨它，……"苍蝇唾沫乱飞，滔滔不绝地控诉老鼠，蝉儿低头倾听，掩面窃笑不止。

蝉儿忍不住插话道："我听了半天，你的愤恨全是私愤，与正义无关！与公义无涉！"

苍蝇听蝉儿这么说，觉得话不投机半句多，话题戛然而止，转身飞走，身后传来蝉儿响亮的讥笑声。

结伴造福

蚂蚁上树逮虫子,工作辛苦效率低,饥一顿,饱一顿,生活没有保障。蜘蛛在树杈上织网逮虫子,一劳永逸,坐享其成。但是,野外生活利弊相生,意外很多,风险很大,一言难尽。

"蜘蛛大哥,您吃喝不愁。白天晒太阳,晚上看星星,十五十六看月亮,我好羡慕您的生活啊!"蚂蚁忍不住赞叹起来。

蜘蛛一声叹息道:"唉!别人家的生活,看上去很美,其实不尽然。家家有本难念的经,一家不知一家难啊!是的,结网逮虫子,吃喝不愁。但是,风餐露宿的环境实在难熬!不如你住洞穴安全自在。"

蚂蚁听蜘蛛如是说,灵机一动,诚恳邀请蜘蛛去自己的洞穴结网。蜘蛛喜出望外,愉快地接受了蚂蚁的邀请。

为表示诚意,为捕获更多的昆虫,蚂蚁无偿出让自己控制的所有洞口穴隙,供蜘蛛结网栖息,解决了双方的给养。从此,蚂蚁不再早出晚归,劳碌受苦受饥寒,蜘蛛不再风餐露宿,免于野外生活之苦和意外风险。为了深度合作,增加收益,提高幸福指数,蚂蚁发挥自己的挖洞专长,面向沼泽树林草丛,开掘出许多陷阱洞口,供蜘蛛定点织网,获得大丰收。

蚂蚁主动提供并创造"供给侧",满足蜘蛛无限的"需求侧",双方优化资源配置,深度合作,高端协作,结伴造福,共享福利,蜘蛛免费住宿,蚂蚁免费吃喝,两个好朋友过上殷实富足无忧无虑的幸福生活。

吃掉天敌待天机

金龟子、蚂蚁、蚯蚓,三个好朋友聚在一起闲聊。提起它们的共同天敌,金龟子义愤填膺,捶胸顿足,泣不成声。蚂蚁满不在乎,咯咯发笑,蚯蚓不以为然,调侃金龟子,气得金龟子火冒三丈。

金龟子冲着蚂蚁咆哮道:"笑笑笑!笑什么笑?你能咬死老鹰、乌鸦、食蚁兽,为我们弱势群体报仇雪恨吗?"

"鹰固有一死,死必然落地,落地就能食其肉,啃其骨,把它变成泥土。至于乌鸦、食蚁兽,当然不在话下。除非它们长生不死,永远高高在上。"蚂蚁慢条斯理,自信满满地回答金龟子。

金龟子破涕为笑,坏笑着追问蚯蚓:"地龙哥,你呢?你能干点什么名副其实的事呢?"

"来于尘土,归于尘土,这是所有生物的宿命。凡是能变成土的生物,我都能翻腾它几十遍,把它变成优质肥料。我们的天敌自然不值一提。"蚯蚓对金龟子提出的具体问题给予一个很哲学的回答,惹得金龟子哈哈大笑,不由自主地热烈鼓起掌来。

蚂蚁和蚯蚓的高论让金龟子陷入沉思。深思熟虑之后,金龟子自言自语道:"死亡、腐朽、变质、变异,此乃永恒不变的天机!吃掉天敌,只待天机到来。"

私怨公解

鸡兔同笼，个性不同。鸡爱热闹，好议论，怕孤独，从早到晚，叽叽喳喳，喧嚣不止，聒噪不止，对兔子的沉默冷漠比较反感。兔子好安静，爱思考，怕干扰，讨厌鸡的吵闹扰攘，深恶痛绝鸡不讲卫生的坏习惯。

鸡兔互相指责，彼此抱怨，积怨日益加深。为了赶走鸡，兔子想了很多办法，找了很多理由，多次向猴子大王投诉鸡。猴子认为，兔子反映的问题，属于鸡的个性和习惯问题，其中包括鸡的权利与自由，兔子必须忍让鸡的个性，理解鸡的生活习惯，尊重鸡的权利与自由，转变对鸡的看法。猴子大王不支持，兔子无可奈何，只好在隐忍中等待时机。

春天到了，瘟疫流行，鸡瘟来势凶猛，猴子大王命令狐狸负责环境卫生治理和瘟疫防控。兔子见机行事，立即向狐狸控告鸡有病。狐狸大喜，依法杀鸡，合理吃鸡，兔子私怨公解，达到不可告人的目的。

外行好评内行笑

湿地朋友圈举办才艺表演赛，为了赢得大奖，扩大影响，参赛选手们纷纷组织亲友团、啦啦队，现场为自己点赞、叫好、造势。

鸡自夸它善于低空滑翔，一群鸭子嘎嘎嘎地点赞欢呼，情不自禁地载歌载舞。屎壳郎自夸它跑得快，一伙蜗牛点赞叫好，学着屎壳郎的样子满地打滚，借机表演行为艺术。螃蟹自夸它能在泥地上八只脚同时写篆字，一群蛤蟆呱呱呱地点赞叫好，尾随其后模仿"螃蟹体"。乌贼鱼自夸它善于在水中画立体水墨画，一群泥鳅点赞欢呼，纷纷搅浑水"作画"，美其名曰"水中情"。

看到丑态百出的情景，水边的沙鸥忍不住大笑起来。喜鹊好奇地问沙鸥："哥哥因何发笑？"

"低手拙劣表演，外行点赞欢呼，你不觉得外行们的种种好评很滑稽，很无聊，很可笑吗？！"沙鸥话音未落，喜鹊发笑，乌鸦发笑，麻雀发笑，惹得树上、水边围观的动物们都笑了起来。

八戒不作为

赤日炎炎，猪八戒在大柳树下酣睡。突然，跑来三个惊慌失措、惊恐不安的小孩求助。

三个小孩连声呼喊："大叔救命，大叔救人，大叔快救人，一个小朋友失足落水，快要淹死啦！"

"去去去，去去去，关我鸟事？找别人去！好不容易梦见一次嫦娥，不要打扰俺老猪好梦。"八戒不耐烦地赶走三个小孩，继续酣睡做梦。

"着火啦！着火啦！快救火啊！"八戒正梦见嫦娥，却听见远处传来夫人高秀英的尖叫声。

八戒很不耐烦地自言自语道："咸吃萝卜淡操心，别人家着火，关你屁事，喊什么喊，多管闲事，笨蛋！"

八戒在酣睡中再次梦见嫦娥醉酒，飘飘然欢天喜地，却被人重重地踢了三脚。八戒恼怒地睁眼一看，原来是气急败坏的夫人高秀英。

"死鬼！儿子淹死了！房子烧光了！你居然在这里睡大觉，做美梦？！"高秀英哭天抹泪，连哭带骂，悲痛欲绝。八戒这才意识到，坏了！坏了！自己家出事了！！

狮子与跳蚤

小小跳蚤冒犯了强大无比的狮子王,狮子王张牙舞爪地追杀跳蚤,跳蚤机动灵活地与狮子王缠斗,狮子王不罢休,跳蚤不示弱,双方斗法,难分难解。

狮子王说,踩死你,比踩死一只蚂蚁都容易!跳蚤说,你踩!你踩!你踩踩踩!狮子王一踩,跳蚤一弹跳,草原之王踩来踩去,踩坏一片草地,踩出一个个土坑,却踩不住世界跳高冠军。

狮子王气急败坏地说,我抽死你!我一鞭子要你小命!跳蚤一脸坏笑,一言不发,摇头晃脑做鬼脸,示意狮子王出手。狮子王用尾巴猛抽跳蚤,但它抽打的速度不如跳蚤闪展腾挪的速度快。狮子王抽得筋疲力尽,打得尘土飞扬,跳蚤却毫发无损,安然无恙。

狮子王累得趴在地上喘气,边喘气边咆哮,扬言要咬死跳蚤。跳蚤出其不意、攻其不备,跳到狮子王头上一通狠咬,咬得狮子王痛苦不堪,一脸窘相,惹得旁观者哈哈大笑,众说纷纭。

绵羊兴高采烈地说:"强大不敌小巧"。

蚊子意味深长地说:"大炮打不住蚊子。"

螨虫挑衅地说:"狮子斗不过虱子。"

老虎感慨地说:"大虫难敌小虫。"

狮子王气愤地说:"大虫搞不定寄生虫!"

恶意盘问正面答

喜鹊名声好，秃鹫名声坏。喜鹊对秃鹫深恶痛绝，努力避而远之，避免被伤害。秃鹫对喜鹊羡慕嫉妒恨，千方百计接近喜鹊，企图挑毛病，抓把柄，蓄意陷害喜鹊。

一天早上，鸟儿们纷纷出来捉虫子，秃鹫与喜鹊偶遇，喜鹊礼节性与秃鹫打招呼，秃鹫却恶意盘问起喜鹊。

秃鹫："听说你喜欢吃鸟蛋？"

喜鹊："不，我喜欢吃蝗虫、蚱蜢、金龟子、地老虎、松毛虫、蚂蚁、蝇类。"

秃鹫："听说你与乌鸦是铁哥们？"

喜鹊："不是的，您搞错啦，我与寒鸦是铁哥们。"

秃鹫："你有时仰天鸣叫，有时对着大地叽叽喳喳指指点点，你什么意思啊？有什么不满情绪？"

喜鹊："那是做义工，预报天气。仰天鸣叫的意思是天阴降温，俯首鸣叫的意思是马上下雨。"

喜鹊的正面回答滴水不漏，秃鹫的恶意盘问一无所获，秃鹫无趣地飞走。旁观旁听的斑鸠好奇地问喜鹊："贼秃鹫什么意思？问那么多闲话？"

喜鹊对斑鸠耳语道："第一问，假设我是鸟类公敌，求证我是鸟类公敌！第二问，怀疑我与它的死对头是一伙的，既想孤立打击乌鸦，也想找碴整我！第三问，怀疑我对它有不同意见，我偏偏不顺它的话茬回答。"

斑鸠恍然大悟，佩服地跷起大拇指，笑嘻嘻地对喜鹊说："你的回答很机智，也恰到好处。你的回答侧面告诉它，你是啄木鸟式的益鸟、寒鸦式道德模范，还是大公无私、泛爱众的公益鸟。"

喜鹊点点头，转身捉虫子去了。

驴象舞会

为了拓展关系网，扩大朋友圈，提高知名度，驴主办，大象出席，组织起一场盛大的化装舞会。牛、马、骡、骆驼、长颈鹿、猴、猪、羊、鸡、鸭、鹅等动物被正式邀请参加，蚂蚁、蚂蚱、螳螂、金龟子不请自到凑热闹。

舞会开始，驴象携手翩翩起舞，却被高个子的牛、马、骡、骆驼、长颈鹿讥笑为"高低柜组合"，被矮个子的猴、猪、羊、鸡、鸭、鹅调侃为"驴推磨"，逗得大家哄堂大笑。因此，交际舞渐渐变成独舞、集体舞、准团体操。

为了展示才艺，获得一点存在感，蚂蚁、蚂蚱、螳螂、金龟子纷纷上场。四个小伙伴穿梭于大佬中间，闪转于大个子胯下，既不自在，也不体面。

尴尬中，蚂蚁提议离场。螳螂问："正玩得高兴，为什么要匆忙离场？"

"无异于自取胯下之辱！"蚂蚁一语中的，大家一致认同。于是，小玩意儿们无言地悄悄离场了。

互相轻贱

尖酸刻薄的张三与吝啬小气的李四是邻居,两家经常互相借东西,因为利害得失计较,彼此面和心不合;因为自私自利且不想撕破脸皮,两家虚情假意,互相应付。

张三想借李四家的高头大马去给儿子相亲,李四推说马已借给别人,牵出一头驴给张三骑。张三十分不悦,强求不得,又不便发作,只好去别人家借马。因为这件事,两家的关系日益冷淡。

过了一段时间,李四家盖房子,请本村人帮工。张三不愿帮李四干活,不敢公然违背互帮互助、互利互惠的乡规民约,不想公开与李四决裂,也不想吃亏,还想合情合理地占李四便宜,更想不动声色地轻贱李四。权衡之后,张三借故外出,指派好吃懒做没本事的老婆、奸猾懒散没力气的三个儿子"帮工",白白吃了李四家一个月。

人抬人高、人帮人贵,刻薄待人者,人亦还以薄凉。张三自以为得计,无意中却犯了一个自曝尖酸刻薄、公开败坏门风的错误。从此以后,全村人人皆知张三薄情寡义不地道,老婆好吃懒做没本事,儿子奸猾懒散没出息;李四精于打小算盘,不会算大账,张家被鄙视,李家被轻视。

老猫破题

小猫感慨地对老猫说:"猫喜欢吃鱼,却不会游泳,很难抓到鱼。鱼喜欢吃蚯蚓,却上不了岸,很难吃到蚯蚓。上天给我们安排了很多诱惑,却总是让我们求之不得。老爸您说,这种难题有解吗?"

老猫沉思片刻,对小猫说:"想办法,就有办法。我们不会游泳,不必去深水区冒险,但可以在浅滩池塘沟渠有所作为。我们没本事抓大鱼,但可以抓些小鱼小虾。鱼喜欢吃蚯蚓,蚯蚓喜欢吃烂苹果,烂苹果很容易找到。如果我们在滩涂、浅水湾、池塘边投放烂苹果,就能抓到较大的鱼。"

"在适宜的环境里建造食物链,利用可控资源拉长食物链,将食物链链接到自己,就能吃到想吃的东西。"小猫顿悟,兴奋地回应老爸。

老猫满意地点点头,开怀大笑起来。

明香暗臭

山中无老虎,野猪称霸王。猪称王称霸,势利软弱的动物巴结猪,仇视怨恨的动物明枪暗箭攻击猪,丛林里的矛盾和斗争日益复杂尖锐。

为了讨好猪,哈巴狗给猪头上抹香油,把猪头涂抹得油头粉面,油光可鉴,猪感觉自己香喷喷的,很帅很美很神气。猪很爽很满意,赏给哈巴狗一根骨头。

猪头流油,吸引了大量苍蝇、蚊子、虱子、跳蚤、螨虫。寄生虫竞相追逐揩油,大家误以为猪大王是臭猪、病猪,纷纷躲避,或敬而远之。

猴子与猪争霸失败,对猪怀恨在心,一直不服气,不甘心。但是,猴在猪手下,不得不低头,不得不认真应付积极应对。

猪问猴子,如何驱逐可恶的寄生虫?猴子别有用心地建议猪,涂抹更多的香油,周身涂抹,滑倒寄生虫,粘死寄生虫,呛死寄生虫,让寄生虫无处下口。

猪不知是计,指示哈巴狗给自己周身涂抹香油,天天涂抹。不料,吸引的寄生虫更多,沾染的灰尘赃物更多,香油、臭汗、皮脂屑、毛发混合,日益发黏发臭,诱发皮肤病,导致毛发脱落皮肤溃烂。就这样,猪大王变成一头名副其实的臭猪、脏猪、病猪。

善事正说

蜣螂和蚯蚓都在森林里做环保志愿者,蜣螂的垃圾处理业务比蚯蚓的土壤改良工作更脏更苦更危险。但是,它们两个的待遇、社会评价和受尊重程度有天壤之别。大家尊称蚯蚓为地龙,将它与天龙、云龙、海龙相提并论。同时,蔑称蜣螂为屎壳郎,还编笑话,讲段子嘲弄它、耻笑它。蜣螂有苦难言,愤愤不平。

为了走出困境摆脱麻烦,蜣螂求教于蚯蚓,请蚯蚓为自己出主意想办法。

蚯蚓开门见山地对蜣螂说:"好事要好说,善事要正说,千万不可乱解释乱调侃乱自嘲。你所谓'不怕臭、不嫌脏,不怕恶心,不要脸,不要命'的'五不精神'本意很好,职业精神可嘉。但表达善念的方式不妥,用词不当不得体,很容易让外行或不明真相者产生严重误解与合理怀疑,把你看成一个不讲卫生,品位较低,修养很差,没有廉耻,道德败坏的亡命之徒。"

"噢噢噢，我明白了！听君一席话，胜读十年书！非常感谢！那么，我应该如何言说，如何自我介绍，才能妥帖地表述我的职业形象呢？"蜣螂恍然大悟，急切地向蚯蚓要说法。

蚯蚓沉思良久，突然得意地从嘴角蹦出一句话："做自然界的清道夫！"

蚯蚓话音未落，蜣螂激动地热烈鼓掌，衷心感谢蚯蚓对自己的智力支持。

蒲公英离弃大树

冬天里，狂风大作，将槐树、灌草、藤条、蒲公英和各种无名小草的种子从黄土高原卷到草原荒漠落地，大家在一起生根、发芽、成长。

日复一日，年复一年，槐树种子长成参天大树。但是，灌草还是灌草，小草依旧是小草，藤条依附大槐树努力攀升，蒲公英渐渐被边缘化。

干旱季节，靠近大树水土肥；炎热季节，背靠大树好乘凉。尽管如此，万物生长靠太阳！到了秋冬，除了大槐树，大家都嫌光照不足，群起抱怨大槐树："大树底下不长草！乔木之下无壮苗！"

大槐树听罢，不耐烦地回应并反问道："我长我的，你们长你们的，我干涉过、干扰过、压制过你们吗？你们自己成长得不好，抱怨光照不足，这能怪我吗？如果说我对你们有负面影响，那么是谁让你们靠近我的？难道让我趴下？让我死掉？才能解决你们的问题？"

大家无言以对，蒲公英陷入沉思。突然，一阵清风吹过，蒲公英急中生智，迅速打开自己的飞行伞，飘然离开，飞向远方。

在远离大树、靠近河滩、土地肥沃、阳光灿烂的低洼地，蒲公英避开风头安家落户，独享清静，独立成长，装点出一片美丽的水岸风景。

水牛不喝脏水

暴雨过后,池塘涨水,呛死好多鱼,池水开始变味。但是,口味不同的动物感觉也不同。

蛤蟆喝过之后赞不绝口:呱!呱!顶呱呱!

鸡尝了一口,优雅地点了一个赞:鲜!

羊闻了闻气味,没喝,随大流点了三个赞:美!美!美!

狗喝饱之后打了个饱嗝,夸赞道:"旺!旺!旺旺!"

猪放开肚皮喝水,见水牛泡在水中却不喝一口,十分诧异。猪好奇地问水牛:"在池塘之动物圈中,狗鼻子最尖,吃喝最挑剔。它喝了都说好,你怎么连一口都不喝呢?"

"腥!"水牛轻声回应猪,生怕被其他动物听见。水牛本来想说"脏""肮脏""污秽",或者"腥臊"。但是,为了给不讲卫生的猪和说假话的羊留点面子,且不得罪大家,它简略地说出一个鱼腥的"腥"字。

猪不解地追问:"你不喝水,泡在池塘里干吗?"

水牛不假思索地答道:"洗澡、防暑、降温。"

"你口渴了在哪喝水?"猪继续追问水牛。

水牛对猪低声耳语:"大河、小溪、山泉。"

搭车穿越

十里香饭馆坐落在某市三岔路口大转盘一角,三个路口有行人斑马线,没有红绿灯,没有过街天桥地道。转盘周长二里多,从早到晚,车流滚滚,喇叭汽笛长鸣,行人过街艰难,送货送外卖的生意人更艰难。

一个冬天的午饭时间,十里香饭馆新来的小伙计马小宝,给饭店对面第二个路口的写字楼上的一家工程设计公司送饭。接到送餐电话,小宝立即出发,本来五六分钟能走到的路程,因为车流阻挡,小宝在路口等待并穿行车流,耗费半个多小时才将饭菜送到。糟糕的是,汤菜饼凉了,拌面条黏成一块,客户恼怒退货,厉声训斥小宝。小宝不急不躁地说明缘由,诚恳赔礼道歉,声明自己承担全部责任,自费弥补损失,不给自家老板添堵添乱添麻烦,避免自己被老板炒鱿鱼。双方和解后,小宝立即下楼,自费给客户买来午餐。客户感念小宝诚恳老实,转怒为喜,答应不向饭馆老板投诉,并夸奖了小宝好人品。

小宝奉命送午饭,受冻受累受气还赔钱,一肚子委屈没法说。寒风中,小宝强忍泪水,在三岔路口行走、张望、琢磨。无聊之中,小宝逐个查看三岔路口的公交车站牌,突然眼前一亮,有了永久解决难题的好办法。

从第二天开始,每次接到送餐电话,小宝三五分钟内就能送达热乎乎香喷喷的饭菜。五天后,工程设计公司的刘总经理好奇地问小宝,这几天咋回事?何以如此神速?小宝笑呵呵地说出真相。原来,三岔路口的公交车很多,三个路口六个公交车站,公交车一趟接一趟,且公交专用通道畅通无阻。如果来回搭乘公交车转弯子,迅速无障碍穿越车流,一站到达,安全、便捷、高效、及时。

听罢小宝讲述,刘总深有感触地说:"顺路搭车,随车转弯,搭上拦路的车穿越路口和车流,变不利为有利,转不顺为大顺!年轻人好样的!有智慧啊!"

小宝感谢刘总夸奖,表示一定做好送餐工作,绝不误事。刘总感谢小宝热诚服务,送给小宝两百元小费,递上自己名片,亲切友好地嘱咐小宝,如果想来公司工作,随时欢迎。小宝感激不尽,憨憨地一笑,恭恭敬敬地点头答应,高高兴兴地转身离去。

"高尚"的卑鄙

老县官修桥补路声望很高,老师爷暗中运作,士民绅商集资,在新桥桥头树碑立传。老师爷秉笔书写碑文,赞扬老县官功德,借机炫了一把自己的文采和书法。

新县官到任,看见老县官的功德碑和老师爷的碑文书法,心里醋海翻腾,恨不得立即命人给砸了。新师爷看见老师爷的文章和书法后,心里很别扭,恨不得刮掉另写。

不久,冰雪聪明的师爷猜透了县官大人的心思,建议由县衙倡议主持,由本县富商集资种植"惠民林",在桥头功德碑周围广种杨柳,大量竖立拴马桩,方便过往行人客商休息。县官闻言大喜,指示师爷精心经办,师爷心照不宣,卖力实施。

三年之后,桥头杨柳成行,拴马桩成排,人来人往,熙熙攘攘,活像一个骡马市场,修桥功德碑被路人闲人刻画损毁,面目全非。新县官和新师爷用"高尚"的手段干成了卑鄙的事,不动声色地达到不可告人的目的。天长日久,后人渐渐淡忘了主事人、出资人、设计人、修桥人、立碑者和碑文书写者。

老鼠塑猫

鼠辈之间，互相偷盗，鼹鼠经常成群结伙地偷盗老鼠的赃物。为了防范、制止、杜绝鼹鼠盗窃，老鼠先后采取提醒、警告、制裁、围攻，以及分仓、隐蔽、深埋等措施。但是，收效甚微，防不胜防。

老鼠听说白蛇很聪明，而且善于对付鼹鼠，便求教于白蛇，请它帮忙。听罢老鼠的述说，白蛇实事求是地告诉老鼠，自己只能在夏秋两季搞定鼹鼠，其他时间毫无办法。要想根治鼹鼠之害，应该求助猫，或者猫头鹰。

老鼠说，求猫或猫头鹰灭鼹鼠，无异于自取灭亡，使不得，使不得，万万使不得！白蛇一会点头，一会摇头，一边吐信，一边转眼珠。突然，白蛇灵机一动，想出一个简便易行，成本很低的办法，建议老鼠在窝边塑一只卧着的猫像，恐吓鼹鼠。

老鼠大喜，立即动工，塑像完工后，果然吓退鼹鼠。老鼠不战而胜，好奇地问白蛇，为什么这种办法如此有效？白蛇笑嘻嘻地告诉老鼠，鼹鼠怕猫，它嗅觉发达，但视力极差，经常辨不清真假。

老鼠不解地问白蛇，一般来说，昼夜鼠类的小眼睛都是贼亮的，很好使的，为什么鼹鼠的视力那么差？

白蛇说，因为它们在洞穴中生活太久，在黑暗中活动太多，导致目光短浅，视力退化，辨别能力降低，容易上当受骗。哪像你们黑白两道通吃！

乌贼避责

东海龙王聘用乌龟、海豚和乌贼鱼做军师，帮自己出谋划策做方案。为了提高效能，防范风险，落实责任，龙王实行《集体表决决策制度》《优秀方案奖励制度》《错案责任追究制度》《优化组合制度》和《末位淘汰制度》等内部管理制度。其中，《错案责任追究制度》比较严厉，《末位淘汰制度》毫不留情，三位军师非常害怕，总担心因自己的过错被解雇。

上有政策，下有对策，大家都在想办法规避责任。在三位军师中，乌贼地位最低，提升可能性最小，被末位淘汰的可能性最大。于是，乌贼不求有功，但求无过，努力逃避过错，永远扮演一个"有独到见解的军师"。三个军师确定决策方案时实行集体表决，遵循少数服从多数原则。每次表决，如果乌龟和海豚意见一致，乌贼立即提出反对意见，或保留意见不表态，或提出几条补充修改意见应付，尽量做到随大流，被迫服从多数的少数派。如果决策正确，自己有参与协助之功。如果决策失误，自己不但免责，而且还有可能被赞赏。如果乌龟与海豚意见不一致，乌贼立即提出第三套方案，将三方矛盾呈交龙王裁决。无论如何决定，乌贼不但不负决策责任，而且显得特立独行，善于独立思考，有先见之明。

久而久之，乌龟和海豚看透了乌贼的心机，琢磨着如何对付它。等啊等，终于等到优化组合的机会，乌龟和海豚以不合作、不担当、不负责、难沟通为由，一致提议将乌贼淘汰。

起底效应

池塘里养着鳟鱼、沙鳖和泥鳅三种动物,因为争夺深水区栖息地,争抢食物,本来相安无事的邻居打得不可开交。

为了赶走鳟鱼,呛死鳟鱼,沙鳖帮勾结泥鳅团伙,起底池塘搅浑水,它们将池塘底部的污泥黄沙翻腾起来,导致水体污浊黑臭缺氧。弄坏池塘水环境后,贪婪凶悍的沙鳖们肆无忌惮地袭击鱼虾,狡猾刁钻的泥鳅团伙游弋偷袭小鱼、虾米、蜉蝣、蝌蚪,导致池塘秩序大乱。

鳟鱼承受不了沙鳖和泥鳅的滋扰攻击,难以忍受污泥浊水的肮脏,耐不住浅水区的高温,纷纷生病死亡。鳟鱼尸体腐烂,导致池水高度污染,小动物死亡,有害微生物恶性繁殖,水生植物腐烂,池塘最终变成污水池。沙鳖帮和泥鳅团伙自作自受,在饥饿匮乏中生病死绝。

白吃沙枣不领情

猴子经营的沙枣园喜获丰收,导致许多动物羡慕嫉妒恨,令猴子十分不安。为了搞好相邻关系,广泛推销沙枣,猴子举办沙枣品尝会,请大家免费吃沙枣。白吃白喝白拿的热闹过后,猴子不但没有获得预期的好评,反而招致意想不到的闲言碎语,其中有些差评严重影响沙枣销售。

野猪说,沙枣没有红枣甜,不好吃。黄狗说,沙枣的虫子有点多,吃了浑身不舒服。公鸡说,沙枣的枣核有点大,不小心会卡喉。驴说,沙枣的后味有点苦，说不定有毒。狐狸说，沙枣没有酸枣酸，营养价值不可能高。骡子说，沙枣树属于肥地治碱的生态树种，树好，未必果子好。

正当猴子一筹莫展的时候，啄木鸟医生登门拜访，请求包销全部沙枣。猴子不解地问啄木鸟，沙枣有啥用处？啄木鸟笑呵呵地告诉猴子，沙枣药食并用，入药可降血脂血压，夏季用沙枣泡水喝，解渴解暑解腻开胃。沙枣树生命力顽强，沙枣属碱性食物，长期食用，健康长寿。

猴子大惑不解地问啄木鸟，这么好的沙枣，放开白吃白拿，居然招致那么多差评？这到底是为什么？啄木鸟哈哈大笑，细说根源：因为浅薄无知，无趣且无聊，随意聊一聊，找点乐趣；因为羡慕嫉妒恨，无处发泄，找个善良可欺的活靶子敲打发泄；因为无德无耻无情义，不懂感恩，故意找碴，乱挑毛病，将占便宜说成吃亏，意在抵消恩惠。它们不但不想回馈您的义举，反而想让糊涂蛋们误以为您对不住它们。

啄木鸟深入解读，猴子恍然大悟，开心释怀，不再计较无知无聊者的差评，高高兴兴地与啄木鸟密切合作。

蚯蚓挖洞

蚯蚓挖洞，遇到花岗岩，它依然直来直去，径直挖掘。结果，不但毫无进展，反而把自己碰得鼻青脸肿。

蚂蚁见状，劝它拐弯再挖，不料又碰到砂姜石。艰难掘进中，蚯蚓的皮肤多处划伤，鲜血淋漓。蜈蚣路过，十分同情蚯蚓，建议它开挖软土，不要拼死碰硬，蚯蚓再次调整掘进方向，挖掘软土，终于取得进展。

看到蚯蚓走出困境，取得显著进步，乌梢蛇笑呵呵地对蚯蚓说："你知道与你有关的一句歇后语吗？"

"什么？你说！"蚯蚓不解地问乌梢蛇。

"蚯蚓的眼睛——直戳戳！"乌梢蛇脱口而出。

蚯蚓不解地问乌梢蛇:"你们是夸我一心一意、专心致志、目不斜视,行得端,走得正。还是讽刺挖苦我没眼色、缺心眼、死心眼、一根筋,不知随机应变呢?"

乌梢蛇笑而不答,围观者嘻嘻哈哈,佯装不懂。其实,大家心里都明白,一样的挖洞,不一样的掘进方式,变则通,变则进。

一山一湾

雄鹰在空中飞翔,看到黄河河道弯弯曲曲,水流曲曲折折,好奇地落地问河神大爷:"大爷,从源头到海洋,您总共绕过多少湾?"

"一山一湾,有多少山,就有多少湾。"河神大爷慈眉善目,笑答雄鹰的询问。

雄鹰不解地说:"俗话说,滴水穿石,以您的能量和气势,完全可以荡平所有挡路的山头,为什么要那样隐忍妥协,委屈拐弯呢?"

"同归于尽无赢家,为什么要干损人不利己,无效消耗的傻事呢?"河神大爷一脸正色,且答且问。

雄鹰不平地说:"为什么避让的总是水,而不是山?"

河神大爷三思后答道:"对于矛盾对立的一方,应该有必要的理解和换位思考。山的职责是坚守不动,它们不是行动者,避让礼让谦让都不是它们的本分。就空间位置而言,人家先占,我后来,我要前进,要奔向大海。作为行动者,避让礼让谦让是我的本分和义务,既是必要的、必需的,也是为了减少阻力高速前进的明智选择。"

雄鹰佩服地点点头,翩然起飞,绕开树木,绕开山头,绕开悬崖峭壁,向高空飞去。

肥瘦之辩伤无辜

肥猪认为，肥是富态，瘦是病态，肥猪是好猪，瘦猪皆病猪。要健康，先吃胖。肥胖的四大秘诀：汤、烫、糖、躺。瘦猪认为，瘦是健康的，高贵的，干练的，清廉的，肥是亚健康的，是龌龊的，愚笨的，贪婪的，腐败的，必须理性减肥。

肥猪与瘦猪激辩，肥猪认为瘦猪有病。瘦猪认为肥猪有病。结果，旁观者认为，肥猪瘦猪都有病，不但智商、情商有问题，连遗传基因都有问题；吃病猪，不健康，会生病，更愚蠢。

肥瘦之辩，妄语泛滥，谬论流行，祸及无辜。肥瘦适中的猪成了消费者心目中的好猪、名猪、美味营养的保健猪。为了活命，为了长寿，许多中庸猪变成神经病猪。因为观念之争，中庸猪内部共识破裂，继而分裂成两派，一派增肥，一派减肥。

虎爪出笼

老虎被关进笼子之后，动物们高兴极了，大家畅所欲言，口无遮拦地给老虎提意见。残暴的老虎假装虚心听取批评意见，暗中使劲努力撑大笼子的窟窿眼，伺机打击报复批评者。

早上，公鸡批评老虎睡懒觉，不按时起床工作。老虎说它耳朵背，请公鸡靠近说话；公鸡毫无警惕，靠近笼子说话。突然，愤怒的老虎从笼子窟窿里伸出爪子,将公鸡逮进笼子,拧断脖子,咬死吃光。

中午,黑熊批评老虎贪吃贪喝,老虎假惺惺地表示完全接受,假装友好地伸出爪子,包藏祸心地与黑熊握手;突然,老虎用力抓紧熊掌,猛地一个反扳,拧断黑熊右前腿,黑熊疼痛难忍,大喊大叫。

傍晚,狮子代表大家规劝老虎,爪子出笼是违规的,故意伤害批评者是违法的,希望虎大王不要太任性;老虎大怒,伸出爪子,撕破了狮子的脸皮。

残酷的事实告诉大家,虎性难改,仅仅把老虎关进笼子是不够的,还必须扎紧笼子堵塞漏洞。经过周密策划,在老虎睡大觉的时候,狮子带领大家扎紧笼子堵塞窟窿,防范虎爪再出笼。

利益之争无好鸟

黄河河套,七月流金,留鸟丰收,候鸟回归,众鸟久别重逢,一片欢腾。

在鸟类见面会上,见到鸿雁、家燕、杜鹃、黄鹂等候鸟,乌鸦、麻雀、喜鹊、画眉、鱼鹰、啄木鸟之类留鸟喜出望外,热烈欢迎,热情寒暄。肥鸟赞赏瘦鸟丰满了,老鸟点赞小鸟长高了,小鸟夸病鸟苗条迷人得好比高空闪电,病鸟夸幼仔们好乖好靓好健康。会场气氛热烈,大家互相开展吹捧与自我吹捧,极尽夸奖与自我炫耀,见面会活像一场亡者追思会,或者死者追悼会,说的全是极尽肉麻的客套话。

从第二天觅食开始,留鸟与候鸟、候鸟与候鸟之间的关系开始发生微妙的变化。大家一见面,不再是"好久不见""见到你很高兴""我想死你啦"之类客套话,而是没完没了地询问对方"啥时候走啊?""下一站去哪?""听说居延海、青海湖、贝加尔湖、乌梁素海水美、鱼鲜、虫多、鸟少、谷子多、糜子甜、稗子香,以及气候非常好?"之类探寻对方走向的闲话。

鸟儿们叽叽喳喳啰啰唆唆的闲言碎语，让鸿雁十分不悦。鸿雁不解地问啄木鸟医生："兄弟啊，它们不停地问，不厌其烦地问，什么意思呢？"

啄木鸟说："你们空手返回，不但没给留鸟带来什么好处，还要占空巢争地盘争吃喝。在留鸟的潜意识里，所有候鸟都是多余的，都是它们的竞争对手，不希望它们在此久留。"

"很奇怪，家燕、杜鹃、黄鹂之流也如此这般地盘问我们，候鸟应该同情理解同类啊？！"鸿雁不解地问啄木鸟。

啄木鸟哈哈大笑道："利益之争无好鸟！在利益面前，它们与留鸟一样，一样靠消化系统思考问题，靠尖嘴利爪判断是非。"

居中自在

虎大王有两个特殊爱好：看兔子赛跑，吃各种兔子肉。为了吃出趣味，刺激兔子们拼命奔跑，虎大王采取末位淘汰法生吃活兔。为了吃出质量，吃出营养，吃出品位，虎大王用奔跑中猝死、累死、摔死、撞死的健壮兔子秘制肉汤。

每次比赛结束，落单最后一名的兔子被虎大王当场生吞活剥，吓得幸存的兔子们胆战心惊。如果健将兔在赛场上非正常死亡，虎大王立即叮嘱亲信，将死兔拿回去秘制。

为了避免末位淘汰惨死，每次比赛兔子们奋勇争先，谁也不想做倒霉蛋。来自蒙古高原的草兔是兔类中的佼佼者，它不但善跑，而且善于动脑筋。草兔发现，跑不动、跑得太慢，就是等死！跑得快，拼命跑，早死，也是找死！不如居中缓跑，节省精力，保存实力，被忽略，被忘记，自由自在地活着。

草兔权衡利弊，居中参与赛跑，隐身兔群，数数有它，遇事无它，似有若无，长期平安无事。

跨界滥赞

蜘蛛误入砚台,沾了一身墨汁。蜘蛛跳出砚台,在白纸上奔跑,留下一串串一行行"墨宝"。蜘蛛回头自赏,得意扬扬,却不十分自信。

蜘蛛问壁虎:"大师,您看我的书法怎么样?"

"不错,端庄大方,刚劲有力,漂亮极啦!"碍于情面,壁虎赞扬了蜘蛛的墨宝,给蜘蛛点了一个大大的赞。从此以后,蜘蛛到处张扬,说"翻墙大师"壁虎给予它的书法极高的评价,说它的作品"端庄大方,刚劲有力,漂亮极啦!"

壁虎滥赞,蜘蛛自夸,并没有给蜘蛛带来荣誉,却招致行家里手们的讥笑。

金龟子说:"隔行如隔山,翻墙大师又不是书法大师,外行跨界发言,即使说破天,也不具有权威性。"

蜜蜂调侃道:"行行有行话,翻墙大师的评语很不专业,好像是在夸赞一位女汉子,而不是评论书法!"

怨新怀旧

闲来无事,驴与骡子在磨道里议论它们的老东家和少东家。

驴哀叹道:"少东家既浅薄又刻薄,既愚昧又残暴。相比之下,还是老东家好,老人家给我们吃得好喝得好,让我们住得也好,对我们管得松!"

骡子辩驳道:"但是,活儿多,活儿重,劳作时间长,制裁手段很阴毒。"

驴争辩道:"老东家喜欢吃牛羊肉,不吃驴肉,对我们很慈悲,很爱护,很尊重。"

骡子讥笑道:"但是,东家娘子和少爷小姐们不但喜欢吃驴肉,还特别喜好吃驴皮胶。"

驴叹息道:"时间是治愈创伤的良药,好了伤疤忘了痛。时间长了,我渐渐淡忘了老东家的恶,记住了老东家的好,很怀念老东家对我的特别关照。真想不到,你还记着老东家干过的坏事。"

骡子不屑地说:"无论选择性遗忘,还是选择性怀念,都与现实问题有关。选择性地怀念过去的美好事物,往往是因为对当下同类事物的不满。你所说的老东家的善,所暗示、所比较、所怨恨的,都是少东家的恶!我说的对不对?"

驴唉声叹气点头称是,无言以对。

逆转险夷

一头骆驼在绿洲与沙漠边缘行走,突然遭遇饿狼袭击。骆驼慌不择路,向沙漠深处奔跑。从绿洲土路到茫茫沙海,双方的优势地位慢慢发生逆转,骆驼如蛟龙入海般从容,狼却比旱鸭子下水窘迫。

骆驼腿长脚大,脚掌扁平,脚下有又厚又软的肉垫子,在沙地上行走自如,奔跑如风,不会陷入沙中。狼腿短,爪小且尖利,沙地行走困难,一旦陷入沙窝难以自拔。骆驼忍饥耐渴,不怕干热,不怕狂风流沙。狼恰恰相反不自量力,狂躁冒进,对骆驼穷追不舍,却渐渐力不从心。骆驼从容不迫,与狼比特长、比耐力、比适应能力。结果,狼在精疲力竭身陷沙窝后渴死,继而被流沙埋没。

骆驼以退为进，在退却中转进，在转进中逆转险夷，不战而胜。胜利之后，骆驼总结经验，果断开辟沙漠新路，彻底摆脱狼群袭扰，平安行路。天长日久，骆驼声名远播，获得"沙漠之舟"美誉。

智叟造地

愚公移山，不但没有改变北山村的交通、住房、通风、采光条件，反而劳民伤财，耽误农业生产，导致北山村日益贫困，民怨沸腾。

智叟对愚公说："实践证明，远距离移山填海是错误的，必须立即停止。经济学谚语说，劳动是财富之父，土地是财富之母。我们村有四大优势，即人多、山多、沟多、石头多。近几年，房地产不断升温，地价持续飙升。依我看，不如因地制宜就地取材，移山造地，填沟造地，围河造地，填埋大小涝池造地，然后卖地赚钱。"

"想法很好，也很现实。但是，造地工程投资巨大，运作复杂，钱从哪里来？事情谁来干？"愚公疑惑地问智叟。

智叟笑道："好办！好办！有很多种办法：第一，先发行代金券或债券，等卖地赚钱后高息兑付；第二，成立北山村土地开发公司，公司化运作；第三，招商引资，让开发商垫付，我们只管收钱分钱；第四，搞资源置换，将未来可预期的盈利项目给开发商。咱干事，他掏钱，他赔钱，咱不管。"

"真是个聪明的老汉！你说的办法简直是平地扣饼，无本万利啊！"愚公对智叟佩服得五体投地，跷起大拇指连连夸赞智叟高明，马上任命他为北山村土地开发公司总经理。

在愚公的大力支持下，在智叟总经理精心运作下，北山村土地开发生意风生水起。几年后，北山村变成远近闻名的高档别墅山庄，愚公和智叟都变成巨富，北山村人民脱贫致富，过上宽裕悠闲的好生活，人人都夸愚公英明，智叟高明。

　　人算不如天算。愚公和智叟都没想到，移山造地、采石取土毁坏植被，导致严重的水土流失。填沟造地，围河造地，填埋大小涝池造地，盖房子修路侵占河道，严重堵塞水流通道，破坏天然的排洪蓄洪滞洪通道。一场百年不遇的特大暴雨不期而至，山洪暴发引起山体滑坡和特大泥石流。一夜之间，高档繁华的北山别墅区又变得满目疮痍，穷山恶水的北山沟。人祸加剧天灾，群情激愤，大家都骂他俩瞎折腾——愚公愚昧！智叟精明愚蠢！

东施摔镜

　　西施姑娘气质高雅，发型漂亮，衣着得体，淡妆恰到好处，得到全村人赞赏，被帅哥靓女们尊为女神。东施既羡慕，又好奇，问西施姐姐有什么秘诀，西施如实相告——照镜子，正衣冠，勤梳洗，巧打扮，自己打理好自己。

　　辞别西施姑娘，东施立即回家与老爸吵闹，央求老爸快快进城，给她买一面与西施姐姐一模一样的镜子。女儿爱美丽，老爸爱女儿，东施爸爸二话不说，进城买镜子。

　　东施爸爸从都城买回了镜子，高高兴兴地送给宝贝女儿，自己坐到一边喝水解渴。东施姑娘没照几下镜子，突然尖叫一声，勃然大怒，愤然将镜子摔碎。东施爸爸惊诧莫名，连忙问女儿，是镜子质量不好？工艺不精？还是牌子不亮？东施捶胸顿足，撒泼放野，号啕大哭，只哭闹，不搭话。

　　知女莫若母。东施妈妈将老头子拉到一边，悄悄告诉他，不是镜子不好，而是镜子太好，让女儿看清了自己的丑陋，她受不了自己头发枯黄、皮肤黝黑粗糙、嘴大眼小鼻梁塌、一脸麻子眉毛稀的真相，更受不了自己与西施姑娘的天壤之别。

东施爸爸后悔莫及，长叹一声，哎哎哎！早知如此，不如给她买一面模模糊糊的假冒伪劣镜子！

摆脱流俗

一头骡子与三头驴在一个磨坊推磨，骡子与驴的性格不同，风格迥异，获得的评价大不相同。

骡子诚实率真，特立独行，性子急，干活又快又好，干完活就走，既不看天色，也不看脸色。驴奸猾懒惰，性子慢，随大流，出工不出力，出力不出活，每天磨洋工到夕阳西下，坐等集体收工。在白马主管眼里，驴忠于职守，遵守纪律，工作卖力，勤勤恳恳，兢兢业业；骡子不遵守劳动纪律，天天迟到早退，态度消极，不懂规矩。为此，白马严厉批评骡子，责令骡子限期改正。

骡子找骆驼大哥诉说自己的委屈，听罢诉说，骆驼建议骡子摆脱流俗，调整时序工序，将每天早上必须做的刷磨盘、备料、打扫磨坊卫生等工作在傍晚收工前完成。每天上工可早可晚随大流。但是，收工一定要走晚点，千万不要随大流。这样一来，第二天早上从容开工，不浪费早上工作时间，更重要的是每天可以熬到夕阳西下，避开三头驴的眼睛，见到傍晚验货的白马主管。

骡子对骆驼大哥的建议心领神会，并按照骆驼大哥的建议去做，时隔不久，白马主管到处表扬骡子，三头驴看白马主管对骡子的看法变了，也不再乱说骡子的坏话。

吝者刻薄

经朋友介绍,张三和李四去王掌柜的钱庄求职。午饭时间,王掌柜留他们吃饭、喝茶、聊天。饭后茶叙中,张三借故离开,不辞而别,李四留下打工。

半年后,李四找张三诉苦,说王掌柜如何吝啬可笑,如何刻薄冷漠,如何恶俗宵小,说他想辞职,而且想跟张哥一起做事。

张三听罢李四述说哈哈大笑道:"小处展现风格,细节暴露品质。一顿饭工夫,我就看透王掌柜的品性,因为鄙夷不屑,所以借故离开,不辞而别。"

"他做了啥?!你看到了啥?!"李四惊讶地问张三。

张三说:"我们是经朋友介绍去拜访他的,第一次见面吃饭,他吃了我撕开的半根油条,吃了你掰开的半个蒸馍,用蒸馍擦干净他自己的菜盘子,还捡桌上的米粒吃!"

"这难道不是艰苦朴素,勤俭节约的好品德吗?"李四不解地问张三。

张三一脸不屑地说:"客人与熟人不同,待客不同于日常生活;熟不拘礼,待客有道。他的所作所为,首先是不善待自己,缺乏必要的自尊自重。他对自己都那么吝啬、那么不尊重,日后能善待我们小伙计吗?就常识而言,时时处处抠门,在小是小非上过于用心者,必定难成大器。"

李四恍然大悟,不由自主地跷起大拇指,夸赞张三不但有见识、有眼力,还有先见之明。

甘苦自知

蜜蜂和蝴蝶采食花蜜,却经常被蜥蜴袭击。蝰蛇采毒草,吃苦菜,却被蜜蜂讥笑,被蝴蝶调侃。

蜜蜂对蝰蛇说:"大哥啊,花蕾香,花蜜甜,您何必自讨苦吃呢?"

蝰蛇嘿嘿一笑,神秘地对蜜蜂说:"我在等待一顿美餐!"

蝴蝶取笑蝰蛇,以调侃的口吻数落它:"满地的落花、草莓、甜菜您不吃,却大口大口地吃毒草、嚼苦菜,有什么用啊?您是不是遇到什么想不开的事啦?"

"对啊!有什么不开心的事,快说出来,让大家开开心啦?!"知了见蜜蜂和蝴蝶调侃蝰蛇,也插嘴凑热闹,不料被潜伏等待的蜥蜴一口咬死。

蜥蜴吃掉知了,准备逐个袭击蜜蜂和蝴蝶,千钧一发之际,蝰蛇喷射毒液击倒蜥蜴,救了蜜蜂和蝴蝶的命,并获得一个好猎物。

蜜蜂和蝴蝶惊呆了,不知如何是好。作为旁观者,蜂鸟对蜜蜂和蝴蝶说:"现在明白了吧?蝰蛇大哥如果不采毒草、吃苦菜,哪来此等神器?"

蝰蛇补充道:"苦菜是个好东西!"

老马知驴

斑马、驴和老马同吃同住同劳动,斑马整天闷闷不乐,心事重重;驴反复无常,无理取闹;老马一贯乐天安命,怡然自得。

斑马大感不解地问老马:"大哥,您注意了吗?驴整天掉个长脸,好像谁都不对,谁都对不起它,好像满世界都欠它的,"

老马沉吟一会儿,笑呵呵地对斑马说:"驴除了用你、骗你、坑你、贬你、算计你,几乎与你毫无关系。驴掉着个长脸,说明它既不尊重你,也不在乎你,既不关注你,也不琢磨你,既不惦记你,也没算计你。如果驴莫名其妙地对你笑,突然对你示好,必定是你对它有用处,它有求于你,它找你有事。那么,你的麻烦就来了。如果驴不可理喻地贬低你,说明你进步了;如果驴时时处处嫉妒你,说明你成功了;如果驴蛮不讲理地否定你,说明你做对了。与驴相处,没事就是好事!没消息就是好消息!"

"哈哈,大哥高,实在是高!您怎么看得那么透彻?"斑马非常佩服老马的见解,兴奋地夸赞老马。

老马淡淡地说:"它是我的前任。"

蟋蟀与蟑螂

青蛙王子招聘守门大将军，蟋蟀和蟑螂应聘，青蛙分发给它们《基本情况报告登记表》，让它俩如实报告各自的情况。

蟋蟀将选择性、装饰性、表演性报告如下：我父母是擅长角斗的武术家，我老师是歌唱家蝉儿，我的偶像是夜莺；我喜欢住山洞、墙缝、树杈、草丛，我喜欢吃各种野草；我可以昼夜值班，我喜欢唱欢乐的颂歌，我的歌充满了正能量。

蟑螂据实报告如下：我父母是下水管道清洁工，我师傅是屎壳郎，我们全家住在阴沟里；我们喜欢吃腐烂东西，属于食腐动物，我的偶像是清道夫鱼，我们生活很艰苦；我很诚实，我力气很大。

看完基本情况报告，青蛙发给蟋蟀一张《聘用合同书》，发给蟑螂一张《体检表》，一言不发，转身离开。

蟑螂好奇地看了蟋蟀的登记表，满脸狐疑地问蟋蟀："你怎么不报告自己喜欢吃白菜、豇豆、草莓、玉米根、甘蔗根等爱好呢？"

"糊涂！混账！愚蠢！报告了那些爱好，不等于说自己是害虫了吗？"蟋蟀气急败坏地抽了蟑螂一巴掌，急急忙忙地将它赶走。

事后，蟋蟀到处散布说，蟑螂不懂规矩、不讲卫生、传播细菌，不但口臭，而且爱抱怨，爱唠叨，好责难，好挑毛病，十分讨厌，十分可恶。从此以后，众口一词，蟑螂是害虫，不会干好事！蟋蟀是益虫，不会干坏事！

人约黄昏后

铁匠黑娃长得比较黑,每次相亲,给对方的第一印象分别是黑、有点黑、太黑!同时,他也嫌某些姑娘脸上有麻子,头发有点黄,一看就不喜欢。因此,黑娃年近三十,依然光棍一条,愁得父母亲白发与日俱增。

万般无奈,黑娃及其父母请远近有名的刘媒婆帮忙。媒婆问清原因,递给黑娃一个纸条,上面写着两句古诗:"月上柳梢头,人约黄昏后。"媒婆告诉黑娃,黑可以掩盖黑,刷新黑,淡化黑,夜幕可以掩盖人类的许多缺点错误。古往今来,秀才们最懂这个道理。从今往后,黑娃相亲、约会,特别是第一次约会,应该选在黄昏之后。

黑娃如获至宝,遵嘱行动,不久,心想事成。

神医难治装病

神医偶遇老道,二人闲聊。神医自夸能治百病,善治疑难杂症;老道不以为然,摇头不语,神情漠然。

神医好奇地问:"您老人家云游四方见多识广,您老随便说个病症,看看鄙人手段如何?"

老道淡淡一笑,轻声问道:"装病?!例如,没病装病、无病呻吟、装疯卖傻、装傻充愣、装聋作哑,称病不就、称病不朝、称病辞官、称病不出等,先生能治装病吗?"

神医咳嗽三声，慢条斯理地说："装病多为心病，心病无药治。中医治病，讲究望闻问切，心病看不透、问不清、难诊断，即使有灵丹妙药，也没法治！"

投骨诱蚁

古人云："千里之堤，毁于蚁穴。"汛期快到了，河道管理站站长、水利工程师老何忧心忡忡，日夜担心蚂蚁之害，却弄不清蚂蚁在哪里？防洪大堤上到底有多少蚁穴？

一天午后，老何去后院倒垃圾，发现一根骨头上爬满了蚂蚁，老何见状大喜，立即拿起另外一根骨头，上大堤做试验，引诱蚂蚁出穴。果不其然，隐藏的蚂蚁纷纷出穴，暴露窝点，自投罗网。

试验得经验，老何举一反三，组织工人分段投骨诱蚁，分区分片消灭蚂蚁，逐个封堵蚁穴，消除隐患，确保防洪大堤安全度汛。

行善治恶

毒蛇侵占兔子窝，害得兔子无家可归，兔子求告无门，只好自己想办法解决问题。

经过认真研究，兔子弄清了毒蛇与某些小动物之间的复杂关系。蝎子是毒蛇的小天敌，三只蝎子分头攻击，打得毒蛇首尾难顾，死无葬身之地。蝎子善于袭击比它大的动物，但对小小蚂蚁毫无办法，成群的蚂蚁可以击败蝎子、吃掉蝎子,返回蚁巢,绝不会占据兔窝。

确定策略之后,兔子分步实施打击计划。首先,兔子委托嘴馋贪吃的蜈蚣给蝎子传口信,请它们一起来自己家吃蛇肉。蜈蚣大喜,邀请三只蝎子赴宴,蜈蚣与蝎子兄弟群起而攻之,将毒蛇咬死吃光。

吃饱喝足之后,蜈蚣高高兴兴地走了,蝎子兄弟却赖着不走。为了打发蝎子团伙,兔子请自己的邻居、蝎子的仇敌蜘蛛出面,让蜘蛛设"蝎子宴"招待蚂蚁兄弟。蚂蚁兄弟如约赴宴,饱餐一顿,满意而归。

兔子用智不用力,连环施计,给朋友施惠送面子,给朋友的朋友办好事,分步借助外力,行善治恶,无为而成,最终解决了自己的难题。

笨狗当道

虎狼当道,横行无忌,小动物们敢怒不敢言。笨狗崇拜老虎的威风,羡慕豺狼的实惠,模仿虎狼的凶悍,恃强凌弱,小动物们恨之入骨,怨声载道,必欲除之而后快。

公鸡问兔子:"俗话说,好狗不挡路,那吃货是疯了?还是傻了?它居然敢站在狼的地盘上学虎的样子?"

兔子叹息道:"唉!好狗不挡路,挡路非好狗!避开,绕开,不要理它。路是大家的,不是它的,站错位置做错事会迟早倒霉,即使倔强的牛不收拾它,高傲的马也会教训它。走着瞧!"

黑鸭子问白鹅:"笨狗胡乱咬,蛮不讲理,怎么办?"

白鹅满不在乎地对黑鸭子道:"它不讲理,就不要与它说理。总有一天,它会遇上更不讲理的,譬如倔驴犟骡子!等着看热闹吧!"

狸猫问狐狸:"笨狗当道,大家都很郁闷,很气愤。您足智多谋,给大伙出点主意,指条道?"

狐狸干咳两声,笑眯眯地说:"笨狗当道,自我感觉良好;它不是虎狼对手,却不自量力;它妨碍老虎捕食,抢狼的地盘,冒犯大家,惹起众怒,岂能有好下场?"

"依您预测,即使老虎不动它,狼也会灭了它?"狸猫急切地追问狐狸。

狐狸点头不语,默默离开。笨狗的命运被狐狸不幸言中,时隔不久,老虎暗中指使狼清除了笨狗。

借光避热

烈日炎炎似火烧,世间活像炼狱,筑巢蜂挥汗如雨,中暑晕倒,哭天抹泪,叫苦叫累。相反,采蜜蜂潇洒来去,收获颇丰,平安无事,自得其乐。

蜂王好奇地问采蜜蜂:"相比之下,你跑得路远,野外工作时间长,劳动条件更艰苦,为什么你没有中暑,没有晒伤?"

采蜜蜂说:"早上,我背着太阳朝西飞,借光避热,一路采蜜到树林。中午,我在树林里避暑热、采花蜜,休息游戏,养精蓄锐。午后凉快了,我背着夕阳飞回来,一路赏花采蜜唱歌,快乐工作不觉累。"

"哦,原来如此。如果筑巢蜂向你学习,开动脑筋改变工作时序,借光避热,早晚户外搬运材料,中午室内修筑,它们也能做到快乐工作。"

肥大并非强大

老虎送给野猪一堆南瓜，嘱咐它吃好、睡好、玩好，把自己保养得壮壮实实，野猪对老虎突然释放的善意将信将疑，难以确定其真实意图。

野猪问狮子："老虎真的希望我强大吗？"

"哈哈，你的强大，你的健壮，符合我们的利益，你懂的！"狮子貌似友好地跷起大拇指，向野猪致意。

野猪没听懂狮子的意思，黑熊却听懂了。黑熊半开玩笑地提醒野猪："兄弟啊，听话听音，健壮不同于健康，肥大并非强大。狮子所谓'我们'，是它和老虎一伙猛兽，你不在它们的朋友圈，不包括你。还有，脸色显现心情，看脸知情。你好好琢磨琢磨老虎狮子看你的脸色，它们看见你直流口水，它们的情态缺热忱，少真诚，无爱意，只有客气和冷漠。它们只盼望你肥大，不希望你强大。"

"啊！啊！啊！天哪！我明白了！明白了！"野猪顿悟，大惊失色，扔掉南瓜，落荒而逃。

山呼报丧

虎大王突然死亡，虎太子却在酣睡中，如果不立即报丧，虎太子事后会追责治罪的；如果马上如实报丧，虎太子震怒，立即要命。大家都知道虎太子的脾气，与虎大王一样，喜欢报喜，不喜欢报忧，尤其讨厌报丧。

喜鹊精通歌功颂德，善于报喜不报忧，深得大王宠信。万般无奈，大家公推喜鹊出头，请它出面向太子报丧。预测风险，权衡利弊，喜鹊认为，大王突然去世，非常时期，谁也不宜出头，更不能贸然代表大家说话。只有集体行动，大家一起到虎太子门前跪拜山呼万岁，既唤醒虎太子，又不犯忌讳，既及时报丧，又不招惹灾祸。

"新大王万岁！万岁！万万岁！新大王万岁！万岁！万万岁！"震耳欲聋的欢呼声将睡梦中的虎太子惊醒。

虎太子跑出来，急切地问大家："怎么回事？怎么回事？"大家皆不应答，依旧山呼新大王万岁。

虎太子感觉情况异常，立即跑去见父王。见到死去的父王，虎太子终于明白，自己已经成了新大王。

货郎过河

张货郎过河，有三种选择：第一，脚踩石头，走捷径，免费过河；第二，绕远道过独木桥，安全稳妥过河；第三，花钱坐船过河。面对三种选择，货郎颇为纠结。

货郎为什么纠结呢？如果脚踩石头，走捷径，免费过河，必须等待水落石出。但是，何时水落石出？既不可知，也不可控。货郎对独木桥所在地的水情一无所知。如果绕远道过独木桥，既耽误时间，又受劳累，万一河水漫过独木桥，等于白跑一趟。如果花钱坐船，必须等待河水再上涨，否则无法行船。坐船比较舒服自在，但航道凶险，有搁浅或翻船风险。

货郎一筹莫展，却见一农夫果断脱衣下水，游泳过河。农夫建议货郎泅渡，货郎既怕河水暴涨，又怕水流打湿货物，犹豫不决，原地不动，继续观望等待。农夫刚上对岸，一场大雨降临，货郎无法过河，雨水淋坏了货物。

泥虫换缸

泥虫们对草滩、沼泽、泥潭的寡淡生活逐一厌倦，个个不满，待机逃离。

为了吃盐健身，泥虫们千方百计地爬进酱菜缸；为了饱餐酸黄豆，喝醋开胃，它们奋不顾身地爬进酿醋缸；为了品尝美酒，它们舍生忘死地爬进酒缸。痛饮之后，泥虫们受不了酒缸里的闷热，想迫不及待地逃离酒缸。

回到泥潭后，泥虫们群起抱怨：酒缸不如醋缸，醋缸不如酱缸，酱缸不如烂泥潭。

不赏萝卜偷着吃

驴拉磨，干得好可赏萝卜；偷懒出差错就挨棒子。赏罚分明。驴既有积极性，也比较自律，磨坊运转正常。

为了降低成本提高功效、挑战驴性，彻底驯服驴的奸猾禀性。磨坊主决定，对驴只罚不赏，用棍棒刺激代替萝卜刺激，用羞辱代替赏赐。若出现：偷懒打，出错打，慢走打，效率低打，尥蹶子打，乱叫唤打；打完之后减草料，罚跑罚站罚加班。驴受不了责罚和羞辱，向主子求饶，乞求主子多骂多批评多教导，少罚点，少打点，自己一定服从命令听指挥，以后绝对忠诚，绝不耍奸溜滑。事实上，驴深藏怨恨，隐忍不发，与主子彻底离心离德。

驴的态度显著转变，看起来完全符合主子的要求，甚至显得异常优秀。磨坊主对驴的表现很满意，对自己的得力措施非常得意，渐渐减少了对驴的打骂，放松了对驴的监督。骗取主子的信任之后，驴开始乘机偷懒，乘机偷吃，借机休息，变法子磨洋工。表面上，磨坊全天候运转，运转加速，名义成本降低；实际上，整体效能降低，无形无效消耗增加，额外损失剧增，面粉质量持续下滑。

虎借驴皮

动物们越来越不听话，其中驴最倔强、最不听话，老虎想卸磨杀驴，杀一儆百，却没有杀驴的理由。为了达到目的，老虎将驴圈禁在牛圈，指使公牛暴打驴，强迫借用驴皮。驴怕疼痛，受不了羞辱折磨，乘机逃跑，跳崖身亡。

驴死后，老虎公布驴的十大罪状，高悬驴皮示众，引起公愤。见此情景，老狐狸感叹地说："驴真傻！既不为自己抗辩，又不留遗言自辩，死了白死。"

弃马种草

巴特尔家的枣红马被一匹野马蛊惑,挣脱缰绳,狂奔而去。巴特尔见状,立即上马,挥动套马杆,穷追不舍。

巴特尔追马,穿过沙窝,越过山丘,跨过小河,气急败坏,累得上气不接下气,依然拼命追赶。半道上,巴特尔遇见在查干湖畔种草的道尔吉大叔。问明原委,道尔吉劝巴特尔放弃追马,与自己一起种草,等待来年草长莺飞,芳草萋萋。

巴特尔接受了道尔吉大叔的建议,一边放牧,一边种草,查干湖畔的绿洲面积日益扩大,不但吸引来很多骏马,还吸引来很多牛、羊、骆驼、马鹿;原来逃跑的马,走失的牛,迷途的羊也主动归来。

小工大做

岷山仙客来客栈招收放牛、砍柴、割毛竹、送货、搬运等工种的小伙计,工钱之外管吃住。因为工作劳苦、工钱少,没人愿意干,客栈招不到合适的小工,老板一筹莫展。

客栈邻居小伙子刘三水看过招工启事,请求老板将放牛、砍柴、割毛竹、货运四项工作一人承揽,每月拿四份工钱,每天吃两顿饭,中午不回来,晚饭后回家休息。老板一听,大喜过望,雇佣知根知底的邻家小伙,没多付工钱,还省了三个小工的吃住,一个小工的午餐。

签约打工后，刘三水用壮牛送货，用大牛转运柴火毛竹，与老板及其客户建立了良好的关系。没货运的时候，三水将所有牛赶上山坡吃草，然后砍柴割毛竹，争分夺秒地加工竹木山货，收集野生药材和野果。三水是个多才多艺的有心人，砍柴的时候，他将硬直顺溜的树枝做成农具棍棒，将弯曲的树枝加工成拐杖，将结实合用的枝杈做成弹弓架子，将多叶的毛竹加工成扫帚，将厚实的竹板加工成筷子，日积月累，囤积起大量山货土特产。

攒足本钱，备足货源，刘三水辞职开店，前老板及其亲朋好友渐渐成了他的买主。

猛虎添翼

猛虎下山，地动山摇，鸟兽惊恐，望风而逃；猛虎上山，威风八面，鸦雀无声，蝉儿停止聒噪；猛虎下河游泳，犹如蛟龙入海，震动整个动物界，吓得鱼虾沉底，水牛逃跑，鳄鱼退让，河马回避。这些现象，佩服得老鹰点赞，麻雀欢呼，喜鹊起舞，百灵鸟讴歌。

彻底征服水陆两域后，猛虎企图征服口服心不服的飞禽界。猛虎自知长不出翅膀，借来的各种鸟翅膀没法用。于是，绞尽脑汁，费尽心机，不惜一切代价地制造假翅膀，不计成本地改造芭蕉扇，企图冲天一飞，通吃海陆空。

猛虎肉身沉重，臂力有限，难以借助假翅膀和芭蕉扇起飞，退而求其次，模仿母鸡下架的样子，从山丘上向下滑翔，炫耀技能。不料，身体失控，摔成残废，失去王位。痛定思痛，猛虎悔悟：残缺不全是生命的本质特征之一，千万不要企图全知全能，求全难免致残。

败狗夹尾

大灰狗依仗它舅舅大灰狼的强势,成天欺负小黑狗,还经常在小黑狗的爸爸老黑狗面前翘尾巴、耍威风,吓得小黑狗惶惶不可终日。

在漫长的隐忍、磨炼和等待中,小黑狗终于成长为一条勇猛剽悍的大黑狗。有一天,大灰狗欺负老黑狗,老黑狗临危不惧,拼死抵抗。大黑狗见状,义无反顾地冲上去搏斗。黑狗父子前后撕咬,左右夹击,将大灰狗打得落花流水,落荒而逃。

惨败之后,无论何时何地,只要遇见黑狗父子,大灰狗都会夹紧尾巴,绕道避让,不敢吱声。

饮露吸汁

杨树天牛被消灭后,白杨树枯死问题依然存在,啄木鸟医生百思不得其解。于是,决定暗访杨树林,探清究竟。

在杨树林里,啄木鸟偶遇蝙蝠。啄木鸟问蝙蝠,除了杨树天牛,白杨林里还有其他害虫吗?蝙蝠说,据我观察,最近整天在杨树上攀爬滞留的,仅有灰蝉和蚂蚁。众所周知,灰蝉素有"枝头歌唱家"荣誉和"饮清露"的美名,有"益虫"标签,不至于危害杨树。比较而言,蚂蚁的嫌疑最大,您不妨调查一下蚂蚁?啄木鸟点头称谢,立即行动,调查蚂蚁。

啄木鸟抓住几只蚂蚁审问,蚂蚁们如实交代、互相作证,它们是食肉动物，啃骨头不啃树。它们攀爬杨树，是为了寻找死去的昆虫，不伤害杨树。啄木鸟追问蚂蚁，杨树皮上的针眼窟窿是谁扎的？蚂蚁们众口一词，全是灰蝉扎的，灰蝉口器尖利，喜欢吸吮树皮汁液，饮露仅仅是为解渴，营养全靠树皮汁液。

啄木鸟恍然大悟，原来灰蝉饮清露是可以四处张扬，可以公开标榜的善，表扬与自我表扬掩盖着不可告人的目的——吸汁自肥。浅表的善掩盖着深重的恶——刺穿树皮，吸吮汁液，危害杨树健康。弄清是非善恶，啄木鸟立即释放蚂蚁，驱赶灰蝉。

托狼管羊

金钱豹外出巡狩，将羊群托付给狼管理。金钱豹返回时，狼已将羊吃光，金钱豹大怒，向狮子王控告狼。狮子王惩罚了贪婪的狼，批评了糊涂的金钱豹。

金钱豹认为自己无过错，觉得自己很憋屈，不愿接受批评。狮子王直言不讳地指出，狼固然很恶很贪婪，应该惩罚；同时，金钱豹托管不当，自陷风险，给狼以可乘之机。当初，如果将羊群托付给牧羊犬、老黄牛，或者猴子管理，则不会受此损失。金钱豹认识到自己的失误，吸取教训，与忠诚老实的牧羊犬签订长期托管协议。

猩猩解渴

从小到大，小猩猩的爸爸妈妈教导它，口渴想喝水有四种选择：河水、湖水、池水、泉水，其中泉水最好，可以优先选择。小猩猩牢记祖训，不敢违背。

有一年冬天，山里发生百年不遇的大旱，河道断流，湖泊干涸，池塘见底，山泉滴滴答答，渗出来的水比小猩猩哭出来的眼泪都少。小猩猩渴极了，忍不住大哭起来。

小猩猩的哭声惊动了猴子，猴子问明原因，建议小猩猩去溶洞、天坑、地穴等处看看，那里常年有水。如果能找到地下河，不但可以痛饮一场，还可以熬过艰难的旱季。

小猩猩转忧为喜，破涕为笑，立即行动。最终，小猩猩在一处天坑里找到一条地下河，平安度过旱灾。

不痛不苦

玉米丰收了，毛驴、黑熊、猴子、山羊、黄牛、梅花鹿一起掰玉米。毛驴嫌热，哼哼唧唧，无病呻吟；猴子叫苦，边干活边骂玉米秆长得太高；山羊叫累，哀叹自己命苦运背；黄牛嫌玉米地太泥泞，抱怨今秋雨水太多；梅花鹿抱怨玉米秆长得太密，秸秆叶片刷脸刮腿太难受。黑熊面带微笑，一声不吭，默默地劳作，反而显得很另类。

黑熊与众不同,猴子感到很奇怪。猴子悄悄问黄牛:"牛哥,你看看!你看看!笨熊干得挺起劲!难道掰玉米是它的一种特殊爱好吗?"

"它啊,哼哼,皮厚肉老不知痛!脑瓜子笨,不知热,也不知冷"。黄牛脱口而出,惹得大家哈哈大笑。

面对羞辱性调侃,黑熊沉吟片刻。正色道:"其实,与你们相比,我更怕热怕累,特别怕麻烦。痛苦!痛苦!先有痛,后有苦。我心里充满丰收的喜悦,没有痛,自然没有苦,我是不痛不苦。"

无知妄劝

老猴子爬树,不慎摔成内伤,在树下休息并呻吟着。白兔灰兔兄弟俩跑步路过,看见猴子病恹恹的样子。白兔不明真相,脱口而出:"生命在于运动嘛!快起来跑步,山上山下跑一百圈,马上就精神了。少吃一顿饭,多出一身汗!跑跑步,出出汗,百病消!"

"生命都快没了,还运动呢?!"老猴子不耐烦地反唇相讥。

灰兔噘嘴争辩道:"你个倔老头,一点都不懂科学!我哥给您提建议,是关心您,您居然不领情,还讽刺挖苦人家,真奇怪!"

"健壮在于营养!你们咋不让你老爸吃一筐苜蓿、一筐豆荚、一筐胡萝卜,再喝肉汤,喝鹿血补补身子?"猴子反用科学名言警句调侃兔子兄弟,气得白兔七窍生烟,灰兔咕咕乱叫。

白兔咆哮道:"我爸消化不良,已经得尿钙症了,再暴饮暴食就没命了。"

猴子哈哈大笑,笑而不应。灰兔急忙对白兔耳语道:"猴大爷受伤病重,我们不了解实情,不要乱说为好。"白兔自知失言,吐吐舌头,赶紧闭嘴。

自我淘汰

青蛙王子欲招聘一名捕蚊子主管，燕子、蝙蝠、蜻蜓、螳螂、壁虎、金龟子报名竞聘，考试题目为《如何高效捕蚊》。青蛙阅卷，笑得眼镜落地，燕子、蝙蝠、蜻蜓、螳螂、壁虎、金龟子的答案居然完全一致——上蜘蛛网，在网上取！

按照竞聘规则，青蛙王子以"答案雷同"为由，将六名应考者全部淘汰。随后，特聘蜘蛛为捕蚊子主管。

猪忌犬食

草原上下雪了，寒风刺骨，水瘦山寒草枯，牧羊犬随羊群从草场回到饲养场。

第一天，猪对久别重逢的牧羊犬特别热情，嘘寒问暖，无微不至。从第二天开始，猪对牧羊犬的态度开始发生微妙的变化，猪不停地问牧羊犬："你们什么时候走啊？""你们下一步去哪？""你们还要去哪儿？""你们什么时候再来一场说走就走的旅行？""听说你们上次去的草场很美丽，遍地都是好吃的啊？"

牧羊犬见猪总是向它发问，却从来不与绵羊说这些闲话。于是，牧羊犬好奇地问绵羊："猪为什么总是问我、暗示我，希望我早早离开？却从来对你们的来去行止不闻不问不议论呢？"

"猪是靠消化系统思考问题的家伙，你难道不明白它的无意识情态和有意识利害计较？它忌你牙好胃好消化好，嫌你能吃，怕你多吃，防范你争吃争喝。至于我嘛，与它食性不同，从来不与它争吃喝。我无论在哪儿，它都不犯病。"

明智的绵羊开门见山、一针见血，郁闷的牧羊犬如梦方醒，点头称是。

损彼利此

三只强壮的猴子比赛上树，竞争猴王，一群猴子在树下围观，树上残酷紧张焦虑，树下混乱喧嚣。

树上的猴子们互相撕扯打压，树下的猴子嚎叫、尖叫、吼叫，呵斥、喝彩、喝倒彩。树下的有些猴子不服气三只猴子上位，向树上的猴子投掷石子，导致两只猴子受伤落地，没受伤的猴子荣升猴王。

受伤落地的猴子被同情、被鄙视、被安慰、被宽容，最后被遗弃；称王称霸的新猴王，被追捧、被恭维、被巴结、被仇恨、被防范。捣乱作恶者装作没事的样子，为自己损彼利此，损人不利己的愚蠢行为黯然神伤，懊悔不已。

让公牛先走

雨季过去，旱季来临。为了生存，动物们开始一年一度的大迁徙。在两山之间的一处关口，一群不守规矩的角马互相拥挤、互相推搡、互相顶撞，挡住了前进的道路，大家怨声载道，却又无可奈何。

突然，一头野蛮的公牛从后边冲上来，冲散羚羊群挤倒马、撞翻斑马，与驴发生对峙。见此情景，羚羊、马和斑马围拢过来，欲联手围攻公牛，一场恶斗，一触即发。

"让公牛先走！让公牛先走！"倔强的驴出奇的机智、异常的谦和，让公牛倍感亲切，让大家惊诧莫名。

"谢谢！谢谢！谢谢啦！我杀出一条血路，大家跟我上啊！"得意忘形的公牛自告奋勇，不顾一切地冲入混乱的角马群，撞翻挡道的角马，劈开一条通道。驴见机行事，紧跟公牛，招呼马、斑马和羚羊群跟进，顺利通过关口。

青蛙的反抗

蛇是青蛙的天敌之一，蛇总想征服青蛙，饲养青蛙，以便毫不费力地大量吃青蛙。但是，青蛙坚决抗拒，绝不顺从。

为了制服青蛙，蛇咬断青蛙一条腿，青蛙用三条腿激烈反抗；蛇再咬断青蛙一条腿，青蛙用两条腿顽强反抗；蛇咬断青蛙第三条腿，青蛙用仅剩的一条腿拼死一搏，蛇大怒，咬断青蛙的最后一条腿。

没腿的青蛙满地打滚，放声嚎叫，声震丛林，蛇狞笑着问青蛙："还反抗吗？"

"嚎叫也是反抗！你等着，老鹰、秃鹫、刺猬、狐狸、臭鼬、浣熊，你的天敌们会循声而至，将你生吞活剥。"青蛙愤怒答蛇。

蛇不屑地哼哼两声，张开血盆大口，将青蛙吞进嘴里。命悬一线的青蛙用尽全力吸气，瞬间将自己身体膨胀，堵住蛇的咽喉，蛇窒息而死，成了天敌们的美餐。

无形的权力

张小六在大都市四环之外的软件园上班,月收入六千元,典型的"钱少事多离家远,没权没钱没关系"。小六生得机灵、长得帅。但是,在吃货圈,机灵没有实用价值,帅仅有观赏价值,不能当饭吃。屌丝的困境让张小六忧心忡忡,寝食不安。

雾霾元年,主城区车辆限号限行,小六女朋友想买第二辆车,他没钱资助,准丈母娘做保险业务,他帮不上忙,老丈人想买个车位,他既没钱说大话,也没办法表现自己的潜能。更要命的是,女友的闺蜜开始帮女友找候补对象。紧张、恐惧、焦虑、忧郁、苦闷,种种现实危机将张小六推到精神崩溃的边缘。

一筹莫展之时,小六在小区门口的电线杆上,发现小区隔壁停车场招聘夜班保安兼车场管理员,多家物流公司招聘收货代理人,小六灵机一动,爹妈赋予的机灵终于有了实用价值。第二天,小六毅然决然地辞掉知识密集型高智商工作,应聘到隔壁小区停车场上夜班,月收入三千元。同时,兼任多家物流公司的收货代理人,月实际收入六七千元。更重要的是,女友母女,女友闺蜜和准老丈人,四个人的五辆车有了免费停车场,年无形收益一万八千元,两家人的三个停车位出租,年度净收入一万零八百元,准岳母的保险业务风生水起,收益大增。无形的权力使屌丝张小六的潜能变成生活的"正能亮",靓仔不但好看,而且机灵实用。

实用是吃货圈衡量轻重的唯一磅秤。经此一事,女友及其闺蜜两家人对张小六同学的智力、能力、魄力刮目相看。于是乎,张小六先生步入婚姻殿堂,走出人生困境。

欢乐总是短暂的,得意总是瞬间的。一年后,小区停车场改用电子停车管理系统,张小六同学"被放假",失去无形的权力,影响了既得利益者的现实利益。继而,靓仔被老婆"内退",自己脸色灰了,眼珠红了,眼色绿了,帽子绿了,连自行车都成了绿色。

圈与笼

群狼深夜偷袭野生动物园,住在圈里的野猪、羚牛、羚羊、梅花鹿、斑马等动物中有的遇难,有的受伤,有的受惊,有的被骚扰。相反,住在笼子里的鹦鹉、画眉、百灵、山鸡、孔雀等鸟类却安然无恙,自得其乐。

比较圈与笼的优缺点,鹦鹉盛赞笼子的结实与安全,百灵鸟热情讴歌笼子的舒服与优越,孔雀开屏晒自己的幸福,山鸡讥笑猪圈的简陋,引起野猪的强烈不满。野猪建议并要求在猪圈、羊圈、牛圈、鹿圈、马圈上空添加铁丝网防狼,可羚牛、羚羊、梅花鹿、斑马皆不响应。

野猪质问羚牛,危机四伏,你们为什么不愿加铁丝网?!羚牛悄悄告诉野猪,大家私下达成共识,绝不可为了苟且偷安而失去自由的天空,失去逃生的机会。野猪讥笑它们太傻,独自更新改造猪圈。结果,自陷牢笼,难以脱身,像鸟类一样老死在牢笼之中。羚牛、羚羊、梅花鹿、斑马们乘机悄悄逃离,重获自由。

白狐反省

白狐自视甚高,自夸自己是犬科动物中的战斗机、狐狸中的 VIP。但是,它经常干出聪明反被聪明误的傻事,给自己招灾惹祸。

落叶缤纷的秋天,白狐上树逮麻雀。为了迷惑麻雀,白狐学麻雀叫,古怪的嚎叫声吓飞一大群麻雀,没逮住麻雀,反而暴露自己,被老鹰偷袭，差点丧命。大雪纷飞的冬天，白狐在雪地里逮老鼠。为了隐踪，白狐边走边用大尾巴扫脚印，结果身后不但留下一连串扫雪的痕迹，还落下许多尾巴毛，被恶狼尾随追击。生死关头，白狐急中生智，连忙上树躲避，死里逃生。

两次遇险，白狐痛定思痛，深刻反省，总结出两条经验教训：在险象环生的丛林里求生存、谋发展，一要闭紧嘴巴，二要夹紧尾巴。

良马自弃

狮子王开赌场，千里马沦为赌场上的赛马，狮子王要求千里马的竞技状态更快更高更强。同时，要求千里马生活上要更少更低更节省；狮子王不但取消豌豆奖、黄豆奖、黑豆奖，还经常指责、羞辱、惩罚千里马，千里马忍辱负重的日子每况愈下，苦不堪言。

面对窘境，千里马心生退意，却苦于没有合适理由。闲聊时，千里马向骆驼大哥诉说了自己的苦恼悲愤，骆驼向千里马解密了驴的"智慧"和骡子的"策略"，千里马转忧为喜！是啊！是啊！我为什么不能做啦啦队，为什么不能当看客？

第二天看开赛，千里马依计行事，在比赛最激烈的时候借故摔倒，貌似受伤，失败出局。"受了严重内伤"的千里马从此退役，告别付出多、收益少、无价值、无趣味、高风险、低自尊的赌局。先编列啦啦队，后成为看客，与驴和骡子一样，过上悠闲自得的生活。

落水狗咬猴

一条癫皮狗落水,善良勇敢的小猴子下水施救。出于求生免死的本能,落水狗死死咬住小猴子不放,导致小猴子下沉呛水,落水狗也下沉呛水。

危急时刻,小猴子爸爸老猴子跳水营救。经验丰富的老猴子游泳绕到落水狗身后,一把扼住落水狗的脖子,控制住慌乱险恶的落水狗,解脱艰难挣扎的小猴子。

老猴子将落水狗拖上岸,落水狗一边吐脏水,一边喘气,面目可憎,形容可怜。小猴子气急败坏地爬上岸,愤怒指斥落水狗:"癫皮狗,我好心救你,你为什么反咬我?你良心何在?"

"唉唉唉,死到临头,魂飞魄散,肝胆欲裂,除了求生,除了活着,我什么都顾不得了,哪里还有什么良心?!"惊魂未定的癫皮狗本能地说出真话,不经意间暴露了它的本性、本心和本来面目。

小猴子怒不可遏,扑上去厮打癫皮狗,被老猴子拉开。老猴子淡淡地劝导儿子:"不必与乱咬的疯狗讲理,走吧!走吧!好儿子,蟠桃熟了,我们摘桃子去。"

审问空答

鲨鱼对海豚羡慕嫉妒恨,经常不怀好意地审查式询问海豚,海豚不想自我暴露,也不愿得罪鲨鱼,沉着应对,谨慎答复。每次被审问,海豚都空答对方,使鲨鱼一无所获。鲨鱼感到海豚高深莫测,神秘不可侵犯。

鲨鱼:"最近在哪?"

海豚:"在海上。"

鲨鱼:"主要在哪玩?"

海豚:"有时在海湾,有时在海沟,时而走江湖,时而奔岛礁;总之,喜欢那就去那。"

鲨鱼:"你常住哪?"

海豚:"居无定所,一直在路上,永远在路上。"

鲨鱼:"听说你喜欢吃乌贼鱼?"

海豚:"不不不,您听错了,那是我虎鲸哥的美食!"

鲨鱼:"哦哦哦,你认识虎鲸?你们是好朋友?什么样的好朋友呢?"

海豚:"盟友,谁招惹我,它收拾谁!"

鲨鱼一听,吓了一跳,失急慌忙地逃走。

印象归因

冬至这一天,山区雾霾严重,小河里的水突然变浑了,狮子王巡逻时没水喝,渴得发疯。狮子王震怒,指派河马追查肇事者。

为了逃避罪责,推出一个替罪者,大家莫名其妙地将怀疑对象指向看起来好欺负的水牛。理由有三:第一,水牛喝水最多,经常到河边去;第二,水牛爱洗澡,经常下河;第三,水牛喜欢戏水,水岸是它的最爱。

河马判官审问水牛,水牛不以为然,从容不迫,幽默地对河马说:"如果你们凭刻板印象指控我的所谓'理由'成立,那严重雾霾的祸首不是我,便是大象先生,或者我们俩都是雾霾灾祸的罪魁!"

"为什么?"河马好奇地追问水牛。

水牛哈哈大笑道:"众所周知,我和大象先生有两个共同点,我们食草量大,排气量更大!"

"是的,水牛老弟言之有理,我愿意为雾霾问题负责。不过,我也希望河马先生为河流污染问题分担一点公平责任!大家说,是也不是?赞成的请鼓掌!"大象先生慢条斯理地调侃河马,逗得旁观者爆笑,现场爆发出雷鸣般的掌声。

河马咆哮道:"休要胡扯!冬天里,我很少下河,今天就没下河,河水变浑,与我无关。"

"不错!一样的冬天,同一条河流,河马先生怕冷,难道我不怕冷吗?众所周知,我天生皮厚,河马先生皮更厚!"水牛顺势顺理追问河马,河马判官无言以对,哑口无言,乱了方寸。

控辩双方激烈争吵,互相攻击,难分难解。突然,百灵鸟姑娘传来好消息——河水自动澄清了!狮子王下令,立即无条件释放水牛。

禁不如吓

某开放式公园建成一大池塘,池塘环境优美,条件优越,池水清冽,一些游泳爱好者陆陆续续前来游泳。为避免发生意外事故,避免被问责,避免招惹冤枉官司,公园管理处每天派专人阻拦,但收效甚微。

为了免责,公园管理处在池塘边树立禁止游泳警示牌:池水较深,严禁游泳,风险责任自负。不料,禁而不止适得其反,远近游泳爱好者、钓鱼爱好者,以及想免费洗澡、免费洗衣者蜂拥而至,导致公园管理秩序日益混乱,池水日益肮脏。为此,公园管理处加立禁止牌:严禁钓鱼!严禁洗澡!严禁洗衣!

四个严禁的警示牌没有起到禁止作用,反而产生逆反提示作用,公园管理处毫无办法,只好听之任之。一日,市环保监测站检测水质,检测结论:严重污染,水体有毒。

看罢水质检测报告,公园管理处主任立即指示工作人员采取措施,更换警示牌,牌子上只刷四个大字:水体有毒!

四个禁止,不如一个恐吓。游人看到"水体有毒"四个大字,立即退避绕行。由此,池塘周边慢慢冷清寂静起来。

小鹿骗狼

梅花鹿带着儿子小鹿,老绵羊带着女儿小白,老山羊带着孙子们,它们聚在一起做游戏。突然,一群饥肠辘辘的狼包围了它们。千钧一发时刻,小鹿挺身而出,舍身救父救大家。

"求求你!求求你!请不要伤害我爸!不要伤害我们的邻居们!如果你们肚子饥,劳驾你们先吃了我吧?"小鹿的样子既临危不惧,大义凛然,又坦然自信、从容不迫。大家惊呆了,狼群疑惑了,谁也不敢动它。

头狼疑惑地问小鹿:"难道你不怕死?"

"得口蹄疫了,没救了,痛不欲生,生不如死,所以不怕死,求速死。"小鹿不慌不忙,对答如流,居然吓住了狼群。头狼撇开小鹿,将贪婪凶狠的目光投向其他猎物。

小鹿的机智勇敢提醒了老鹿、老绵羊、老山羊,它们纷纷向头狼解释,它们都感染了口蹄疫,谁靠近,谁接触,谁感染,感染必死。狼怕染病,流着涎水,无可奈何地走了。

托小鹿的福,狼口脱险,大家长长地舒了一口气。大家说说笑笑,非常开心。突然,绵羊小白自言自语道:"爸爸说,爷爷也说,好孩子不说谎,不欺骗,为什么小鹿哥哥可以说谎,敢于欺骗呢?"

小绵羊话音未落,老山羊抢过话茬说:"说真话要看对象!对邪恶势力说真话是害自己,说假话是自保;给敌人说谎是高明,骗敌人是策略。小鹿做得对,很机智!"

无知错觉

　　成功人士猪八戒的妹妹猪九妹瘦成一道闪电！此新闻不但震动丛林减肥界，而且惊动山沟娱乐圈。九妹一出现，被减肥爱好者团团包围，大家争前恐后地询问快速减肥秘诀，热烈开展减肥大讨论。

　　老母猪急切地问："九妹啊！您实在是太成功！太优秀！太有意志力！太完美！太有魅力啦！请问，您是如何迅速瘦成一道闪电的?！"

　　九妹淡淡地说："甲亢！"

　　"如何能甲亢？"九妹话音未落，奶牛急切地追问，九妹有难言之隐，无言以对愚蠢至极的不当设问，只好沉默不语。

　　"胡吃乱喝！重感冒！长期熬夜！多劳动，少休息！闹事生气瞎折腾！"擅长幽默的毛驴接过话茬，替九妹答复，九妹哭笑不得，欲言又止，一脸无奈。

　　狗熊脑子笨，既没听懂九妹说它有病，也没听懂毛驴的调侃。傻乎乎地问九妹："姐啊！我食欲旺盛，难以自制，减肥减肥，越减越肥！有什么灵丹妙药能让我厌食呢？"

　　九妹怕伤狗熊面子，怕担过错责任，怕暴露自己病情，又怕说不好话跌份，沉吟片刻，指着老母鸡说："问它，问它，它是专家！"

　　老母鸡呵呵一笑，故作神秘地对狗熊说："少吃粮食，多吃沙子！有事没事咕咕叫！吃饱太撑蹦蹦跳！"

　　树上的乌鸦、啄木鸟、百灵鸟、灰喜鹊、麻雀们，旁观旁听树下的减肥秘诀大讨论。它们一边听，一边笑，老母鸡的发言惹得它们放声大笑，热烈鼓掌。树下的减肥爱好者们丈二和尚摸不着头脑，更加茫然不知所措，它们对自己的无知，以及无知导致的错觉毫无认识。

渡鸦落脚皂角树

园子里有好多树,鸟类分别在树上筑巢占窝。根据各自偏好,以及先来后到、大小强弱、长幼尊卑等规则,凤凰占梧桐,乌鸦占槐树,喜鹊占杨树,寒鸦占柳树,大家各安其分,互不干涉。渡鸦远道而来,机会不好,除了低矮的灌木丛,潮湿的草丛,危险的屋檐下,无处落脚。

为了找个理想的栖身之处,渡鸦在园子上空盘旋,在林间探索。突然,它发现一棵高大茂盛的皂角树居然空闲着。渡鸦灵机一动,心生欢喜,决定在皂角树上筑巢。

渡鸦不动声色地在皂角树上筑巢、栖息。皂角树根深叶茂,树高冠大,耐干旱,耐苦暑,耐严寒,抵挡沙尘暴。皂角树多利刺,野兽没法上树袭击,猛禽不敢入侵骚扰,小环境安全安逸。

主观选择正确,客观环境有利,渡鸦一世安稳,成了鸟类中的大寿星。

装睡变傻

狗熊懒惰瞌睡多,吃了睡,累了睡,没事也睡,睡累了,翻个身,再睡!睡觉睡到难以入眠。狗熊有时沉睡,有时浅睡,有时真睡,有时装睡,表演大智若愚,有时假装梦游,表演大巧若拙。

一天傍晚,狗熊从睡梦中醒来,走出树洞望着夕阳,若有所思地问公鸡:"天哪!这太阳怎么才出来呀?睡得我浑身痛!老弟啊,您怎么不早早叫起它呢?"

"大哥,您有没有搞错啊?您看到的不是旭日东升,而是夕阳西下!今天早上,我啼鸣的时候,您在哪?我怎么没看见您呢?"公鸡一边解释,一边反问,表明自己已经尽职尽责,没有任何过失。

狗熊明知自己错了,依然死不认错,继续揣着明白装糊涂,一本正经地表演大智若愚:"难道太阳会从西面升起吗?公鸡不打鸣,太阳会不会偷懒呢?"

大家笑而不答,热烈鼓掌,鼓励狗熊犯傻犯糊涂,大家好看热闹。

狗熊自以高深,自以为得计,便自言自语道:"唉唉唉,公鸡打鸣不卖力,太阳升起不规范,耽误了我一天时间!!!"

狗熊话音未落,公鸡忍不住哈哈大笑,笑得前仰后合,猴子笑得满地打滚,黄牛笑得涕泪奔流,树上树下,立即爆发出雷鸣般的掌声。大家一致确认,狗熊不是装傻,而是真傻,它是一个地地道道的大傻子。

冷暖自知

隆冬时节,雪花飞舞,大河冰封。熊瞎子过河,不慎踩破薄冰,落水遇难,河两岸的目击者吓坏了,谁也不敢再冒险过河,不敢靠近熊瞎子遇难的冰窟窿。

鱼鹰在冰窟上空盘旋,河岸上的公鸡母鸡尖叫:"冰窟凶险!冻死!淹死!小心啊!千万别下水!熊瞎子已经走啦!"

鱼鹰没有理会公鸡母鸡的喊叫,降落到冰窟旁,仔细观察水情鱼情。突然,公鸭母鸭在不远处急促地呼喊:"冬天水冷,当心冻伤,等春天再下水吧?!"

鱼鹰默不作声,一个猛子扎入水中,围观者惊呆了!有的说鱼鹰逞能,有的说鱼鹰犯傻,有的怀疑鱼鹰饿疯啦!还有的说鱼鹰疑似自残自杀!

就在大家众说纷纭,莫衷一是的时候,鱼鹰抓着一条鲜鱼跃出水面,飞到河岸边。公鸭子急切地问:"水冷不冷?"

"冰河下的水温比气温高,下水捕鱼带洗澡,可舒服啦!"鱼鹰笑呵呵地回应公鸭子。

母鸡用疑惑的眼神看着鱼鹰,自言自语道:"下去那么久,还以为你出事了呢,真吓人!"

"您不知道我会潜水?"鱼鹰诧异地反问母鸡,惹得大家嗤嗤发笑。

一直袖手旁观不吭声的大白鹅用调侃的口吻说:"它呀,喝水都没弄明白,何谈潜水?!"

大家哄然大笑,鱼鹰起飞离去。

赶超偶像

龟兔赛跑,小乌龟一举成名,成为红极一时的成功励志偶像。动物界迅速掀起一个追捧小乌龟,做成功名士,比学赶超小乌龟的新高潮。

老母猪训斥小猪仔:"你们看看人家啊!坚忍不拔,少年得志,一举成名天下知。再看看你们,就知道吃了睡,睡了吃,真是没出息透了!你们要比一比,看一看,学一学,从我做起,从现在做起,努力赶超小乌龟!"

小猪仔们挨训后,知耻而后勇,响应老母猪的号召,再次掀起一个向小乌龟学习的新高潮,全面学习小乌龟的各种优点,认真效仿小乌龟的各种先进经验。

为了赶超小乌龟,尽快出名成功。小猪仔们有的学慢跑;有的学游泳;有的学打滚;有的学挖泥;有的学闭目养神;有的学节食减肥;有的学深呼吸,养浩然正气;有的学晒太阳,增强钙吸收能力;有些兼学多样本领，立志变成一只无所不能的神龟。

时隔不久，老母猪发现，小猪仔们不但瘦了、病了、傻了，而且神经不正常了，行为模式半猪半龟活像鬼，看起来很怪异。于是，紧急叫停比学赶超小乌龟活动。

山羊的差距

一只山羊在草原上迷路，为了生存，为了安全，它加盟马鹿群。好景不长，因为是异类，它成了马鹿体群嘲笑的对象，马鹿团伙给山羊找了好多差距："个头太矮、羊角太短、年纪轻轻胡子长，未老先衰！哈哈！哈哈！"山羊无言以对，只好沉默。

为了有个好环境、好心情，山羊毅然决然离开马鹿群，加入绵羊群。山羊与绵羊们大同小异，因为是少数派，所以山羊努力求大同存小异。但是，绵羊们对山羊的相异之处难以包容，把它的特点当毛病，又给它找了好多差距：羊角太犀利、太危险！容易招惹袭击！毛色太白太难看！胡子太长，年纪轻轻装老大，骄傲自大！山羊觉得很可笑，幽默地回应绵羊们：我这些差距都是我爸妈给我的，改不了，没法改。

一天，羊群突然遭遇一只疯狗袭击，绵羊们吓得魂飞魄散，惊慌失措。山羊沉着冷静，勇猛出击，用它尖利的双角刺伤疯狗，驱逐疯狗，保全大家。从此以后，大家再也不给山羊找差距，挑毛病了。

色盲论色

春天到了,百花争艳。乌鸦先生组织鸟儿们一起赏花,大家你一言,我一语,争先恐后,各抒己见,热闹非凡。猫头鹰也不甘寂寞频频插话,多次打断朋友们的发言,惹得大家很不高兴,碍于情面,谁也不想与它辩驳。

为了教训一下猫头鹰,让它当众出丑,博大家一乐。乌鸦先生搬来两盆牡丹,一盆红牡丹,一盆白牡丹,请猫头鹰先生讲讲牡丹花的花形与花色品种。猫头鹰缺常识,少见识,红白不分,居然夸夸其谈,离题万里,惹得大家哄堂大笑,它自己浑然不觉。

猫头鹰大讲特讲花儿的色彩,讲得眉飞色舞,得意忘形的时候,乌鸦先生端来六盆风信子、一盆绿萝,请猫头鹰先生赏析。结果,大家发现,猫头鹰不但红白不分,而且红、黄、蓝、紫、绿不分,是彻头彻尾的一个色盲。大家不约而同地给它鼓掌,鼓倒掌!

一嗯答百问

啄木鸟父子在十字路口的大白杨树上捉虫子,路过的鸟儿们纷纷与它们打招呼,并询问一些莫名其妙的问题。

喜鹊疑惑地问:"你们想在这里筑巢吗?"

老啄木鸟淡淡地回答:"嗯。"

斑鸠好奇地问:"你们也想与喜鹊住在一起吗?"

老啄木鸟漠然回答:"嗯。"

乌鸦笑嘻嘻地问:"春暖花开,你们在这里看风景啊?"

老啄木鸟微笑着回答:"嗯。"

麻雀兴致勃勃地问:"阳光灿烂,你们在这里晒太阳啊?"

大雁路过,驻足休息,漫不经心地问:"你们在这里等朋友吗?"

老啄木鸟客客气气地回答:"嗯。"

数百个鸟儿路过,叽叽喳喳地问个不停,老啄木鸟一嗯答百问,鸟儿们问过即走。小啄木鸟好奇地问老啄木鸟:"老爸,百鸟询问,不一样的问题,您怎么都用一个嗯字答复呢?"

老啄木鸟笑呵呵地对儿子说:"对于任何非常白痴的乱问,不必当真,也没必要正式答复!"

"为什么呢?老爸,我不懂。"小啄木鸟一脸狐疑地问老爸,老啄木鸟一脸幽默地朝儿子笑。

老啄木鸟沉吟片刻,若有所思地对儿子说:"对于很白痴的发问,答了就得解释,解释又未必能给它们解释清楚,既麻烦,又费劲,还有可能惹是非。面对瞎问,一个嗯字,接住话茬,敷衍而过,让它们感觉它们自己很高明、很聪明、很精明,我们有礼貌、有教养、很傻很天真即可。"

挡道的理由

骏马赶路,被一只恶狼挡住去路,双方互不相让,马与狼辩论起来。

马:"好狗不挡路,阁下拦路挡道,是何道理?"

狼:"睁大眼睛看清楚了,我是狼,不是狗,更不是所谓好狗。豺狼当道,这叫霸权!你懂不懂?"

骏马无语,绕道而行,又被野猪挡住去路,野猪强行索要过路费,骏马不给,双方争执起来。

马:"好狗不挡路,你拦路抢劫,还不如一条狗?"

野猪咆哮:"一猪二熊三老虎,我是老大,岂能与狗相提并论?我的地盘我做主,给钱,或者给东西,或者退回去,少啰唆。"

骏马惹不起野猪,又不想付费,退避绕道。不料,在小道上被犟驴拦住。骏马暴怒,与驴争吵。

马:"大路朝天,各走一边,与人方便,与己方便,你懂不懂?"

驴:"看好了,大路在那边,这是小路,我一蹄子一蹄子踩出来的岔路。便道路窄,你方便了,我就不方便了。就按你说的走,我走岔路,你走野路,与我方便,与你方便,互不干扰。行吗?"

与不讲理的家伙无法讲理!!骏马无奈亦无语,只好走野地,自己给自己踩出一条新路。

守株打猎

农夫守株待兔,成为一时笑谈,大家都讥笑农夫愚痴懒散,猎人却从中发现狩猎新机遇。

猎人明白,兔子天敌多,兔子多的地方生态环境好,既可以割草放牧,也可以打猎。猎人守株打猎,先后猎获兔子的天敌——老虎、老鹰、大灰狼、狮子、豹子、狐狸,还捕获到药用蛇,一举多得。

舵手与水手

一艘远洋船触礁沉没,舵手与一名水手逃到一个海岛上觅食休息。一觉醒来,恍若大梦一场。

舵手问水手:"一路感觉如何?现在有何感想?"

水手答:"一路心系远方,心潮起伏;途中所见,有时海天一色,有时海市蜃楼,有时波澜壮阔,一路颠簸,一路好风景!但是,这意外的事故实在糟糕至极!好在大难不死,必有后福!"

舵手点点头,又摇摇头,无语远望,若有所思。

水手问舵手:"您一路感觉如何?现在有何感想?"

舵手沉吟片刻,悲伤地说:"一路担惊受怕,寝食不安,除了航道、气象、洋流、安全、效率、时间、轮船补给等琐事,其余无暇顾及。糟糕至极的是,罪责难逃,身败名裂,无家可归,有家难回。"

水手潸然泪下,心中窃喜——幸亏没当舵手!

白猫得宠

在老鼠成灾的情况下,不管白猫黑猫,能逮老鼠就是好猫,谁捕鼠业绩突出,谁待遇自然高。白猫黑猫各负其责,各安其分,相安无事。

在老鼠不多的情况下,白猫黑猫的境遇却发生微妙的变化,白猫得宠,成了好吃好喝好穿戴,不逮老鼠住公馆,与主人亲密无间的"被窝猫",黑猫却成了"五加二白加黑",与看门狗同吃同住同劳累的"加班猫"。黑猫羡慕嫉妒恨,愤愤不平,找看门狗诉苦。看门狗告诉黑猫,白猫有很多特长:听话不多嘴、乖佞不违拗、爱笑点赞勤;不管主人说什么,一概洗耳恭听;不管听懂与否,一概点头称是;无论主人做什么决定,发表什么意见,一概点赞——妙!妙!妙!

　　黑猫骂白猫鸡贼奸佞,怨自己没眼色、不懂味。看门狗认为,主仆之间,既有彼此适应,互相塑造,也有彼此需求,互相成全。白猫的所作所为,极大地满足了主人的精神需求,即人类的两大情感需求:控制欲和亲密感!所以,主人给了白猫殊遇和恩宠。

　　看门狗的高论让黑猫茅塞顿开,黑猫立即改换门庭,从头做起,不久,如愿以偿,当上"被窝猫"。

南山猴挠头

　　"南山猴,南山猴,一个挠头都挠头。"猴王挠头,众猴群起仿效;老猴挠头,小猴不由自主地挠头;多数猴挠头,少数猴从众挠头;一个猴子挠头,另一个猴子会无意识地抓耳挠腮,抠鼻子挖眼;偶尔,个别猴不挠头,猴类觉得不正常,非猴类也觉得不正常。

　　黑猩猩给小猩猩逮虱子,顾不上挠头,长臂猿不解地问:"大家都挠头,你们怎么不挠头?"

　　黑猩猩嘿嘿一笑,将刚逮住的虱子塞进长臂猿嘴里,长臂猿一愣,黑猩猩给长臂猿嘴里再喂一只跳蚤,长臂猿认识到自己的质问很愚蠢,羞愧地低下头。

　　金丝猴摘桃子,野猪诧异地问:"人家都挠头,你怎么不挠头呢?"

　　金丝猴笑而不答,给猪嘴里塞一颗水蜜桃,野猪大喜,点头点赞,满嘴鲜果,嘴角流汁,不再言语。

高义大利

仁义村果农高三晓拥有苹果、梨、杏、山楂、柿子、核桃六个果园，果园里杂草丛生，虫害严重，导致果木低产劣质，有的果树竟然适龄不结果。为解决技术难题，小高求助乡农技员。

应邀察看果园后，农技员建议小高拆除所有果园的围墙栅栏，不动声色地向全村养鸡养鸭养鹅专业户开放果园，放任鸡鸭鹅在园子里吃青草、野菜、野花，吃落地树叶花果。小高的义举赢得了广大养殖户的欢心，大家心怀感激地给小高赠送鸡蛋、鸭蛋、鹅蛋和变蛋，表达谢意，有的养殖户还经常请小高吃烤鸭烤鸡翅。

除了青草、野菜、野花、落地果，草丛里的虫卵、蛹、爬行昆虫和近地表飞虫，都是鸡鸭鹅的高级美食。小高没料到，全面开放果园之后，乡亲们的鸡鸭鹅不但充当了果园除草控草义工、高档有机肥料制造者，还帮他灭虫驱鼠，使果园逐渐达到优质高效无公害果园标准，获得"循环经济示范园"殊誉，义人高三晓义利兼得、名利双收。

旱鸭子落水

旱鸭子不会浮水，更害怕下水，每次过河总要寻求支援，与帮助者的利益交换，讨价还价使它很纠结。

旱鸭子过河采小白菜，求水鸭子帮它过河，水鸭子说，见一面，分一半，要求分一半菜。旱鸭子无奈，只好答应。

旱鸭子想采集在河之洲的水芹菜，求老乌龟帮忙，老乌龟要求旱鸭子用鸭蛋支付报酬。旱鸭子好吃水芹菜，没有别的更好的办法，只好付出超值的代价。

旱鸭子与水鸭子失和，与老乌龟合作不愉快，转而求助会游泳的猴子。居心叵测的猴子满口答应，送旱鸭子过河。游到河中间，猴子说，它想做一把羽扇，要求旱鸭子拔掉全部羽毛酬谢它。旱鸭子断然拒绝，猴子暴怒，将旱鸭子抛在水里。

为了求生，旱鸭子自力救济，用尽全力在水中挣扎，拼命向岸边游。游啊游，沉沉浮浮，曲曲折折，笨拙的旱鸭子靠自己的潜力，终于游到岸边。

旁观者大白鹅不解地问旱鸭子，你自己会游泳，为什么总要求助于人，受制于人呢？

旱鸭子反思片刻，恍然大悟，自己的一些潜质没有被认识，没有及时充分地发挥出来。错误的观念和旱鸭子的世俗标签制约了自己的成长，不落水，不绝望，不自救，不拼不挣扎，还真不知道自己能浮水！

刺猬不碰刺

猴子上树摘酸枣，被刺得浑身是伤，眼镜蛇在树下讥笑猴子，刺猬在窝边调侃猴子，猴子气急败坏，怒怼刺猬。

猴子质问刺猬："酸枣树在你家门口，怎么不见你上树摘酸枣呢？"

刺猬呵呵一笑，朝眼镜蛇努努嘴，一脸坏笑地说："你怎么不问问它？它们家门口一大片狼毒花，你见它碰过吗？"

"我问你，又没问它！"猴子不耐烦地怼刺猬。

刺猬故作神秘，笑而不答。眼镜蛇干咳两声，若有所思地对猴子说：

"刺猬浑身是刺,它用刺采集,用刺防御,用刺攻击,自然懂得尖刺的利害。所以,它从来不触碰有刺的植物,不接触锋利的东西。"

猴子顿悟,向眼镜蛇点点头,脱口而出:"我明白了,您也深知毒草的危害?!"

眼镜蛇与刺猬对视一笑,各自散去。

杞人忧地

杞人忧天,可天没塌下来。但是,各地不时传来的地震、火山喷发、地裂缝、暴雨、洪涝、干旱、滑坡、泥石流、水坝垮塌、矿山地质灾害、雾霾、沙尘暴、瘟疫等坏消息让他昼夜不宁,寝食难安。

杞人想,天下不安全,陆地居住风险最大。未雨绸缪,退而求其次,干脆迁移到海上住吧?!为了避险,杞人迁移到南太平洋的太平岛上居住。但是,好景不长,又传来坏消息!他听说,大气温室效应日益严重,全球气候连年变暖,全世界降雨量逐年增多,海平面持续上升,太平洋上的许多岛屿将被海水淹没,太平岛可能也难得长久太平!这些新的坏消息又让杞人恐惧起来,恐惧得患上焦虑症、忧郁症、失眠症、神经衰弱、食管炎、应激型胃溃疡。

为了预防太平岛在夜间突然沉没,杞人从岛上搬到渔船上住,以求晚上睡个安慰觉。不料,半夜一场突如其来的飓风将渔船掀翻,杞人船毁人亡,一无所有。

因事而变

推磨驴们耍奸溜滑不好好干活,工作效率低下,既偷懒,又偷吃。为了加强管理,提高效率,大象先生任命急性子的骏马当总监、当模范。好景不长,骏马不但被驴类同化成慢性子,而且学会耍奸溜滑,沆瀣一气骗大象!

为了改变磨坊面貌,大象先生指派忠诚老实的老黄牛当总监,替换有才无德的骏马。不料,憨厚愚笨的老黄牛根本无法统领奸诈狡猾的驴类。老黄牛虽然能以身作则,率先垂范,诚实劳动,洁身自好。但是,监管失控,导致磨坊里偷懒偷吃偷盗成风。

总结经验教训,权衡利弊得失,大象先生决定,破格任用看门狗当磨坊总监,放狗咬驴,强化监控。结果,磨坊风气焕然一新,驴类再也不敢偷懒偷吃偷盗。

狐狸炫皮

"长白山,三件宝:人参、貂皮、乌拉草。"貂皮名贵,水貂出名,水貂养殖业发达,水貂家族过上坐享其成无忧无虑的富裕日子,惹得老狐狸羡慕嫉妒恨。

老奸巨猾的老狐狸想,狐狸皮比貂皮高级多了!水貂没什么了不起,不就是善于自我推销,宣传广告做得好,名气大一点嘛!为了提高知名度，抬高身价，老狐狸到处炫耀自己皮毛好毛色靓，还自编广告词："长白山，新三宝，人参、狐皮和鹿茸。"老狐狸拉上大个的梅花鹿、马鹿抬高自己。不料，新三宝的说法却引起不法猎人和皮货商们的注意，导致猎杀成风，横祸飞来。

狐狸炫皮，招灾惹祸，连累朋友，自己把自己弄成珍稀动物，继而沦为濒危动物。

屠夫套狼

猎人空手套白狼屡屡得手，声名远播。屠夫艳羡猎人的成功，停工歇业，尝试空手套白狼，复制猎人的成功。

屠夫所理解的空手套白狼，不需要知识，没有技术，只用绳索，不带其他工具，不挖陷阱，不设路障，不用诱饵，轻而易举，没有成本，没有风险，只有异乎寻常的成功。

第一次出猎，屠夫不知白狼窝点，弄不清白狼活动规律，白跑路，空等待，空手而归。第二次出猎，屠夫凭想象，瞎折腾，不得要领，白狼受惊逃窜，屠夫空忙一场，败兴而归。第三次出猎，屠夫急于求成，盲目蛮干，结果被凶狠的白狼咬断一只手，受伤而归。

屠夫遭受重创，大难不死，却不甘心失败。屠夫求教猎人，猎人送给屠夫一本祖传《狩猎秘籍》，屠夫读罢，自惭形秽，回归本行，重操旧业，不再轻言空手套白狼。

啄木鸟敲钟

小啄木鸟嗓子不好,不善发声,每次出门或者遇到危险需要报警,它就用自己坚硬的嘴在空心树干上有节奏地敲打,发出清脆的、有节奏的"笃笃"声,向亲友们打招呼,发信号,传信息。

夏天到了,蛐蛐嚣叫,蝉儿嘶鸣,严重干扰了小啄木鸟正常的通讯报警。一天中午,赤日炎炎似火烧,森林里发生火灾险情,午睡的动物们,特别是在树洞里休息的小朋友们有生命危险。蛐蛐和蝉儿们的叫声遮蔽了小啄木鸟的报警声,情急时刻,大庙里报时的钟声响了,小啄木鸟急中生智,飞奔到庙里,急促地、有节奏地敲击大钟,向大家通报火灾险情。

小啄木鸟敲钟的声音和节奏很特别,那是啄木鸟家族联络沟通的通用"暗号",全家老小都懂得。接到报警,啄木鸟家族倾巢出动,招呼动物们紧急避险,避免了一场灾难,大家交口称赞,都夸小啄木鸟有智慧有办法。

与鸟为邻好早起

浣熊是夜行性动物,每天午夜出门觅食游玩。因此,它养成了晚睡晚起的习惯。浣熊是食肉目动物,偏于杂食,馋嘴好吃零食。小浣熊长得快,需要能量多,夏天出汗多,消耗大,暑期如果不多吃点昆虫、蠕虫、鸟蛋,就会因为营养不良而生病。但是,不早起,根本吃不到可口的虫子。

"我好困呀！我怎么才能早早起，吃到美味的东西呢？"小浣熊伸着懒腰，打着哈欠，揉着眼睛，很纠结地问树袋熊哥哥。

树袋熊沉吟片刻，慢吞吞地对小浣熊说："住鸟语林去吧？与鸟儿为邻！鸟儿都起得早，早起的鸟儿会早早叫醒你，而且是免费叫醒服务。"

小浣熊大喜，告别树袋熊，迁居鸟语林。

对立却统一

老鼠在两家隔墙底下打洞，被猫逮住，猫要杀死老鼠，灭老鼠全家，囚禁中的老鼠央求看门狗说情。

看门狗不屑地问老鼠："你们是死对头，势不两立，我如何能说动猫？再说了，我和你非亲非故，你们的事与我没有半毛钱关系。猫到处嘲讽我多管闲事逮老鼠！看门狗反过来帮老鼠说情，岂不怪哉?!"

老鼠狡黠地对看门狗说："利益！利益！我们还有特殊的共同利益！"

看门狗不解地问老鼠："猫监督你，我制约猫，三方对立，我们能有什么共同利益？"

老鼠开门见山地对看门狗说："东家的屠户骨头多，西家的渔家咸鱼多，你想白吃肉骨头，却不会打洞，猫想偷吃咸鱼，必须翻墙，难度大，风险更大。我挖两边的墙脚，打通机关暗道，对你对猫都有利。更重要的是，你偷吃骨头，猫偷吃咸鱼，有我打掩护、背黑锅、担恶名，你们绝对安全，东家不会怀疑你们。"

看门狗大喜，立即游说猫，猫窃喜，放了老鼠。猫和狗鼓励老鼠深挖洞，将窟窿挖大，严重对立的三方居然在共同利益上高度统一起来。

施惠借力

早上起来,小蚂蚁发现,一堆堆牛粪堵住了自家的大门,臭气熏天,出行不便,有碍观瞻。

小蚂蚁哭丧着脸找爸爸,蚁王沉思片刻,笑呵呵地写下四封请柬,恭请屎壳郎、蚯蚓、金龟子、土鳖虫四大家族来蚂蚁家赴宴。

蚁王告诉小蚂蚁,蚂蚁家族是食肉动物,屎壳郎、蚯蚓、金龟子、土鳖虫是食腐动物。对于蚂蚁来说,牛粪比垃圾还垃圾,是个麻烦;但是,对于屎壳郎、蚯蚓、金龟子、土鳖虫四大家族来说,牛粪是个求之不得的好东西。我们好意施惠,请它们高高兴兴地高消费,它们必定无怨无悔地义务劳动,帮我们将牛粪清理得干干净净,还对我们感恩戴德。

遵照父命,小蚂蚁快乐出发,挨家挨户送请柬。接到蚁王邀请,食腐昆虫四大家族喜出望外,扶老携幼,蜂拥而至,风卷残云,饱餐一顿,满心欢喜地替蚂蚁家解决了现实紧迫的难题,彼此还结下深厚的友谊。

虚名招祸

"驴浑身是宝!""天上龙肉,地上驴肉!""中药三大宝,第一驴皮胶!"这些赞誉给驴类带来灾难性后果;同时,"卸磨杀驴"成为驴类遇难的前兆。因此,驴类特别害怕卸磨。

为了避免被杀害,驴类千方百计地留在磨坊,夜以继日,拉磨不松劲，直到过劳而死。久而久之，驴类又获得新的赞誉："好驴死在磨道里！"

卸磨惨死，拉磨劳死，驴类活得很难受，死得很难看。好死不如赖活着！驴类汲取经验教训，开始耍奸溜滑，避重就轻，逃避责任，混天数，熬钟点，低耗能认真应付，出工不出力，出力不出活，出货低质量，落得一个奸驴的坏名声。驴的名声坏了，反而活得很自在，死得较正常了。

爱啥缺啥

老狐狸爱上狗，异类变亲友。这个消息震撼了鸟兽界，大家惊诧莫名，不可思议！

狸猫问狐狸："非亲非故，您为什么称它宝贝？"

狐狸："它懂得感恩，有情有义。"

公鸡问狐狸："你把它叫作亲爱的，不觉得肉麻吗？"

狐狸："它很真诚，有米没米，总在一起。"

乌鸦问狐狸："你那么精明，怎么会喜欢一个傻瓜呢？"

狐狸："它忠诚老实，不会撒谎！"

鬣狗问狐狸："你那么高明，怎么会喜欢一个二愣呢？"

狐狸："它勇猛、善良、果敢、自律。"

猫头鹰在闲聊中将狐狸的心思转告大灰狼，大灰狼嗤之以鼻，讥笑着告诉猫头鹰："真是缺啥爱啥，爱啥缺啥，缺啥补啥，老骗子缺的，笨狗都有。"

卖义谋利

老虎想白吃兔子肉,却不愿劳神费力。为了不劳而获多吃多占,老虎勾结大灰狼,发起一场"保护草原,消灭兔子"的所谓"公益"围猎比赛,吸引不明真相,又想一试身手的猎豹、金钱豹、细狗和猎狗们参加比赛。

猎豹、金钱豹、细狗和猎狗们既是长跑健将,又是逮兔高手。比赛中,它们奋勇争先各显其能,斩获颇丰。比赛结束,选手们的猎物归老虎和大灰狼所有,猎豹、金钱豹、细狗和猎狗分别获得鸡冠花、牵牛花、狗尾巴花、打碗花等小红花作为"奖品"。

选手们觉得不公平,大家愤怒了,它们一起找大灰狼裁判长论理。大灰狼奸笑道:"给了你们展示才能的机会,给了你们崇高的荣誉,难道还不够吗?"

"可是,我们辛苦一场,总得给点实惠慰劳一下吧?"猎豹愤愤不平地说。

猎豹话音未落,猎狗急切地说:"是的,是的,不给肉吃,总能赏点骨头啃吧?!"

"欺骗我们,愚弄我们,奴役我们,剥削我们,居然还说给了我们机会,给了我们荣誉?!卖义谋利,卑鄙无耻!这种浅薄刻薄的坏事,只有人类才能干得出来!"金钱豹怒骂着,将小红花扔在地上,一脚踩碎。

老虎听见选手们与大灰狼争辩,勃然大怒,恶狠狠咆哮道:"我的草原,我的兔子,我的地盘我做主。我说什么,就是什么,谁再闹,我就弄死谁!"

面对虎狼威胁,选手们无可奈何,只好认栽,大家默默无语,各自离开。

鸡传鸭谣

公鸭子喜欢造谣,老母鸡喜欢传谣,两个妖孽凑在一起煽风点火,太平洋不太平,长安城不安宁。

白鹅偶遇老母鸡,老母鸡严肃告诫白鹅:"听公鸭子说,你有严重问题,你可得注意啦!"

白鹅惊诧莫名,追问老母鸡:"什么严重问题?"

"第一,毛色太白,涉嫌皮肤病!第二,体型太胖,涉嫌"三高",有碍观瞻!第三,脚掌肥大,可能有鹅掌风,当心传染给大家!"第四,走路姿势奇异,或许有遗传病?!对孩子们不利!第五,……,第六,……,第七,……,第八……。"老母鸡疾言厉色,滔滔不绝,白鹅不以为然,面露鄙夷。

白鹅全当听疯话,耐心听着听着听着,终于不耐烦了。摇摇头,叹口气,再摇摇头,礼貌地对老母鸡说:"谢谢您二位亲切关怀!不过请您帮个忙,代我感谢一下鸭子哥!"

老母鸡兴冲冲地说:"您说,您说,怎么感谢法?您说的话,我一定效劳!"

白鹅故作庄重,对老母鸡揶揄道:"下次见到伟大高明的鸭子哥,替我唾它一脸,帮它洗洗那张一贯正确的麻子脸;然后,提醒他老人家多保重,它的健康关涉整个动物界的平安;一定要提醒它,它有病,它一家子有病,它祖祖辈辈有病,世世代代有病,有非常严重的遗传神经病。"

白鹅转弯抹角,讽刺挖苦,老母鸡尴尬无语,无地自容,扭头离开。

古槐无用成风景

古刹里有一棵树龄一千三百年的古槐，古槐根深叶茂，横立斜长，苍劲飘逸，犹如一条巨龙，成为国家明令保护的古树。古槐子孙环绕，荫翳蔽日，犹如天然凉棚，成为游人夏季纳凉的好去处。

果树羡慕古槐悠闲，花木赞叹古槐长寿，小草推崇古槐风骨，杨柳却不以为然。杨柳鄙夷不屑地说："歪歪扭扭，粗细不匀，横竖无形，成不了栋梁，做不成工具，有啥用！有啥用啊？"

草木争论不休，车前子指着前院一座破败的大殿对杨柳说："二位爷往那看，您的祖先都在那！都是有用之材！"

大家注目观望，只见破殿屋顶塌陷，墙壁倾倒，门窗破裂，四梁八柱已成朽木。狗尾巴花哑然失笑道："是的，是的，都是有用之材，首先是木匠们的有用之材！最后是伙房里的有用之材。"

枣树感慨万端，即兴赋诗曰："杨柳有用遭斧斤，利用之后化灰烬；有用多因可利用，古槐无用成风景"。

人好为官

因工作需要，某建筑工程设计院发出广告，高薪诚聘五名高级工程师，广告发出数月，应者寥寥。

喝茶闲聊中，设计院院长将自己的苦恼告诉多年好友，该好友是资深人力资源管理师。好友看罢广告，沉思良久，突然灵机一动，动笔修改招聘广告："因事业发展需要，本院诚聘副总工程师三名，副总规划师两名，试用期一年，待遇面议。"

新版招聘广告发出，应者如云，设计院很快招聘到专业对口、经验丰富、年富力强的高级工程师。

带钥匙的老虎

老虎联手野猪、黑熊、大象，三战击败狮子王，成为王屋山新大王。按照事先约定，老虎主动将自己关进笼子，动物们皆大欢喜，乐而忘忧。

一天，牛羊驴马向野猪、黑熊、大象三巨头控诉老虎的罪恶，大家群情激愤，愤怒声讨老虎的滔天罪行。老虎暴怒，冲出笼子，打击报复。野猪大惊失色，黑熊胆战心惊，大象惊诧莫名，牛羊驴马落荒而逃。关进笼子的老虎怎么能出来伤害大家呢？原来，笼子的钥匙在老虎手上，老虎随意进出，无拘无束，为所欲为，肆意妄为，大家追悔莫及，束手无策。

猎豹、花豹、金钱豹、大灰狼联合攻打王屋山，大家请老虎御驾亲征，保护大家，保卫王屋山。老虎怕苦怕累怕麻烦，借口钥匙丢了，出不来，躲在笼子里不作为，享清闲，大家心知肚明，无可奈何。

为了制服老虎，大象想出一个办法，给老虎笼子再加一把铁锁，将老虎困在笼中，逼它交出钥匙。然后，召集大家与老虎谈判，重新立约。

痴狂如病

三伏天午后下了一场太阳雨，两个壮汉在某大学门口大呼小叫，引起路人围观。

高个子的壮汉大喊："你看看！你看看！太阳公公哭啦！哭得好伤心啊！泪如雨下！"小个子壮汉辩驳："不对！不对！天太热，太阳公公出汗啦，挥汗如雨！"

两个壮汉言语不和，争论升级，声嘶力竭，大打出手，不分胜负，请路人评理。路人甲问明原委，十分惊奇，小心翼翼地询问二位："请问，您二位是文学院的，还是气象学院的？"两壮汉不约而同，指向大学对面的一个大院。路人甲定睛远观，大学对面是一家精神病院。

蝗虫与蚯蚓

蝗虫与蚯蚓在长江边的沼泽地争夺地盘，蝗虫金盔金甲，以皇家湿地卫士自居，勒令蚯蚓立即消失！否则，咬死它。蚯蚓不甘示弱，亮出自己的名片——地龙！以龙子龙孙的名义，勒令宵小蝗虫立即滚开，如果继续危害生态环境，后果自负。

蝗虫与蚯蚓缠斗，打扰了午睡的扬子鳄，扬子鳄暴怒，一巴掌将蝗虫与蚯蚓打入水中。蝗虫与蚯蚓异口同声地质问："狗东西，你是谁？"

"我是你大爷，小名猪婆龙！"扬子鳄一声冷笑，蝗虫与蚯蚓吓得半死，一个飞入芦荡，一个沉入泥沼。

山羊有角不顺眼

绵羊无角，山羊有角，天赋特长，自然而然，本来天经地义，居然成了王屋山"闲话中心"茶余饭后议论的"怪事"。

巴儿狗牙不好，消化也不好，却见不得山羊长角，到处攻击山羊，说山羊太个性，太有棱角，不合群，不随大流，迟早要吃大亏，山羊嗤之以鼻。绵羊自以为是，看不惯山羊有角，不喜欢山羊雄赳赳气昂昂的样子，经常批评山羊太骄傲，太倔强，劝山羊砍掉双角，显得温和柔顺，保持一团和气，山羊不以为意。小公鸡对山羊羡慕嫉妒恨，污蔑山羊私藏武器，怀疑山羊有暴力倾向，向老母猪举报山羊。

老母猪兴师问罪，勒令山羊锯掉双角，山羊权衡利弊，潜逃外地，避免被围攻。

山羊跑了，大灰狼来了。大灰狼各个击破，将巴儿狗、绵羊、小公鸡和老母猪逐个咬死。死到临头，它们想起强健勇敢的山羊，但悔之晚矣！

盗贼赏骨

清风寨有黄黑白三只看门狗，遇到陌生人，黄狗咬得最凶，遇到主人赏赐，黄狗争得最猛，若不给好处，任何人都难以接近。对于三只看门狗的特点及其相互关系，盗贼洞若观火，预备设计离间。

一天半夜，盗贼准备行窃，故意赏给黄狗一大块排骨，黄狗大喜，放弃守门，猛啃排骨。黑狗白狗愤愤不平，与黄狗争夺排骨，全然不顾职守，盗贼自由进出，无所顾忌。

黑狗白狗没吃到排骨，气急败坏狂吠不止，指斥黄狗是内奸家贼，合伙将黄狗咬残。

驴马换位

驴拉磨，马伺候主人，它们胡乱攀比，彼此差评、指责、诋毁、抱怨，积怨日深。

驴认为，自己活儿重，工时长，劳动条件差，功劳大，待遇低，长年吃秸秆，吃不到野外新鲜的青草，喝不到清新可口的泉水，没机会游山玩水；长年累月在磨道里转，既不风光，也不实惠，既不自由，也不自在，工作生活单调乏味无趣，实在太郁闷。相比之下，马的工作轻松潇洒，当差像旅游，既风光，又实惠，既自由，又自在。不仅如此，这种高大上的工作还助长了马的骄傲自大，全知全能，全能自恋，目中无驴。

马认为，自己工作节奏太快，太劳累，经常被鞭策，太紧张；长年旅途奔波，整天长途跋涉，风餐露宿，生活不规律，忍饥挨饿；天有不测风云，地有毒蛇猛兽，风险实在太大。相比之下，驴的工作安稳自在，慢节奏，低风险，环境好，实惠多。不仅如此，驴还养成自以为是，假公济私，养尊处优，不体谅马类的坏毛病，有必要让它多出去跑跑，换位思考，体验一下马的辛苦。

驴马互相扰攘，内耗不止。为了平息纷争，主人假装从善如流，接受马的建议，驴马轮岗换位。不料，驴受得了马的苦，马受不了驴的罪，主人只好让它们各自回归，各就各位，各行其是。

逼蛇失窝

蛇鼠一窝，互不相让，扰攘争夺，反目成仇。老鼠想赶走蛇，独占地穴，却苦于没有万全之策。

老鼠问计于邻居鼹鼠，鼹鼠献策：掘渠灌水，灌水逼蛇。

老鼠掘渠灌水，逼走毒蛇。不料，自己的窝，鼹鼠的窝，相继塌陷，老鼠和鼹鼠都变成无家可归的流浪者。

墙头草与墙根草

墙头草与墙根草，一株高高在上，傲视草木，不可一世；一株微不足道，却粗野蛮横，傲慢偏执。它们同属跳舞草一族，本质相同，地位悬殊，二者互相鄙视，互相攻击。

墙根草调侃墙头草："墙头草，随风倒；无风雨，挺高傲；雨未来，先卧倒；闻风而动有眼色，逢迎俯仰身段好；人生处处皆学问，不妨学学墙头草。"

墙角的蘑菇帮墙头草解嘲道："人家高瞻远瞩，深谋远虑！人家能伸能屈，神通广大！"

墙头草挖苦墙根草："墙根草，没头脑；贴得紧，混得好；风大躲得快，雨大避一边。"

机灵的蘑菇两边讨好，婉转打趣道："识时务者为俊杰，有靠山的不吃亏!"

蘑菇话音未落,狂风大作,暴雨倾盆,土墙倒塌,墙头草落地,墙根草埋没,蘑菇粉身碎骨,沉入泥浆。

喜鹊改巢

鸤鸠(布谷鸟)不会筑巢,经常强占喜鹊巢穴。因此,恶名远播,臭名远扬。鸤鸠不但在鹊巢里白吃白住地产卵,寄养儿孙,还经常偷吃鸟蛋,伤害幼鸟,欺负小鸟。比鸤鸠更坏的鸟还有杜鹃、白头鹰、白尾鹞、红鹰、黄鹰。为了对付坏鸟,保护种群,喜鹊积极应变,不断改进筑巢技术。

为了预防鸤鸠、杜鹃、红脚隼们非法寄居,喜鹊改大巢为小巢,无赖们感觉鹊巢狭小拥挤,自动迁移。为了防范白头鹰、白尾鹞、红鹰、黄鹰袭击,预防鸤鸠、杜鹃暗中使坏,喜鹊偏向开门,将窝门缩小,用枯树枝隐蔽门洞,坏鸟们难以发现。为了预防坏鸟结伙袭掠抢劫,喜鹊在杨树、柳树、榆树、胡桃、古槐等高大树木上多处筑巢,将食物、鸟蛋、幼鸟、小鸟分开保护。

适者生存,智者发达,能者强大,勤者富足。喜鹊不但靠自己的勤劳智慧过上幸福生活,还赢得"筑巢大王""吉祥鸟""富贵鸟"等美名。

工蜂赞蝇

苍蝇喝醉了,一路狂奔,误入花园,与忙碌的工蜂相撞。苍蝇勃然大怒,厉声斥责工蜂:"大胆狂徒,居然敢挡我路!找死?你知道我是谁吗?"

工蜂呵呵一笑,拱手施礼,伸手点赞,客客气气地夸赞苍蝇:"抱歉!抱歉!实在抱歉!忙着干活,没注意您大驾光临。久闻大名,如雷贯耳,您是酱缸里的大哥大!垃圾堆里的战斗机!公厕里的VIP!细菌战的高手!吟唱界大师!夏虫里的大寿星!"

工蜂话音未落,马蜂忍不住大笑,甲壳虫笑了,蜜蜂和蝴蝶们都笑了。

应付走蛮横霸道的苍蝇,蝴蝶深有感触地对蜜蜂说:"机智是快乐工作的盐,幽默是幸福生活的蜜!"

蜜蜂对蝴蝶耳语道:"苍蝇既多事又多嘴,既自大又自卑,既浅薄又刻薄,既全能自恋又恬不知耻,四处骚扰,任意攻击,却接受不了任何批评,除了愚弄式点赞,我没有更好的应对办法。"

持枪驯兽

为了多赚钱,猎人办了个野生动物马戏团,使用自己猎获驯养的狮子、老虎、野马、羚羊、马鹿、大象、野猪、猴子和狼做演员。猎人对动物们很爱惜,根据演出表现,经常赏赐给它们好吃的。戴链子的动物们看起来很乖很聪明，渐渐地，猎人对它们放松了警惕。

　　一天演出中，野猪突然发飙，挣脱铁链，冲出围栏，夺路狂奔，危及观众和游人安全。千钧一发时刻，观众中的一位警察果断开枪，击毙野猪。听到枪声，看见血泊中的野猪，野生动物们纷纷低头装乖，没一个敢于乱叫乱动。

　　吃一堑，长一智。为了预防万一，猎人预备了标枪、气枪、火枪、麻醉枪、仿真枪，威慑动物。动物们不辨真假，惊恐不安。同时，越来越驯服，表演越来越出色。除了主人的赏赐，它们不敢有其他非分之想。

苍蝇打虎

　　苍蝇给青蛙王子表功，说它打死一只虎，青蛙不信，苍蝇请青蛙到屋檐下看"战果"。

　　屋檐下，有一只刚死的壁虎。苍蝇说，死壁虎是它的最新"战果"。青蛙还是不信，小小苍蝇，焉能打死一只凶猛的壁虎？！

　　青蛙追问苍蝇打"虎"经过，苍蝇指着墙上的蝎子说，是它利用自己的智力优势和空中优势，在空中指导蝎子精确打击的。

　　青蛙冷笑一声，捉住苍蝇，将它赏给蝎子。

蛙鸣蝉噪遮鸟声

老鹰霸占大河边的柳林,吓得鸦雀们不敢出声。但是,啄木鸟随机应变,躲在树洞里叫!布谷鸟机智勇敢,藏在岩穴里叫!公鸡见机行事,趴在窝里叫!有时候,它们聚在一起批评老鹰罪过;有时候,它们一唱一和,揭露老鹰丑行,气得老鹰发疯发癫发狂,却无可奈何。

有一天,老鹰路过大池塘,听见蛙鸣蝉噪,喧哗嘈杂,遮蔽鸟叫声,淹没公鸡啼鸣声。老鹰心生奸计,虚情特邀,假意慷慨,请青蛙和蝉儿们定居柳林。

青蛙和蝉儿们乔迁柳林,任意居住,皆大欢喜,放声嘶鸣,热情讴歌老鹰,喧嚣声遮蔽啄木鸟、布谷鸟和公鸡的批评声。青蛙和蝉儿们的吵闹声使乌鸦和燕雀无法安居,鸟儿们纷纷迁居别处,老鹰的耳根终于"清静"了。

帮凶遇害

因为争夺地盘,野猪与羚羊结怨,野猪发毒誓,一定要咬断羚羊腿,扳折羚羊角,活剥羚羊皮。

秋天到了,高原上秋风萧瑟,毒蛇猛兽作恶,羚羊的厄运来了,野猪却以为自己打击报复的好机会到了。大灰狼追击羚羊,羚羊奔跑逃亡,野猪围追堵截,缠斗羚羊。羚羊遭遇两面夹击,无法逃脱,筋疲力尽,摔倒在地,被狼活活咬死。为发泄怨气,野猪咬羊腿、折羊角、撕羊皮。

对于野猪的所作所为,大灰狼窃喜,但不理解,不领情,不以为意,且怀疑野猪别有用心,另有企图。大灰狼吃完羊肉后,一个冷不防,猛扑上去,咬死野猪。

登高不为比高低

小兔子出窝吃草,动物们看见了,讥笑它个子矮,嘲笑它走路跛,给它起外号,拿它乱开玩笑。

小兔子吃饱之后,力气十足,它蹦蹦跳跳,登上三级台阶。大公鸡看见了,质问小兔子:"小矮子,你一下子上三级台阶,难道是想与我们比高低,显得比我们高很多吗?"

"不不不!没那想法,也没必要,我只是想看看台阶上盛开的太阳花、黄菊花、紫茉莉、蒲公英。"小兔子谦和地回答大公鸡的质问,无丝毫嗔怒。

赏花之后,小兔子一路前行,坚韧攀登,一口气上到山顶,在山顶偶遇毛驴。毛驴问小兔子:"你也想在此体验'山高我为峰''一览众山小''老子天下第一'等至高无上的感觉吗?"

"不不不,我只想登高望远,看看远处的风景,登高不为比高低。"

驱鸟遭灾

狗熊瞌睡多,喜欢装睡玩深沉,善于装死欺骗虎豹,特别讨厌鸟儿们叽叽喳喳打扰它做梦,忌讳憨鸟们说实话揭它老底。天长日久,大家知道它的秉性,送给它四个绰号——瞌睡虫、老迷糊、叫不醒、装子。

狗熊住在老槐树树洞里,老槐树生虫腐朽,眼看就要枯死了。啄木鸟天天来给老槐树看病。啄木鸟敲击树干,掏虫窝,捉虫子,打扰了狗熊的好梦,狗熊勃然大怒,摧毁啄木鸟窝,撵走啄木鸟。

乌鸦和猫头鹰擅长调查虫情,精通分析预报灾情,经常组织防灾减灾研讨会、报告会、演讲会。但是,狗熊喜欢报喜不报忧,讨厌乌鸦调侃它笨,厌恶猫头鹰说它懒。百灵鸟、喜鹊、燕子们一边捉虫子,一边唱歌,经常打扰狗熊午休。赶走啄木鸟后,狗熊借机找碴,挟嫌报复,各个击破,先毁掉鸟巢,再赶走鸟儿。

赶走林子里的鸟类,狗熊耳根清净了,日子舒坦了。但是,好景不长,虫灾爆发,树木枯死,小溪断流,衰草连天,小动物大批逃亡,整个树林成了超级干柴堆。隆冬时节,一场突如其来的火灾,烧毁整个树林,狗熊不幸遇难。

飓风扬猪

肉鸽和猪是邻居,肉鸽自夸敏捷,猪自吹勇猛,肉鸽炫耀飞行特技,猪显摆拱地绝活。它们整天打口水仗,互相不服气,互相不尊重。

肉鸽鄙夷不屑地问猪:"你整天就知道在我面前逞能,你会飞吗?你能飞上蓝天吗?"

猪满不在乎地说:"不是我没能力,而是我没机会。如果有机会坐飞机,我照样能飞上天!"

肉鸽轻蔑地说:"那好吧,等你的好机会,祝你走运!"

夏末秋初,热带风暴潮到来,飓风将猪和肉鸽一起卷向高空,猪高兴坏了,得意扬扬地对肉鸽说:"你看看,你看看,好机会来了!我撞大运了,我飞起来了!"

"问题是你没翅膀,怎么平安落地?"肉鸽用嘲讽的口气反问猪。

猪迟疑片刻,自信满满地对肉鸽说:"或许我能稳稳地落在柔软的草垛上,或许我能顺利地滑落到大漠里的沙丘上,或许我能潇洒地飘落在大海上。总之,我会从幸运走向更大的幸运!"

猪话音未落,风向突然逆转,风速渐渐变小,风力慢慢减弱,飓风承载不了猪的重量。猪体高速下降,猪瞬间眩晕,失去知觉,重重地摔在地上,一命呜呼。

贩卖谎言

大灰狼凶狠残忍、阴险狡诈。但是，它自夸讲义气，守信用，重承诺，够朋友，肆意贩卖谎言，蓄意欺诈爱占小便宜、盲信盲从盲动、既可吃又无耻的动物们。

公鸡爱吃小米，好吃糜子，大灰狼假装慷慨地说："跟我走！免费吃！放开吃！管饱吃！"

公鸡信以为真，欢天喜地跟狼走。大灰狼将公鸡引诱到糜子地里，等公鸡吃饱吃好，在狼狗面前夸赞过大灰狼慷慨大方之后，秘密杀死公鸡，吃掉鸡肉。公鸡到死不明白，大灰狼所谓的慷慨，仅仅是盗用人类资粮，慷他人之慨。

狼狗喜欢吃肉，爱好啃骨头，大灰狼将自己吃剩的鸡骨头白送给狼狗。狼狗感激涕零，积极追随大灰狼打猎。

猪贪吃贪喝，喜欢吃喝一切好东西。狼问猪："想吃鱼肉吗？想喝鱼汤吗？"

猪喜出望外，不好意思地说："能喝上汤就不错了！"

大灰狼指指狼狗，貌似诚恳地对猪说："跟我们走，钓鱼去！肉管够！汤管饱！"

"跟上狼吃肉！跟上羊吃草，跟上牛马挨鞭子！"狼狗随声附和，连忙补充道。

猪盲信大灰狼的鬼话，认同狼狗的煽惑，盲从大灰狼和狼狗。最后，成了它们的猎物。

优化联结

鸟儿们叽叽喳喳七嘴八舌地给喜鹊诉苦:"树上筑巢,凄风苦雨,危机四伏,何时才能过上安稳日子?您有什么好办法吗?"

喜鹊感同身受,点头称是,沉思默想,琢磨解决办法。

毛驴痛心疾首,捶胸顿足地给喜鹊诉苦:"磨坊里的环境封闭压抑,工作简单重复,乏味无趣,苦闷不堪!这样的苦日子,何时是个头啊?!"

喜鹊换位思考,同情理解,诚恳地答应毛驴的请求,为它出谋划策。同时,统筹兼顾,优化联结,一举两得,解决鸟儿们的困难。

经过谋划协商,喜鹊牵头组成"小鸟歌舞团",在磨坊筑巢居住,彻底解决鸟儿们的"物质问题",鸟儿从此过上安稳的日子!小鸟们整天载歌载舞,欢声笑语,解决了毛驴的"精神问题",毛驴快乐工作,乐而忘忧!

鸡鸣不已

白露时节,阴雨连绵,天色阴沉。每天早上,公鸡照样啼明,有的动物惊诧反感,有的动物大感不解,有的动物莫名其妙,有的动物茫然不知所以然。

公鸡啼鸣,惊醒沉睡的猪,猪愤然质问:"叫!叫!叫!叫什么叫?有用吗?太阳会出来吗?!"

公鸡不回应、不解释，继续啼明，打扰了装睡的看门狗。看门狗不以为然地质问公鸡："识时务者为俊杰！春困秋乏，好雨知时节，下雨天，睡觉天，你不好好睡觉，却不停地叫！你能把暴雨叫停？把乌云叫散？把太阳叫出来吗？"

公鸡置之不理，继续啼明，激惹了在屋檐下拔草吃的鹅。鹅不耐烦地训斥公鸡："叫！叫！叫！叫什么叫？叫魂呢？阴雨连绵，风雨交加，大家都不吭气，就你多事！"

公鸡与鹅是好朋友，公鸡不想得罪鹅。它见鹅有点恼火，于是灵机一动，合理地解释道："我没有啼明，我在招呼全家出窝，帮你拔草！"

鹅一听，公鸡在做利它的好事，立即快乐起来，连声道谢："谢谢，谢谢，谢谢您呐！"

设问造谣

看门狗别有用心地对老母鸡说："天下之大，无奇不有！听说公鸡下了一颗蛋？您知道吗？"

母鸡不假思索地答："是啊！世界之大，无奇不有！公鸡如果能下蛋，那一定是一只非同寻常的妖鸡！"

看门狗满意地点点头，转身询问猪："世界之大，无奇不有！听说公鸡变成一只奇异的妖怪？您知道吗？"

猪将信将疑，反问看门狗："您听谁说的？靠谱吗？"

看门狗故作神秘地对猪耳语："内部消息，听母鸡说的，公鸡居然能下蛋！你说奇怪不奇怪？"

"无风不起浪啊！事出有因，事出反常必有妖！"猪点头称是，面露惧色。

猪相信了看门狗的谣言，继而帮狗传谣。一传十，十传百，众口铄金，积毁销骨，公鸡被抹黑为妖鸡。

弱者高攀

凤凰攀高枝,被乌鸦讥笑:"哈哈,您那么美丽,那么高大上,为什么还要攀高枝呢?"

"因为我是弱者!"凤凰淡淡地回答。

乌鸦追问:"何以见得?"

凤凰解释道:"我不能踢,不会咬,不如你会骂,不如狐狸会骗,不如刺猬会反抗,只有回避了。"

"那为什么一定要高攀呢?地上地下,悬崖洞穴,难道不可以躲避吗?"

凤凰嘿嘿一笑说:"落架的凤凰不如鸡,你懂得!"

乌鸦沉思片刻,点头称是。

鸟笼不限鸟成长

黄鹂鸟父子不幸误入鸟笼,成了鸟贩子的资产。老鸟满不在乎,吃饱喝足睡好,在方寸之地游戏,无忧无虑。小鸟悲痛欲绝,不吃不喝不睡觉,整天想着如何脱逃。

老鸟劝小鸟:"好儿子,不用悲伤,不用着急。你看,笼子里有吃有喝,有地方睡觉,我们就先吃饱喝足睡好,养好精气神,静待好时机。笼子能限制你飞翔,但限制不了你的成长。"

小鸟破涕为笑,遵从父命,吃好喝好睡好玩好,正常生活,在困境中健康成长，茁壮成长。

一天，小鸟问老鸟："老爸，笼子里的日子实在太单调，这种苦日子，何时才能熬出头啊？"

老鸟对小鸟说："我们一起唱歌跳舞吧？笼子既限制不了你长身体，也限制不了你长本事！多才多艺多快乐！"

黄鹂鸟父子载歌载舞、自娱自乐，一不小心踩断两根竹篾，笼底开裂，父子惊喜，立即逃走。

增福减利

辣椒面供不应求，价格持续上扬，猪决定多种经营，新开一个辣椒磨坊。但是，驴牛马都不愿意干，原因很简单，辣椒吃不成，辣椒面用不成，别说偷吃，白送都不要。

为了招聘到拉磨者，猪拿出一斗细料、一朵大红花、一个红口罩、一对红眼罩、一条红盖头，红红火火，悬赏招聘。结果，骡子欣然应聘。

猪非常满意，也非常得意，给骡子更多好处。为了避免辣椒粉尘伤眼睛伤脸皮，猪还给骡子增发锦绣眼罩、真丝盖头。待遇高、福利好、荣誉多，骡子满意了，驴牛马却心有不平，到处抱怨猪，从早到晚，没完没了。

驴牛马的抱怨有道理，凡磨坊皆有粉尘，辣椒磨坊有，米面磨坊更严重。为了回应驴牛马的抱怨，猪参照之前给予骡子的各种好处，给驴牛马办点福利。猪将驴牛马的笼嘴更换为大口罩，配发纯棉盖头、真丝盖头、丝绵盖头、大红花、小红花，由它们自由选择使用。驴牛马享受到骡子独享的部分福利待遇，兴高采烈，异口同声地盛赞猪是个好东家。

驴牛马高兴了一段时间，慢慢感觉不好了。竹篾笼嘴换成大口罩，无法偷吃偷喝，少了一大块潜在利益。盖头虽好，却挡住了阳光，眼罩虽然精致,却遮蔽了眼睛,看不见日月,终日昏天黑地,不知早晚,不知时间长短。

水中冷暖鱼常知

　　陆栖动物们给鸭子点赞:"春江水暖鸭先知!"鸭子沾沾自喜,在陆栖动物面前自命不凡,继而自以为是,以动物世界的先知先觉自居,经常在水生动物面前自吹自擂,甚至轻慢水生动物。
　　作为水陆两栖动物,乌龟对鸭子的所作所为很不屑,又不想与鸭子争论。思考良久,赋诗一首《鱼常知》:"江河水情谁能知?谁在水中谁自知;鱼儿生来不离水,水中冷暖鱼常知。"
　　诗歌《鱼常知》流传,大家渐渐明白一个道理:内行中的常知胜过外行中的先知;所谓先知,不过是同类同行中的先知而已,并非全知全能无所不知的先知。

变色龙说猪婆龙

　　猪婆龙赶走河马,占据清水河湾,成为一方新霸主。清水河上下的动物们奔走相告,议论纷纷,众声喧哗,好像过节一样热闹。在众多小动物中,属变色龙最激动、最兴奋,开口就夸猪婆龙!大家心知肚明,它的外号中沾一个龙字,疑似猪婆龙的关系户。
　　变色龙说:"我们尊敬的猪婆龙先生,它是龙中虎、王中王,它十全十美、一言九鼎、八面威风、享誉四海,它横扫三江七泽,沧勇猛无人能敌!"

不久之后,猪婆龙因为过量食用毒蛇中毒身亡,河马再次成为清水河湾霸主,变色龙的态度立即反转,愤怒声讨猪婆龙的滔天罪行,将猪婆龙贬得一无是处。

变色龙对岸边喝水的乌鸦说:"我告(儿)你啊,猪婆龙可不是什么好东西!它一手遮天、两面三刀、四体不勤、五毒俱全、六亲不认、乌七八糟、九关虎豹、十恶不赦!满肚子坏水,真是坏透了!"

乌鸦笑喷了,它笑嘻嘻地反问变色龙:"它有手吗?你见过虎豹吗?"

变色龙一时语塞,无言以对,河湾、沙洲、岸边和树上的动物们听罢,立即爆笑起来。

优势互补成强势

黑熊力气大、反应慢,笨手笨脚,朋友叫它笨熊,敌人骂它弱智,聪明的动物捉弄它,敏捷的动物欺负它,经常吃哑巴亏。黑熊很苦恼,它把它的苦恼告诉猴子,希望聪明的猴子能给它出点好主意。

猴子机警、敏捷、灵巧,技能多,但身体单薄,性情急躁。有些事无能为力,有些事力不从心,常年过着狼狈不堪、饥寒交迫的日子。猴子很忧伤,它把它的忧伤和黑熊的心事都告诉狐狸,请狐狸想办法。

狐狸除了脑子聪明、智力超群,几乎没有什么突出优点。狐狸技能差、体力更差,整天躲躲闪闪,苟全性命于丛林。听了猴子的述说,狐狸灵机一动,建议猴子、黑熊和狐狸结盟,看似弱弱组合,实为强强联手,优势互补。

猴子大喜,黑熊喜出望外,狐狸心想事成,三方结盟,优势互补成强势。从此以后,老虎不敢侵犯,狮子不敢招惹,野猪不敢骚扰。

老鸟恋笼

鹦鹉自从被猎人囚禁在笼子之后,慢慢适应了笼子里的生活,忘记了从前在森林里的自由生活和快乐时光,树上的麻雀对老鹦鹉的生活态度十分不解。

有一天,猎人清洗鸟笼,给鸟笼里添加水米,忘记关闭鸟笼,麻雀劝鹦鹉乘机逃走,鹦鹉将麻雀赶出鸟笼,关门唱歌。

"傻瓜,千载难逢的好机会啊!你怎么不赶快逃走呢?"麻雀急切地问鹦鹉。

鹦鹉慢悠悠地对麻雀说:"这里有吃有喝,通风透光,温暖舒适,清静自在,毒蛇猛兽无法袭击,别的猎人不敢射击,十分安全。"

麻雀摇摇头,一声叹息,飞向森林。

小狐狸吃葡萄

葡萄架太高,老狐狸吃不到葡萄,心里很不爽,就说葡萄酸。这被旁观的动物们耻笑,被爱说闲话的动物们传得沸沸扬扬,给狐狸家族造成极坏的影响,也让小狐狸感觉很受伤。痛定思痛,小狐狸下定决心积极行动、积极改变,靠智慧、靠能力吃到葡萄,吃好葡萄。

小狐狸了解到,猴子是上树高手、摘葡萄能手,而且爱吃酸枣和枸杞。于是,小狐狸去山坡上采集酸枣枸杞,与猴子以物换物。

酸枣树和枸杞树比较低矮，顺着山坡走，很容易采摘，熟透的果子遍地都是，采集落地果毫不费力。小狐狸采集到大量酸枣枸杞，用酸枣枸杞换葡萄。就这样，小狐狸吃到新鲜的葡萄，老狐狸也吃到甜甜的葡萄了。

挫折损耗热情

河道上没有桥，应大家要求，善良厚道的河豚见义勇为，承担起公益义务驮运。但是，糟心的事天天发生。

第一天，驮运猴子。在半路上，猴子被水中的鳄鱼惊吓，猴子屁滚尿流，大小便失禁，害得河豚一身臊臭，恶心呕吐，严重消化不良。

第二天，驮运兔子。看起来干干净净的兔子，居然患有多种疾病。河豚毫无戒备心，意外感染了皮炎、红眼病，河豚有苦难言，十分沮丧。

第三天，驮运癞皮狗。被刚愎自用、狂妄自大、自以为是、口大气粗、好为导师的癞皮狗"指导""教育""帮助"了一路，河豚强压怒火，一声不吭。好人好事做到底，没与癞皮狗翻脸。

第四天，驮运蝎子。到岸前，被忘乎所以、忘恩负义的蝎子蜇伤，河豚大怒，将蝎子甩进激流。

接连四次受挫，好心的河豚耗尽热情，寒了心！可每遇求助，河豚立即下沉水底，继续默默潜行。

兔子休克

兔子倒在树下，一动不动，狐狸们以为它死了。兔死狐悲！兔子是怎么死的，狐狸们不明真相，狐疑重重。

有关兔子的"死因"，狐狸们众说纷纭，莫衷一是：有的想到守株待兔的传说，说兔子天生眼神不好，只顾一路狂奔，不仔细看路，自取灭亡，咎由自取；有的想到兔死狗烹的故事，猜测是猎狗干的坏事；有的想到见兔放鹰的打猎技术，怀疑是猎鹰受人驱使干的；有的想到兔子不吃窝边草的习惯，估计傻兔子是活活饿死的！在狐狸眼里，自己是绝顶聪明的，而兔子是世界上最笨的动物之一。

狐狸们摇唇鼓舌，唾沫飞溅，你一言，我一语，争得面红耳赤，口水仗打得难分难解。突然，兔子醒来了！兔子没死。原来，因为天热头晕，兔子休克了。

联鹰制鳄

鳄鱼在河，超量繁殖，大小鳄鱼横行无忌，河马退避，乌龟缩头，娃娃鱼上岸，河豚下海，蛙类落荒而逃，鱼虾惶惶不可终日。此情此景，鱼鹰却嘲笑乌龟不出头，挖苦娃娃鱼由两栖动物变成爬行动物。

娃娃鱼问乌龟，鳄鱼凶猛，何时才能出头？乌龟密告娃娃鱼，让它托鱼鹰转告鲸头鹳，鳄鱼蛋营养丰富，吃了延年益寿，长生不老，可成百鸟之王。

鱼鹰闻讯大喜,与鲸头鹳联手鹰类,大量食用鳄鱼蛋,天长日久,将水族霸王变成濒危动物。

车站等船

一个酒鬼预定乘船出海,出行途中,他在火车站对面的酒馆里喝上平常喜爱的小酒。酒鬼喝得晕晕乎乎,吃得心满意足。然后,怀揣船票,手提行李,随着浩浩荡荡的客流,急急忙忙地冲进火车站候车室休息。

半梦半醒的酒鬼在火车站候车室等啊等,左等右等,就是等不到检票上船的通知。酒鬼误以为客船误点,他暴跳如雷,咆哮着质问服务员。服务员问明缘由,提示他走错了地方,应该立即离开火车站,迅速赶往海运码头。酒鬼如梦方醒,大惊失色,夺门而出,奔向海运码头。

作乐得乐

盲人和跛子是邻居,盲人积极乐观,喜欢听故事,讲故事,编段子,讲笑话,拜师学艺,成了民间说唱艺术大师,千家万户,喜闻乐见,日子越过越好。跛子消极悲观,逢人就诉苦,整天怨天尤人,动不动就哭天叫地,号啕大哭,人人嫌弃,避而远之。

跛子以乞讨为生,逢人诉苦,开口便诉苦,没完没了地诉说自己的艰难。天长日久,熟知者不足为奇,常听者不胜其烦,常见者熟视无睹,跛子不但无法赢得同情照顾，反而遭遇鄙视、奚落、嘲讽，讨吃越来越困难。走投无路的跛子投奔盲人，盲人教跛子学艺。盲人精心教导，跛子勤学苦练，三年之后，跛子成了自食其力的说书匠。

回首往事，思前想后，跛子得出一个人生感悟：苦中作乐，作乐得乐；逢人诉苦，越来越苦。

从你做起

老虎与狮子对阵，老虎总指挥，小公牛当先锋打头阵，母牛、马、骡子、马鹿、山猪、山羊、公鸡追随助战，毛驴督战，喜鹊、麻雀、鹦鹉当啦啦队，摇旗呐喊。

恶战之后，公牛壮烈牺牲，母牛、马和骡子重伤，大家都很沉痛，蒙受失子之痛的母牛失声痛哭，痛不欲生。游手好闲的毛驴却眉飞色舞，煞有介事地大肆宣讲公牛的英雄事迹，捎带自夸督战有方，号召大家迅速掀起一个向公牛学习的新高潮。对于毛驴的表演，毫发无损的马鹿、山猪、山羊、公鸡热烈鼓掌，表示赞成；置身事外，若无其事的喜鹊麻雀鹦鹉们随声附和，载歌载舞。

马和骡子对毛驴的所作所为不以为然。马建议，毛驴先生说得非常好，下一场战斗就由毛驴先生当先锋打头阵，从你做起！从现在做起！我们大家在毛驴先生的率领下，以实际行动掀起一个向小公牛学习的新高潮。骡子鼓掌赞成；母牛破涕为笑，鼓掌赞成；马鹿、山猪、山羊、公鸡热烈鼓掌，一致表示赞成；麻雀鹦鹉们随声附和，完全赞成！毛驴见势不妙，拔腿就跑。

伟大的暗示

艳阳高照,山羊在山坡上吃草,与野猪不期而遇,野猪好奇地问山羊:"傻瓜,你怎么只吃野草,不捡牛粪,不动狗屎,不啃骨头呢?"山羊觉得野猪这些问题问得莫名其妙,不但侮辱自己的羊格,还辱没野猪自己的智商。碍于情面,山羊不宜撕破脸皮,揭露批驳野猪的愚蠢粗鄙。于是,沉默片刻,灵机一动,展示自己的幽默与宽厚。

山羊笑呵呵地对野猪说:"好东西应该留给伟大的动物们享用,卑微如我,不该!渺小如我,不配啊!"山羊的谦卑、谦让和伟大,暗示让野猪很高兴、很受用。野猪立即兴奋起来,自信地独占牛粪,庄严地独享狗屎,心安理得地啃骨头,感觉自己非常伟大,至少比山羊更伟大!

壁虎改名

守宫虫本来是蜥蜴目的一种小动物。但是,它既想与众不同,扬名四方,又想在动物界称王称霸当老大,可惜本事不大,实力不强,大家都不认可。为了虚张声势,守宫虫玩起改名变号的文字游戏。

智慧勇猛的蛇类是丛林一霸,但蛇无脚。守宫虫有四只脚,常常将自己的优点与蛇类的缺点做比较,觉得自己比蛇优越、比蛇强大。于是,改名四脚蛇。守宫虫改名四脚蛇,暗指蛇类无脚,全是残废,只有它行,蛇类都不行。此举引起蛇类众怒,蛇类群起而攻之,吓得守宫虫逃离丛林,四处躲藏。

为了生存，守宫虫躲在蛇类不易到达的屋檐下。守宫虫长得像蛇，大家都叫它檐蛇，它却自称檐龙，此举招惹了梁上大王老鼠。老鼠一见就打，逼得守宫虫流离失所，藏身墙缝。

栖身墙缝的守宫虫还不汲取狂妄自大、自吹自擂的惨痛教训，自封壁虎，言下之意，它是墙上之王。守宫虫的妄行既挑战了蝎子王，也严重伤害了蝎子们的感情，遭到蝎子王及其子孙的严厉打击，吓得昼伏夜出，惶惶不可终日。

为了苟活，为了图吉利，为了邀宠，为了继续自夸，守宫虫借用《易经》词句"潜龙勿用"，改名潜龙，谐音为乾隆、乾龙、钱龙、千龙，等等。这一改，其音韵模糊、意思含糊，大家都不在意，只有它自己暗自得意，自欺欺人偷着乐。

猎鹰与猎豹

猎犬、猎鹰和猎豹同在丛林里打猎，猎豹成绩最好，猎犬成绩较突出，猎鹰成绩最差。除了打猎，猎豹还负责巡查边界，保卫山寨安全，保护小动物不受狮子、花豹、黑熊欺负。相比之下，猎鹰混得最好，猎犬混得较好，猎豹处境尴尬。猎鹰成了虎大王的宠物，猎豹依然如故，不但没有获得正常提拔，还不受虎大王待见。老虎经常羞辱猎豹，猎鹰背地里贬损猎豹，猎犬不但不尊重猎豹，还跟着猎鹰野猪耍笑猎豹，猎豹非常郁闷。

老狐狸代表虎大王宣布命令，猎鹰担任打猎主管，管辖猎豹猎狗，监管水边的鱼鹰。猎狗表示服从命令听指挥，猎豹满腔怒火，敢怒不敢言。

猎豹私下问老狐狸："众所周知，猎鹰成绩最差，我成绩最好，为什么它当主管？我继续当苦力？你们口口声声业绩导向、公平竞争，这公平吗?!"

老狐狸压低声音,轻声反问猎豹:"猎鹰全心全意为大王效力,把所有猎物奉献给大王,你呢?它尽心尽力,无微不至地伺候大王,大王喜好什么,它就天上地上海上去寻找。除了伺候大王吃好喝好,它还陪大王玩好,玩得开心,玩得有趣。你呢?你做过什么?做得怎么样?"

"贤弟啊,你是大王身边重臣,大王对你言听计从,你也不给老哥我说一句公道话。这世上还有公理吗?森林这么大,还有天地良心吗?"猎豹愤愤不平,质问老狐狸。

老狐狸冷笑一声,轻蔑地追问猎豹:"猎鹰给我孝敬过鲜鱼,你呢?猎狗给我孝敬过鸡腿,你呢?我告诉你,在我们眼里,你连一条狗都不如!"

猎豹无言以对,泪水奔流,它突然顿悟:伺候即投资,孝敬即交易。

鸟各有志

喜鹊在枝头唱歌,风餐露宿,饥寒交迫,到处诉苦。喜鹊将它的艰难诉说给百灵鸟,百灵鸟建议喜鹊去王府投奔鹦鹉先生,在鹦鹉合唱团谋个好差事。

喜鹊说:"我与鹦鹉先生不相识,您与它是老朋友,您能否陪我前去拜访,帮我引荐引荐?"碍于情面,百灵鸟没法推辞,只好陪同喜鹊拜见鹦鹉,试试运气。

喜鹊与百灵鸟飞到王府,见到鹦鹉先生,看到殿堂上的大小鹦鹉们锦衣玉食,十分羡慕,希望能加盟鹦鹉合唱团,过上安稳富足的好日子。

听罢百灵鸟的推荐和喜鹊的自我介绍,鹦鹉先生对喜鹊说:"你怎么不问问它,我们相识多年,常来常往,它为什么不加盟,却推荐你加盟?"

百灵鸟沉吟片刻后,实话实说了:"人各有志,鸟亦如此。对我来说,无拘无束比栖身大雅之堂更快乐,自由自在比锦衣玉食更重要。我何必自投牢笼,自找不自在呢?"

鹦鹉冷冷地看了喜鹊两眼,嗔恨地瞪了百灵鸟一眼,闭目养神,不搭理来访者。喜鹊权衡利弊,不辞而别,义无反顾地返回野外。

一毛富豪

凤凰被宣布为珍稀濒危野生动物之后,身上羽毛的价格持续上涨,从一根一毛上涨到五毛、一元、十元、三十元、五十元、一百元、一千元不等。一时间,凤凰羽毛的价格成为金凤市街谈巷议的热点话题,收藏界如火如荼,拍卖界奇货可居,炒卖圈风生水起,众多投资人持币待购。人之常情,买涨不买跌,大家都想在凤凰羽毛价格持续暴涨中牟取暴利。

有一天,一位百万富翁路过拍卖行,场外熙熙攘攘,人头攒动,场内热热闹闹,人声鼎沸。凤凰羽毛的拍卖价一路飙升,一万、三万、五万、七万、九万、十万!众口一词,天哪!这么好的行情,再不买就亏大啦!百万富翁按捺不住内心的财富梦,自信满满地参与到竞买者行列里。

十五万、二十万、三十万、四十万、五十万、八十万、九十万,神啊!凤凰羽毛的价格瞬间涨到一百万!一百万一次!一百万两次!一百万三次!拍卖师的喊叫声再次激发百万富翁风险投资的伟大决心!全场静谧二十秒之后,百万富翁豪迈举牌,以百万价格买下一根无比珍贵的凤凰羽毛,全场立即报以雷鸣般的掌声,继而爆发出排山倒海、此起彼伏的掌声、欢呼声和嘻嘻哈哈的笑声。

百万富翁创下金凤市羽毛拍卖史上的最高纪录,成为金凤市的新闻人物,并因此一举成名,人称一毛富豪。关于"一毛富豪",业内外有多种解读:一根凤凰羽毛只值一毛钱,价格被炒成一百万!人家富豪的一根羽毛都值一百万,资产百万以下的都是穷人!资本市场上某些所谓的百万富翁,其实是一毛不值的穷人,譬如那个一毛富豪!

猛虎插翅

东北虎战胜华南虎，成为王屋山新大王。一时间，好评如潮，其中不乏阿谀奉承、夸大其词，有意无意帮东北虎犯错误，出洋相的奸佞之徒。

老鼠说："要是像蝙蝠一样会飞，我们大王就会成为全能的超级大王！"鼹鼠说："是的。你知道什么叫如虎添翼吗？如果给大王添上翅膀，它不但能飞，而且会飞得很高很远！"鼠辈的赞语赢得动物界的普遍赞同，大家一致认为，鸟儿会飞，蝙蝠能飞，是因为有翅膀；老鹰飞得好，是因为翅膀强健。只要插上强有力的翅膀，我们大王不但能飞，而且能超越老鹰，赶上鲲鹏。

动物们的热议和赞语传到东北虎耳朵里，东北虎欣喜若狂，豪情万丈。按照鼠辈们的建议，东北虎大量收集翅膀、羽毛，模仿老鹰的样子装扮自己。但是，鸟类翅膀太小，排气量不足，东北虎插翅难飞，添翼也不能飞。

为解决排气量不足的技术难题，动物界万众一心，千方百计，协同攻关，给东北虎安装芭蕉扇。但是，东北虎自身动力不足，无力挥动巨大的芭蕉扇，依然插翅不能飞。东北虎不但没有达到预定目标，反而遭到鸟类耻笑。麻雀说："论飞行，老虎没资格与我们鸟类相提并论，它甚至不如一只小蜻蜓。什么大虫？哼，连昆虫都不如！"麻雀的差评让东北虎很受伤，居心叵测、阿谀奉承的鼠辈们却暗自得意。

经过两次折腾，东北虎认识到，自己虽然是勇猛无比的山大王，但不是全能的。对阿谀奉承要保持警惕，以免被居心不良者误导，盲目蛮干，自取其辱。

老虎咬狼

老虎咬狼,狼遍体鳞伤,落荒而逃。被狼侵害过的牛羊鹿马鸡兔们欢欣鼓舞、奔走相告,有的夸老虎惩恶扬善,伸张正义;有的说老虎除暴安良,为自己报仇雪恨;有的讥笑狼、诅咒狼,说狼活该倒霉遭报应!

受伤的狼将老虎收拾自己的原因告诉狐狸,狐狸又将内情转告大家,知晓真相的动物们目瞪口呆、心惊胆战。原来,狼极端自私自利,好吃懒做,不卖力打猎,不但没有按老虎要求逮回老虎爱吃的小牛犊、小羊羔、小马驹、大公鸡、大白兔,没有采集到老虎过冬急需的鹿茸,还私自侵占老虎猎物,偷吃豹子肉,偷盗熊掌。

经过这件事,动物们获得一个新的认识:真相是残酷的,如果以自己好恶臆断他人是非,结论肯定是错的。

劝不如吓

猪狗鸡混养,猪特别贪婪,狗比较霸道,鸡十分计较。因为利益之争,三方关系十分紧张,长期槽头不安,影响到山羊的正常生活。山羊多次主动出面调解,劝说无效,请教乌龟先生。乌龟先生说:"我给大家做一次保健知识公益讲座,或许能化解矛盾。"

龟先生义务讲解保健知识,贪生怕死的动物们都来听讲。它讲了三个生理卫生"秘密":贪吃早死,暴饮暴食生病,乱吃早衰。一个社会学常识——人怕出名猪怕壮！动物们吓坏了，猪心惊肉跳，狗惶恐不安，鸡怀疑自己有病。从此以后，各安其分，不再争吃抢喝。

野草与稻草

野草长在田埂上，稻草长在稻田里，野草营养不良待遇差，对稻草羡慕嫉妒恨！稻草营养过剩待遇高，经常生病，羡慕野草自由自在无忧无虑。

一天，野草旧病复发，一边诉苦，一边挖苦稻草，稻草只好正面回应。稻草说："与你们相比，我有两大难言之隐：第一，你们是一岁一枯荣，一切都是自然的，轻易不会有人祸害你。我们是半岁一枯荣，随时可能死，人祸很多，吉凶福祸不定。第二，你们存在的价值和意义是天赋的、确定的，谁也不易改变。我们有收成无收益，白忙活，一场空。我们的被利用方式决定我们的价格高低。做草绳，有可能卖成蔬菜海鲜的价！做草鞋，无足轻重！做饲料，可有可无！做柴火，一文不值！"

野草争辩道："你们无偿享用氮肥磷肥钾肥农家肥，灌溉长流水，吃得膘肥体壮，喝得油光发亮。我们一辈子都是干瘦干瘦的芦柴棒，无人搭理的可怜虫。"

稻草反问野草："既然你羡慕我们的生活环境，不妨下来试一试？请下田来体验被管控的生活！"

野草想了想，摇摇头，摆摆手，谢绝稻草的邀请，继续在田埂上混日子。稻草问野草为什么，野草直截了当地回答："稻田虽好，并非安身立命之地。除了甲鱼螃蟹，它更怕锄头、镰刀、除草机、除草剂。"

稻草哈哈大笑，野草啊野草，你终于明白一个真相，我们都是草，只是境遇不同而已。

啄木鸟飞进蚕桑林

啄木鸟飞进蚕桑林，看见大量的蚕猛吃桑叶，大惊失色！天哪，这里的虫灾居然如此严重！啄木鸟二话不说，立即投入灭蚕战斗。

啄木鸟对自己的专业能力很自信，对自己的义务劳动充满自豪感，对自己迅速取得的战果非常自豪！不料，却遭到猴子强力驱逐。

啄木鸟感到很委屈，愤怒责问猴子："我好心帮你们灭蚕，保护桑树，你怎么视功为过，恩将仇报？"

"蚕是益虫，不是害虫，它在正常工作，为人类服务，你捣什么乱？益鸟吃益虫，就是搞破坏！你懂不懂？"猴子诘问啄木鸟，啄木鸟羞愧难当，无言以对。

池塘之蛙

涝河两岸发生特大旱灾。田地里、河道里的青蛙们去井下避难，却遭到池塘蛙嘲笑。

"你们怎么搞的？居然与井底之蛙为伍！"池塘蛙用嘲讽的口吻诘问田蛙。

田蛙实话实说："井下有水。"

池塘蛙哈哈大笑道："你们难道没看见？我的超级豪华至尊大池塘里也有水啊！为什么要舍近求远呢？"

田蛙直言不讳："池塘水脏！"

"讨饭的居然嫌馍黑！水脏总比没水强吧！"池塘蛙自以为是，自讨没趣，却要用嘴皮子维护自己的虚荣。田蛙怕麻烦，不愿与它争论不休，默然走自己的路，让它随便说去。

池塘蛙喋喋不休地讽刺挖苦田蛙，树上的老鹰听得有点不耐烦。老鹰劈头盖脸地教训池塘蛙："池塘之蛙，只知其一，不知其二。田蛙们见过世面，懂得各种水体的深浅。它们去井下避难，并非定居，更不是与井底之蛙为伍。井水丰沛甘甜，井下冬暖夏凉，可以熬过特大旱灾。河里没水，田里没水，要不了多久，各种池塘也会干涸。你信不信？田蛙们比你想得多，看得远！你懂不懂？"

池塘蛙如遭雷击，瞠目结舌。

兔子尾巴不须长

兔子天生尾巴短，越进化越短，本来很正常的事，却招来动物界诸多莫名其妙的猜疑与非议。

兔子尾巴为什么那么短呢？是遗传变异呢，还是发育不良？是做过整形手术呢，还是受伤致残？兔子尾巴长不了！兔子尾巴长不了啦！！兔子尾巴长不了啊！！！牛嘲笑，马揶揄，松鼠调侃，猴子挖苦，鸡鸭讥讽，孔雀鄙视，连壁虎都调笑。弄得兔子百口莫辩，不知如何是好。

为了展示短尾巴的优势，无声地回应各种猜忌与飞短流长。兔子积极参加森林春季运动会，获得跳高、跳远、短跑和长跑四项比赛冠军，赢得一片喝彩。通过这场比赛，大家见识了兔子的矫健干练，并获得共识——兔子尾巴不须长！

田鼠师狗

田鼠背着黄豆、大米、小米和高粱四样礼物,登门拜访看门狗,恳求拜师学艺,看门狗推辞不掉,收田鼠为徒。

狗逮老鼠,多管闲事!田鼠师狗,咄咄怪事!!田鼠拜看门狗为师后,居然高调宣布,它要师从狗大师学习各种特技,重拳打击官仓鼠!!!此事立即轰动动物界,成为众说纷纭的热门话题。

老猫不屑地说:"田鼠名为拜师,实为拜码头,它想借势威慑我们,借力对付我们!"

公鸡神秘兮兮地说:"强弱联合,内外勾结,上下其手,提高竞争力,扩张地盘。"

官仓鼠说:"田鼠借势造势用势,借力借刀,它企图垄断田野,独占田间地头的所有好处。"

老狐狸将动物界的各种议论转告田鼠,田鼠自鸣得意地对老狐狸说:"它们猜的都对,但不全对。我还有一个伟大的理想,我要借老师的关系进入官仓,受老师保护,逼走老猫,成为一只绝对安全、快乐无忧的官仓鼠。"

老狐狸听罢,自愧弗如。天哪!动物界居然有如此聪明绝顶的小家伙!

牛棚里的绵羊不知狼

三只无辜的山羊被凶恶的豺狼追杀,它们一路狂奔逃命,逃到饲养场的牛棚,厚道善良的公牛大哥收留了它们,安排它们与绵羊同吃同住。

说起豺狼的凶恶,山羊们义愤填膺,怒不可遏!绵羊却不以为意。绵羊不解地质问山羊:"你们说的是不是有些言过其实,夸大其词了呢?你看看,你看看,我们饲养场的动物,牛啊、羊啊、马啊、骆驼啊,还有猪狗鸡驴鹅鸭兔,我们大家都是吃草的,吃树叶、吃果子,喝水的,动物怎么会吃肉呢?怎么会喝血呢?太可怕,太血腥,太不可思议了!你们背地里这样肆无忌惮地说一个动物,是不是涉嫌造谣、诽谤、污蔑、中伤呢?你们思想危险,言论偏激,一不小心,是要招惹官司的。"

山羊一边描述,一边解释。它告诉绵羊,丛林里的动物有很多种,除了善良平和的食草动物,还有凶狠残忍的食肉动物。在食肉动物眼里,所有比自己弱小的动物都是食物,不是知道痛痒的生命。绵羊哈哈大笑,讥笑山羊信口开河,胡说八道,不可理喻。绵羊认为,耳听为虚,眼见为实;没见过的事物,都是不存在的;饲养场应有尽有,无所不有;饲养场没有的,外边的森林里是没有的,世界其他地方也是不会有的;你的实践无法检验我的道理,所以我不相信你。山羊无法以自己的经历和体验说服山羊,只好作罢。

半夜时分,追杀山羊的豺狼们偷袭饲养场,冲击牛棚,多亏公牛和山羊联合作战,驱逐豺狼。绵羊突遭厄运,吓得半死。苏醒之后,绵羊终于相信了山羊们之前的述说,知道世界上确实有狼,狼是凶狠残忍的食肉动物。

丢失的种子会发芽

冬天到了，不冬眠的动物们开始冬藏，小松鼠跟随爸爸捡种子。它一边捡，一边埋藏，它只瞻前，不顾后，它只顾埋藏，不做标记。小松鼠性急粗心记性差，结果遗忘了很多埋藏点。

松鼠父子忙碌一整天，天黑的时候，小松鼠感觉自己劳而无功，十分懊悔，忍不住号啕大哭起来。松鼠爸爸安慰小松鼠说："没关系，别着急，冬天过去，春天就会到来；春暖花开，春雨如酥的时候，丢失的种子会发芽，春苗春草春芽都是好东西；到时候，我们会有更多更好的食物；放心吧，你的工夫不会白费。"听爸爸这么一说，小松鼠破涕为笑，转忧为喜。

引狼出圈

大灰狼袭击养殖场，先跳进猪圈，咬住猪耳朵，欲将肥猪抓走。肥猪急中生智，告诉大灰狼，隔壁羊羔满圈，羊羔肉比猪肉好吃，贪心的狼放下猪，翻墙去抓羊。

大灰狼跳进羊圈，要吃羊羔，领头羊出面解释，羊群正在流行一种严重的传染病，羊肉吃不得，吃了会要命的。

大灰狼放弃吃羊，再去逮猪，跳进猪圈一看，猪已逃跑。大灰狼气急败坏，转身奔向羊圈逮羊，却见羊圈空空如也。就在大灰狼折返猪圈的时候，在领头羊的率领下，羊群迅速转移，巧妙藏匿，躲过一场大难。

土狗攀亲

小狼狗说狼是它亲爹,狗是它亲娘。所以,它叫作狼狗,有一半狼血统,它特别崇拜狼祖宗。土狗不甘示弱,说狼是它亲爷爷,大狼狗是它亲爹。公鸡调侃土狗:"照你这么说,你不但血统高贵,而且辈分很高,小狼狗相当于你亲侄子?"

小狼狗一脸不屑地对公鸡说:"别信它那鬼话,没影的事。它与狼攀亲,与我们家套近乎,不过是想混吃混喝,骗吃骗喝,讨点剩骨头罢了。"

土狗争辩说:"我们有一个共同的祖先,它的名字叫作大灰狼,这是一个众所周知的常识,你必须承认吧?"

狼狗揶揄土狗:"是的,是的,不错,你说得不错。"科学研究表明,包括老虎、狮子、大象、鳄鱼、公鸡、青蛙、小鱼、小虾在内,我们还有一个共同的故乡——大海!四海一家亲!我们都是会动的物体!

肥猫心术

小猫拜肥猫为师,学习捕鼠技术,久而久之,小猫发现肥猫的一些做法很诡异,悄悄去问老狐狸大爷。

小猫问老狐狸:"我师傅怎么总是先抓老老鼠、小老鼠、病老鼠?放任危害严重的壮老鼠?"

老狐狸神秘地一笑,笑嘻嘻地告诉小猫:"老老鼠肥笨大慢昏,肉多容易抓,效益最好!病老鼠近乎死老鼠,比壮老鼠好抓!小老鼠笨傻嫩弱,既好抓,又好玩!放任壮老鼠,放大鼠害的现实紧迫性,显得灭鼠很必要,你们很重要!"

小猫恍然大悟道:"嗯嗯,我终于明白了,这就是我师傅所谓'多快好省轻松爽'七字真经!"

"我师傅逮住公老鼠,不论大小,一律格杀勿论;逮住母老鼠,特别是大肚子母老鼠,悄悄释放。这种做法不符合除恶务尽原则。"小猫不解地问老狐狸。

老狐狸撇撇嘴,漫不经心地对小猫说:"看你缺心眼,真是缺心眼,而且缺悟性。你师傅的做法,叫作留敌自存,避免失业。你说,除了逮老鼠,你们有啥用?不干这一行,你们凭啥混饭吃?"

小猫点点头,疑惑地问老狐狸:"大爷,您怎么知道这么多底细?好通透啊!"

老狐狸哈哈大笑道:"你师傅是我徒弟!"

益鸟自利

大雪纷飞,天寒地冻,森林里的虫子死的死藏的藏。啄木鸟没吃的,饿得发慌,斗胆去掏蜂窝,偷蜂蜜,惹恼了看守蜂房的金丝猴。

金丝猴怒斥啄木鸟:"混账东西,你不去捉害虫,却流窜到我这里偷蜂蜜,真是岂有此理!"

"寒流到了,害虫死光了,没啥吃,快饿死了。"啄木鸟极力为自己的违规行为辩护。

金丝猴指着麻雀骂啄木鸟:"你为什么不学乌鸦麻雀的样子,捡死虫子,找草籽吃?"

"不新鲜,不好吃,难消化。"啄木鸟继续为自己辩护,无意中,却暴露了自私自利的阴暗面。

金丝猴质问啄木鸟:"我养蜂,你偷蜜,居然还敢打蜂王的坏主意?!哼哼,今天我总算认识到你的另一面,你并非全心全意保护森林,你也有你的私利和嗜好。"

啄木鸟羞愧地低下一贯高傲的头,支支吾吾道:"我承认,我错了,我动了你的利益。可是,饥饿难耐的时候,我实在忍不住,没办法。"

"我的地盘我做主,你也动了我的利益。"金丝猴与啄木鸟辩论,惊醒了在树洞里冬眠的狗熊,狗熊怒骂啄木鸟,一巴掌将它打翻在地。

虎死苍蝇乐

猛虎下山,失足坠崖摔死,山里的动物们欢天喜地,奔走相告。苍蝇们闻讯,喜出望外,载歌载舞,欢呼老虎死亡。老虎身上的虱子感觉莫名其妙,追随老虎的跳蚤觉得不可思议!

跳蚤问苍蝇:"老虎死了,你高兴什么?"

"那还用说,我们终于有机会吃虎肉、喝虎血、啃虎骨,吃它个干干净净,喝它个痛痛快快,啃它个健健康康。"苍蝇洋洋得意,自信满满地对跳蚤说。

虱子说:"我估计,轮不到你分享好处,看气候,你也没机会。"虱子不屑地对苍蝇撇撇嘴,冷笑起来。

"为什么?"苍蝇不解地问虱子。

虱子笑而不答,示意苍蝇问跳蚤。跳蚤指着天空,对苍蝇说:"你看,暴风雨就要来了,我们很快就蹦跶不成了,你们也不要盲目乐观!"

苍蝇仰望天空,大惊失色,立即扭头逃跑,躲到石头缝避雨去了。

狗咬萤火虫

猎犬星夜追捕偷鸡的狐狸，路遇萤火虫，猎犬勃然大怒，训斥萤火虫："晚上不好好睡觉，还点着长明灯，是不是给贼娃子照明当路灯？！"

"天上的星星才是路灯呢，我算得了什么呀！大叔您有本事，不妨先把满天的星星给灭了，我再关灯不迟？"萤火虫反驳道。

树上的蝙蝠一听，扑哧一笑，反问猎犬："难道你也是贼娃子吗？"

"胡说，胡说八道！我是抓贼的！"猎犬暴跳如雷，怒怼蝙蝠。

蝙蝠笑嘻嘻地说："公路，公路，公众的路；路灯，路灯，路上的灯。路灯不但照亮贼娃子逃跑的路，也照亮你抓贼的路。狗咬萤火虫，不明事理！"

"不明事理，也不明物理。"猫头鹰补充道。

盲人不摸火

国师给王孙公子们讲历史，公子哥们不以为然，他们不但不信历史，而且质疑国师："你说的那些事，你自己经见过吗？既然你没亲历过，我们凭什么相信你？"

为了说服公子哥们好好学习，汲取历史经验，国师请来宫廷盲人乐师，大家围坐在火炉旁，当堂对话。

国师："敢摸火吗？"

乐师："不敢！"

国师："为什么？"

乐师："烧手。"

国师："摸过吗?"

乐师："没有。"

国师："见过火烧手吗?"

乐师："没有。"

国师："您没亲手摸过火,也没见过火烧别人的手,怎么知道火会烧手?"

乐师哈哈大笑道:"耳朵听说过,身体感受过,盲文书上多处讲到火,有些是常识,有些是知识,有必要犯傻吗?"

乐师话音未落,国师跟着大笑起来,公子哥们面面相觑,对视而笑,大家瞬间顿悟,明白了国师的良苦用心,也认识到自己的颟顸无知。

狼爱上羊肉

为了欺骗羊,顺手牵羊,麻痹羊,白吃羊肉,多吃羊羔,狼请狐狸编故事《狼爱上羊》,给羊洗脑;请乌鸦编歌谣《狼爱羊羔羔》,将小羊羔变成脑残。结果,整个动物界被精致化谎言影响。

虚构故事流传,疯狗以为狼是羊的保护神,不敢欺负绵羊;虚假歌谣流行,鸡误以为狼是爱好和平的亲善大使,主动与狼套近乎,企图投靠狼;流行性谎言越传越奇,驴以为狼弃恶从善,不再防备狼,还人云亦云,替狼说好话;结果,狼横行霸道,为所欲为,不但杀害了不明事理的羊,而且伤害了不明真相的鸡鸭驴牛马,祸害了置身事外的兔子。

兔子悲愤交加,将故事改写为《狼爱上羊肉》,将歌谣改为《狼爱羊羔肉》后,动物界大惊,纷纷谴责狼的暴行。猫头鹰不以为意地说,狼爱上羊,不过是一个美丽的谎言,狼爱吃羊羔肉,那是一个不需要解释的常识。

衔来树枝让你站

一场虫灾过后，老牛湾的树木死光了，鸟儿们纷纷远走高飞，仅留猫头鹰与猎犬、牛、马、驴、羊、猫为伍。

一天，猫头鹰感慨地说："唉，没有树木，无法登高望远，也没了引吭高歌的兴致，真是糟糕透了！"

猫说："可以站在黄土高坡上呀，坡头比树更高！"

猫头鹰摇摇头，一言不发。

羊说："可以站在山顶上，一览众山小。"

猫头鹰闭目沉思，不置可否。

驴说："可以站在磨坊顶上，俯视全村。"

猫头鹰觉得有点幽默，给驴做了一个鬼脸。

马说："下次远行，我带着你，远方有大树。"

猫头鹰微微一笑，淡淡地说声谢谢。

憨厚的老黄牛真诚地对猫头鹰说："牛角好比粗短的树枝，如蒙不弃，可以站在我的角上，给大家唱一曲？"

猫头鹰感激地看看牛大哥，实话实说："谢谢大哥，我有点找不到枝头上的感觉，谢谢您。"

大家你一言我一语，给猫头鹰提合理化建议，猎犬静观默想。突然，它灵机一动，衔来一根枯枝，跳上土堆，招呼猫头鹰："贤弟，请上！"

猫头鹰喜出望外，奔向土堆，站在猎犬高高举起的树枝上。猫头鹰终于找到枝头上的感觉，不由自主地引吭高歌起来。瞬间，大家被猎犬智慧贴心的举动感动了，也被猫头鹰感天动地的歌声感染了。

游戏文字

刘二娃羊肉面馆生意清淡,门可罗雀。于是他请高人指点、高人支招,改面馆为"会所",增加服务项目,请当地著名书法家题写行书牌匾"黄河会所",名头高大上,用词很时尚。正如高人所料,二娃饭馆的生意很快兴隆起来。所谓的黄河会所,在当地餐饮业小有名气。

两年后,情况有变。国家规定,严禁公款吃喝。国家再规定,干部不得出入私人会所,不正之风立止,二娃的生意一落千丈。继而,有关部门追查出入私人会所的人员及其特定身份关系。情急之下,刘二娃再次请教高人,高人建议刘二娃用铁锤一把,钢钎一个,打掉行书"会"字上边的人字,砸掉行书"所"字上边的一横,用水泥精心涂抹混凝土牌匾缺损,"黄河会所"变成"黄河云川";再挂多条横幅"刘二娃羊肉面,非物质文化遗产,国家保护,群众喜欢,香飘四海,誉满全球,连锁经营,四方加盟,网购外卖,物美价廉。"

黄河会所变身黄河云川,二娃走出困境。食客大惑不解,询问"云川"何意?二娃急中生智,脱口而出,我叫刘云川,小名刘二娃。

高人得知二娃轶事,笑曰:这年头,多奇葩,半文盲自学文字游戏,无师自通,精通游戏文字。

不受伤害不知痛

大灰狼肆虐大草原,吃掉小羊羔,咬死小黄牛,咬伤枣红马,捣毁鸡窝。受害者亲属们聚在一起,愤怒声讨大灰狼的滔天罪行,商量如何对付它。

大白猪对牛羊马鸡的立场和观点不以为然,替大灰狼辩护道:"你们的说法太片面、太偏激、太不客观,应该全面地、历史地、发展地看问题。狼先生驱赶羚羊、马鹿、梅花鹿,保住沙柳林、沙枣树、干草地,清剿野兔,打击袋鼠,保住草场,伟大的狼先生是我们草原的保护神。如果没有它,就没有天堂草原。"

"白大帅言之有理。如果没有大灰狼追赶,兔子种群不会越跑越快,袋鼠家族不会变得那么勤劳勇敢。没有大灰狼,就没有好环境,便没有我们的一切。狼虽是我的远房舅舅,但我忍不住要叫它一声亲爸爸。"猎犬满怀深情,替大灰狼评功摆好。

牛羊马鸡无言以对,含泪抽泣,却见老母猪惊恐万状,踉踉跄跄地跑过来。老母猪直呼大白猪:"老东西!不好了!大事不好了!来了一伙穷凶极恶的大灰狼,它们群起而攻之,将我们家的小崽子全咬死了!幸亏我皮厚肉老味道差,它们不吃我,我才侥幸逃脱!!"

大白猪闻讯老泪纵横,悲痛欲绝。老黄牛见状,对枣红马耳语,可以预料,今年秋天,玉米必定大丰收!大公鸡悄悄告诉绵羊,今年冬季,大白菜会多得吃不完。大家相视一笑,喜极而泣,痛哭流涕,大白猪却误以为,大家同仇敌忾,同情它们家的遭遇。

棕熊扬威

立冬时节,雨雪霏霏,棕熊准备冬眠了,却有点睡不踏实。于是,它走出树洞,顺风扬沙,逆风扬土,打草摇树,投石击水,折腾得四邻不安。

羚牛不解地问棕熊:"老弟,你想干吗?"

"我准备发动一场冬季攻势,消灭一切敢于来犯之敌!"棕熊挥舞着爪子,凶狠地表示自己的决心。

棕熊的凶猛举动,吓坏了准备冬眠的蝙蝠、獾、刺猬、松鼠、青蛙和蛇。它们忧心忡忡地问羚牛:"大伯,棕熊的样子那么凶,他会不会攻击我们?"

羚牛笑呵呵地告诉它们:"棕熊的攻击对象是来犯之敌,诸如老虎、豹子和狼,不包括冬眠动物、食草动物。它耀武扬威的目的是增强安全感,折腾完就会冬眠的。没事的,放心睡吧。"

果不其然,直到立春,棕熊天天酣睡,无丝毫动静,大家都夸羚牛伯伯料事如神!羚牛谦虚地说:"不是我料事如神,而是我懂得它的心思。"

驴进马厩

小马驹好交朋友,见面熟,不知轻重,贸然将一头驴请进马厩做客。驴进马厩,仿佛见到久别重逢的亲友,兴致勃勃,不见外,不客气,见水就喝,见豆子就吃,见谷草就嚼。但是,小马驹的亲友们却很诧异,很忌讳,很不自在。驴喝过的水,它们悄悄倒掉;驴动过的豆子,它们很慷慨地送给猪;驴吃剩的谷草,它们大大方方地送给羊。

马对驴的嫌恶,驴全然不懂。驴嘴馋了,挤进马槽吃细料,被马轰走;驴累了,钻进马棚睡觉,被马再次轰走。至此,驴恍然大悟:不是一个圈子里的,难以相融,没法在一起混;驴和马虽然都是畜生,但低端牲口与高端牲口不是一家,高攀难免受辱。

狗熊借鹦鹉造势

野猪养了一只鹦鹉,鹦鹉天天在枝头喊叫:"丛林里,谁威武?一猪二熊三老虎!"鹦鹉的谎言吓得豹子闻风丧胆,不敢靠近猪窝,吓得狼群退避三舍,不敢骚扰野猪林。

鹦鹉的谎言使野猪自高自大,目空一切,自命不凡,老子天下第一!也使狗熊暗自得意,自信心爆棚,啊哈,老子天下第二!武功仅次于野猪大哥,比老虎大王还厉害!

吹牛撒谎增加不了实力,虚张声势只能浪得虚名。狗熊心里不踏实,自己毕竟不是第一。为了睡好懒觉,狗熊向野猪借用鹦鹉,请鹦鹉在大槐树上值班,教鹦鹉为自己造势:"丛林里,谁威武?一熊二猪三老虎!"。

鹦鹉替狗熊造势,却暴露了狗熊睡懒觉的窝点。一天后半夜,老虎偷袭槐树洞,将酣睡中的狗熊干掉。

蝼蚁避雨

山雨欲来风满楼,蝼蚁们怕狂风,怕暴雨,怕楼塌,怕水淹,纷纷逃离危楼,奔向高山避雨。

草丛里、大树上、岩穴中的蚂蚁们看见蝼蚁成群结队地搬家避雨,它们大惊失色,不假思索,追随其后,奔向山头。不料,半道上山洪暴发,蝼蚁蚂蚁全部毙命。

黑猫装病

老黄牛生病,停止犁地,不再拉车,好吃好喝受照顾;枣红马小病不下战场,获得一袋黄豆的奖赏;小毛驴边治病边推磨,得到双份精饲料,还披红挂彩。黑猫看到工友们因病获益,非常羡慕。于是,到处说自己有红眼病,眼神不好;有毛囊炎,皮肤瘙痒导致失眠;爪子上有癣,跑不动了;肚子有虫,困乏无力。

黑猫的"病情"传到主人那里,主人毫不犹豫地扔掉黑猫,买回健康的白猫。黑猫本想称病获益,却因"病"遭弃,成为流浪猫。黑猫感觉十分不公,沮丧且大惑不解;它摇尾乞怜,请看门狗为自己申辩。看门狗告诉黑猫,你得的全是传染病,威胁到大家。所以,你不但必须失宠,而且必须失业。黑猫弄巧成拙,追悔莫及,只好自认倒霉。

和尚掩耳看盗钟

正午时分，阳光灿烂，风和日丽，老少三个和尚闭门睡午觉。一伙盗贼冲进庙里，冲上钟楼盗钟，师徒三人被惊醒，可他们却都视而不见，听而不闻。

老和尚惊恐不安，自知年老体弱，武功全废，怕被盗贼杀害。于是，开大音响听音乐，闭目打坐，装作没听见、没看见。瘦和尚体弱多病，没有武功，怕死怕事怕挨打，塞上户外运动专用耳塞，继续在屋里装睡。胖和尚想，盗贼抢劫大家都不管，凭什么我要管？也没人要我管啊？再说了，当一天和尚必须撞一天钟，他们两个都不撞钟，撞钟护钟，全是我的事。如果钟被盗，自然不需要天天撞钟。多一事不如少一事，少一事不如没有事，无事是好事，坏事变好事！于是，胖和尚戴上耳机，继续听《合理情绪疗法》讲座录音。三个和尚不作为，盗贼们在光天化日之下盗走千年古钟。

日落时分，老和尚就古钟被盗一事问责两个徒弟，瘦和尚申辩，不知者不为过！胖和尚自辩："师傅谆谆教诲我们：看破不说破！不可说！不可说！对于此事，我无话可说。"老和尚无奈，只好不了了之。

松鼠不占鹊巢

鹊巢鸠占,狐狸问松鼠:"老弟,大树空巢,唾手可得,你为什么无动于衷,坐视不理?"

"树大招风,高处不胜寒,风大风险大,有风险的便宜贪不得。"松鼠推心置腹,实话实说。

狐狸诚心建议道:"可捡羽毛软草,将鸟巢修筑得更舒适,更安全啊!?"

松鼠沉吟片刻,谦逊地对狐狸说:"翅膀不硬的小鸟不占高枝,何况我们松鼠家族生来不长翅膀。"

"树大根深,大树不会突然倒下,遇到风险,你有足够时间逃生。"狐狸继续劝说松鼠。

松鼠呵呵一笑,不假思索地说:"覆巢之下,焉有完卵?突如其来,措手不及!我遇险能逃生,孩子们不行啊,我得替它们考虑。"

狐狸无言以对,不再劝说。

旱鸭子吟诗

黑鸭子吟诗:"竹外桃花三两枝,春江水暖鸭先"黑鸭子尚未念完诗句,被急于过河的白鹅打断。

白鹅问黑鸭子:"贤弟,河水冷不冷?现在的水温有多少度?"

"不知道。"黑鸭子冷冷地应答。

白鹅不解地问黑鸭子："春江水暖鸭先知,您是著名的先知先觉者啊!您怎么会不知道呢?"

黑鸭子给白鹅翻了个白眼,不耐烦地对白鹅说:"抱歉!我是旱鸭子,从来不下水。有关水温高低的问题,你去问水鸭子,它知道。"

虎死百兽咬

老虎欺凌公牛,公牛不畏强暴,勇斗猛虎,百兽袖手旁观,有些为老虎喝彩,但不出手,担心招惹麻烦;有些为公牛担忧,但不帮助公牛打虎,怕被老虎伤害。

无助者自助。公牛不屈不挠,愈战愈勇,它用坚硬锋利的角扎伤老虎,继而挑死老虎,百兽震惊,不约而同地为公牛喝彩。然后,一窝蜂地扑上去咬死老虎。大家扒老虎皮,喝老虎血,抽老虎筋,吃老虎肉,啃骨头。

眼看大家不顾一切,毫无顾忌地咬死老虎,公牛诧异地问:"虎大王活着的时候,你们有的助纣为虐,有的投机钻营,有的俯首帖耳,有的仰承鼻息,有的拍马溜须,有的谄媚讨好,有的委曲求全,有的含冤忍辱,怎么都不敢咬呢?"

百兽羞惭无语,乌鸦戏谑道:"大家都在等啊!"

"等什么?"公牛不解地反问乌鸦。

没等乌鸦开口,喜鹊插话道:"大家都在等老虎死啊。"

喜鹊话音未落,鸟兽们都乐了。

支山则面

金山村一百年出了两个名人,一个叫刘五羊,一个叫王文禄。刘五羊在本村幼儿园大班毕业,自称"幼本"(幼儿园本科)学历。五羊好听广播,爱看电视,表达能力强,"嘴大真理多",天上的事知道一半,世间事无所不知,它用自己的抬杠能力雄辩地证明"读书无用论"。王文禄好学上进,忠厚老实,胆小谨慎,农业技术学校毕业后在县城找不到合适工作,回乡种植果树,以个人遭遇证明"读书无用论。"

刘五羊成年后,跟随舅舅进城做买卖,他凭借身强力壮、精力旺盛、机警胆大、流氓无赖和邪恶智慧,暴发而成"家家乐建材市场"赫赫有名的刘总,它用自己的成功经验自信满满地证明"读书无用论"。刘总借家乡俗语立论"三年学个秀才,五年学不了个小买卖",又用买卖人的历史经验,在理论与实践的结合上论证"读书无用论"是绝对真理。

新春佳节,刘总回乡探亲,村里人夸赞刘总红光满面,神采奕奕,光彩照人。大家问刘总平常吃的啥好东西?最爱吃啥好东西?刘总脱口而出"支山则面",村里人孤陋寡闻,不知"支山则面"是何美味佳肴?询问秀才王文禄,王秀才闻所未闻,欲用手机百度查询,细问刘总,"支山则面"四个字怎么写?刘总说,第一个字不常见,左边一个山头的山,右边一个支书的支;第二个字简单,就是山沟沟的山;第三个字笔画有点多,金字旁一个原则的则;第四个字到处都有,面条的面,面向群众的面。刘总话音未落,乡亲们大笑,原来,刘总常吃爱吃的好东西是西安城里最常见的西府面食——岐山铡面。

"支山则面"事件非同小可,不但瞬间推翻刘五羊的"读书无用论",而且彻底摧毁刘总的文盲自信、流氓自满和"嘴大真理多"。

梦见惠帝

通讯工程学教授夜读史书，梦见晋惠帝。惠帝问："何为肉粥？"教授答："查百度。"惠帝又问："哪里有肉粥？"教授答："查高德地图。"惠帝狐疑再问："地图并非御膳房，何以有肉粥？"教授答："详查关键词：粥，肉粥，肉粥店，粥铺，粥城；吃货，小吃，特色小吃，小吃一条街，小吃城。"惠帝怅然，自言自语道："寡人有疾，不知今夕何夕。"

苍蝇挑蛋

母鸡借蛋孵鸡，分不清鸡蛋优劣，遂咨询公鸡，请教挑拣鸡蛋的良方。公鸡建议母鸡请苍蝇帮忙，母鸡诧异，百思不得其解。

公鸡告诉母鸡："俗话说，苍蝇不叮无缝蛋，无缝蛋就是好蛋。苍蝇狂叮的，必定是坏蛋。如果你答应将坏蛋白送给苍蝇，苍蝇就会欣喜若狂地为你效劳。"母鸡依计行事，苍蝇喜出望外，鼎力相助，母鸡心想事成，感慨万端。

鸡疑鸭病

水鸭子上岸,摇头摆尾,展翅弹腿,抖落泥水,露出与鸡不同的鸭掌,公鸡大惊,母鸡失色,都认为水鸭子有病。

公鸡铁口直断,说鸭掌黄里透红,肯定感染鹅掌风,应该赶快吃药败火解毒。母鸡利口喋喋,说水鸭子发育不良,消化不良,代谢不良,不但应该吃药解毒,还应该手术整形,医药保健,食疗保养。水鸭子哈哈大笑,恭请公鸡母鸡下水一游,来个黑毛浮绿水,爪子拨清波。然后,再琢磨琢磨,到底谁有病,有什么病?!

公鸡母鸡不识水性,好为医师,妄断是非,被水鸭子挖苦得无地自容,悻悻离去。

鱼鸟不相知

海阔凭鱼跃,天高任鸟飞。但是,鱼不理解鸟,鸟也不理解鱼,彼此见面,总要争论一些莫名其妙的话题。

鸟儿问鱼:"你长期沉浸在水里,感觉憋气压抑吗?"

鱼儿反问鸟儿:"你老在空中飞来飞去,是不是觉得有些空虚无聊?"

蝙蝠闻言,哈哈大笑:"真可谓境遇不同,眼界不同,见解不同啊!你们不但误解了对方,还将对方的自由与幸福视为困境与困难。"

低就有道

燕子北飞,定居在山涧,没去山顶上庙宇内的老巢过"高大上"的生活。庙堂上的老鼠感觉不可思议,怀疑燕子"有脑无髓",智力有问题。老鼠嘻嘻哈哈地问麻雀:"燕子是不是傻子?"麻雀告诉老鼠:"住在山涧有三大好处:宁静避风,树多虫子多,喝水更方便。"老鼠听罢,羞愧难当,不再自以为是,自高自大。

免费搭车的猪

猪想去传说中的高老庄,却懒得跑路,还舍不得花钱。于是,它站在路边求帮助、求支持,企图免费搭车。

拉货的牛车路过,猪扑上去搭车,被老黄牛顶下车。猪气急败坏,捶胸顿足,跳起来谩骂老黄牛不仗义,老黄牛不屑一顾,置之不理。

拉粪土的驴车路过,猪又扑上去搭车,机智的驴立即停车休息,说它疲惫不堪,拉不动了,求猪大哥行行好,帮忙推车。猪只想免费搭车,不愿推车受累,它不答话,不表态,一脸冷漠,漫不经心,继续在路边休息等车看风景。

猪在路边观风望景,见屠夫拉着满满一车羊路过,猪觉得自己的机会来了。于是,不顾一切冲上去拦路挡车,央求免费搭车,屠夫喜出望外,礼貌慷慨地请猪上车。猪在车上洋洋自得、昏昏欲睡,很快进入梦乡,一觉醒来，到站下车，没到高老庄，却到了屠宰场。猪大惊失色，号啕大哭，哭着闹着不进去，但一切都晚了。不到半天时间，猪就变成屠夫的优质低成本产品。

竹子不懂冬青痛

园丁们偏爱冬青，把她修剪成长方形、正方形、球形、椭圆形、圆锥形、三角形，引起路人更多的关注与赞赏，导致竹子、杨树、槐树、桐树、枣树等邻居们羡慕不已。

竹子心直口快，问冬青树："为什么园丁们那么照顾你，为你美容美发，为你塑身造型，把你打理得无与伦比？"

"唉，唉，唉，你哪里知道，那都不是我要的样子。"冬青树痛苦不堪，黯然神伤。

竹子不解地追问："园丁们匠心独运、尽心尽力，一切为了你，为了你的一切，难道有什么不妥吗？"

"他们以爱我的名义反复折腾我，以莫名其妙的艺术概念任意摧残我。他们手持剪刀，挥舞斧锯，肆意妄为，炫技自夸，无所不用其极。他们都企图把我修剪成他们喜欢的样子，可是有谁考虑过我的偏好？关心过我的自由？重视过我的价值？你可曾知道我的委屈和伤痛？"

想喝池水不要池

为了蓄水防旱，方便用水，猴子决定在山坡上修建一个池塘，动物们喜出望外，奔走相告，纷纷表示支持。但是，到池塘选址的时候，个个拒绝在自家门前屋后修建。

牛认为，自家房前屋后的苜蓿地是全家的命根子，不能动，应该另选合适地址。马认为，自家门口的大路是交通要道，路旁修水池，对车马安全不利，池塘应远离道路。驴认为，自家门口地方太小，地形不好，客观上限制池塘建设规模，也不利于磨坊安全度汛。数母鸡反应最激烈，它认为，门口修个大池塘，对小鸡安全不利，万万使不得。白猫的理由既符合生物学常识，又符合大家的日常生活经验，不容置疑。白猫说，水多草木多，草木多鸟多，鸟多聒噪，噪声污染，危害睡眠，四季不安。因此，我才从山沟里迁移到山坡上住。把水池建在山坡上，对大家都不利。听白猫这么说，牛马驴鸡随声附和，异口同声地否决猴子的决定。

猴子气急败坏地问白猫："你说，你说，池塘应该建在哪里？"

白猫自信满满地说："山沟里，小河旁。"

猴子暴怒道："河里有水，多此一举。"

各持己见，意见分歧，造福一方的池塘建设受阻流产。

蔷薇插在牛粪上

蔷薇花不幸被狂风摧折,情急之下,它央求猴子帮忙,将它插在臭烘烘的新牛粪上。这件事成为苗圃里的特大新闻,花花草草们起哄喧闹,嘲笑蔷薇傻。爱热闹的瓜果蔬菜们也参与其中,拿蔷薇姐姐不开心的事穷开心。

香瓜捏住鼻子,一脸优越感地问蔷薇:"大姐啊,众所周知,新牛粪臭,干牛粪爽,油渣饼又干又爽又香甜,您干吗非得插在新牛粪上呢?"

"是的,是的,你说得对!但是,你能把你独享的油渣饼让给我吗?"蔷薇机智反诘,香瓜张口结舌,支支吾吾不表态。蔷薇心知肚明,香瓜善于说好话,无心办好事,它舍不得奉送自己的好东西。

大葱哥见香瓜尴尬,立即接茬调侃,追问蔷薇:"哪儿不能立足?非得插在臭烘烘的新牛粪上?"

蔷薇觉得大葱哥冒傻气,故意调侃它说:"仁兄言之有理,您先来个青石板上栽葱,让大伙开开眼?!"

蔷薇话音未落,花花草草瓜果蔬菜们哄笑起来,高唱民歌经典《青石板上栽葱扎不下根》,羞得大葱哥无地自容。大家在歌声中顿悟,新牛粪虽然臭,但它有水分、有养料,可以救急救命。蔷薇插在牛粪上,虽不是最优选择,也是次优选择。

制造困境

黄牛种白菜,野猪吃白菜,黄牛的服务越来越周到,态度越来越诚恳。相反,野猪的要求越来越高,舌尖越来越刁,挑剔指责抱怨越来越多,脾气越来越大,态度越来越蛮横,居然提出只要白菜心,不要白菜帮和菜根。黄牛委曲求全、妥协求和,结果导致成本上升经营困难,商誉受损。

刁蛮的野猪得寸进尺,黄牛强辱退让,越陷越深,终入困境。盛怒之下,黄牛断然决定,终止与野猪的一切贸易活动,导致野猪无菜可吃,营养不良。

黄牛严厉制裁野猪,故意制造困境,野猪被迫妥协,双方重新谈判白菜贸易。黄牛主张"菜心不宜单卖",理由是"菜帮菜根保持水分,保障菜心质量,保护菜心安全卫生。食用之前,菜心不可与菜帮菜根分离。"黄牛言之有理,既保护自己的核心价值与根本利益,又兼顾消费者需求偏好,双方达成共识,重归于好。

毛驴出声不出力

大灰狼咬死一只小羊羔,动物们悲愤交加,窃窃私语,毛驴尖叫两声,装作若无其事,与己无关。金钱豹咬死一头小猪仔,动物们惊恐不安,敢怒不敢言。毛驴嚎叫三声,来回走动,唉声叹气,装作消化不良肚子痛。老虎咬死一匹骡子,动物们胆战心惊,既不敢怒,也不敢言。毛驴就地打滚，哼哼唧唧，装作心情愉快，情绪稳定的样子。狐狸咬死一只鸡，动物们群情激奋，口诛笔伐，一个比一个嗓门大。其中，毛驴的嗓门最大，调子最高，浑身散发着一股子浩然正气。但是，绝不参与追杀狐狸。

老黄牛观察好久之后，觉得毛驴的行为很怪异。于是，好奇地问毛驴："您为什么总是出声不出力呢？"

毛驴狡黠地回应老黄牛："大哥啊大哥，抱歉啊抱歉，我天生有缺陷，一不能踢，二不能咬，三没长犄角，四不能奔跑，没能力一马当先啊！"

细狗卖药

细狗越来越瘦，瘦成一根豆芽菜，它替老狐狸代言减肥药，却懒得走街串巷去叫卖。为了招徕顾客，细狗在路边摆放广告资料、减肥药和磅秤，开展"免费咨询""免费称重""免费送药"服务，诱导"超重者"买药。

大象路过，细狗请大象"免费称重"，向大象赠送保健知识手册、减肥药品广告，被大象谢绝。

细狗不解地问大象："肥胖很危险的，会诱发各种疾病，您一点都不害怕吗？"

大象笑呵呵地说："我又不是猪，不怕。"

"为什么呀？真不明白！"

大象淡淡地应答："人怕出名猪怕壮，只有猪才怕壮！"

虎穴避险

小黄猫逮老鼠,半路遇见大灰狼,狼要吃猫,穷追不舍。为了活命,小黄猫跑到兔窝避险,兔子见状,撒腿就跑。小黄猫跑到浣熊窝避难,浣熊大惊失色,跳崖逃命。无树可上,无路可逃,无处躲藏,生死关头,小黄猫鼓足勇气,转身冲向虎穴,大灰狼心惊胆丧,止步不前。虎穴无虎,小黄猫这才"猫假虎威"侥幸脱险。

鹌鹑占巢

鹊巢鸠占,随意下蛋,在不明真相的情况下,喜鹊为斑鸠孵化出小斑鸠。鹌鹑得知内情,偷偷地在喜鹊窝里下蛋,企图既占喜鹊的便宜,又借斑鸠的势。不料,鹌鹑蛋却成了喜鹊和斑鸠的高级免费营养品。

鹌鹑吃了哑巴亏,既不敢向喜鹊索赔,又不敢找斑鸠评理,沮丧至极,实在想不通,只好找杜鹃诉苦。

鹌鹑问杜鹃:"大姐,为什么斑鸠能办成的事,我就办不成呢?"

杜鹃哈哈大笑道:"真是个大傻瓜,弄巧成拙,损失惨重,却不知错在哪里。你去鹊巢里仔细看看,斑鸠蛋和喜鹊蛋的颜色、形状、大小一模一样。你再看看你下的蛋一目了然,连老鼠都能认出来!"

布谷鸟的叫声

布谷鸟叫了,动物们笑了,大家七嘴八舌,议论布谷鸟的叫声,猜测布谷鸟叫的意思。

公鸡说:"布谷一声春去也!"

母鸡说:"不对,布谷叫,夏天到!"

鸭子说:"也不对,它在督促麦子,多晒太阳快点黄。"

鹅说:"瞎扯!它在告诫农夫,等麦黄了再收割,不要慌,不要忙,不要操之过急,也不要错过收获的最佳时机。"

布谷鸟笑呵呵地说:"都是瞎猜,我在唱歌找朋友。"

狐狸的威胁不可怕

狐假虎威事件之后,狐狸愈加嚣张,见谁都想威胁一下。狐狸传递的威胁信息半真半假,真真假假,真假难辨,不明真相者经常上当受骗。在王屋山的动物里,唯有犀牛不信邪,无所畏惧。

狐狸威胁犀牛:"牛哥,虎大王对您有意见,它说您态度不好,不务正业,不够意思。您赶快给虎大王准备八条鱼、九只蟹、十只虾,我帮您送过去,疏通疏通,勾兑勾兑?否则,虎大王忌恨您,后果很严重。"

犀牛静思默想,老虎有事,可以直接找我办;我有什么缺点错误,它对我有什么意见,可以当面教训我,凭什么让你传话。你算个什么东西?!

想到这里，犀牛笑呵呵地对狐狸说："眼下，老弟您是虎大王绝对信任的亲密战友，劳驾老弟帮我给虎大王做件好事行不行？"

狐狸喜出望外，连连称是，急忙追问犀牛大哥有什么好事托付代办。

犀牛脸色突变，勃然大怒道："你替哥给那厮唾一脸，再赞扬三下：无耻！无聊！有眼无珠！明确告诉你吧，对于它，我的态度只有三点：不相信！不害怕！不在乎！"

狐狸愕然，动物们释然。从此以后，狐狸再也不敢以老虎的名义威胁大家，大家对狐狸的胡说八道满不在乎，置之不理。

后患先除

东北虎霸占大青山，侵犯白狼利益，威胁白狼种群安全。大老虎凶猛，白狼不敢挑战，转而攻击虎仔，优先消除后患。母老虎生育慢、产仔少，三年五载生育一次。老虎生一窝仔，白狼消灭一窝。白狼神出鬼没，坚持不懈，干净彻底地猎杀虎仔。二十年后，大老虎老死，大青山虎患自然消除，白狼种群转危为安。

斑马结盟

鸵鸟能踢善咬，善于奔跑，羚羊善于奔跑，特长顶撞，斑马除了善于奔跑，耐力好，其他优势不够明显。斑马调查得知，鸵鸟、羚羊与自己的食性一样，脚力强健，容易相处。为了联合对付狮子，斑马决定与鸵鸟和羚羊结盟。但是，鸵鸟不以为意，态度冷漠，羚羊摇摆不定，模棱两可。

鸵鸟问斑马："如果结盟，你能为我们做点什么？"

斑马实话实说:"我除了善于隐形攻击之外,眼睛好,耳朵好,可以帮你们二位警戒猛兽,预报沙尘暴。"

羚羊自夸道:"我的视力听力也非常好,根本不需要劳驾谁。"

为了说服鸵鸟和羚羊,结成牢不可破的铁三角,斑马不得不亮出自己的祖传绝活——消灭采采蝇。鸵鸟好奇地问斑马:"难道你不怕要命的采采蝇吗?"

斑马说:"两位有所不知,采采蝇是黑白色盲,看不清条纹,根本不知道我的存在。它永远看不见我,而我可以轻而易举地消灭它们。"

听斑马这么一说,鸵鸟和羚羊大喜过望,立即同意与斑马结盟。鸵鸟和羚羊都是单色动物,长期遭受采采蝇的猛烈攻击,苦不堪言,寝食难安,惶惶不可终日,有了斑马的保护,它们就可以高枕无忧,尽情享受草原生活。

刺猬与火狐

刺猬浑身是刺,同伴不喜欢它,敌对势力更不喜欢它,活得孤独寂寞。火狐皮毛柔软,毛色漂亮,同伴们既喜欢又羡慕,大家夸赞它,追捧它。火狐喜欢走秀,经常不由自主地自夸,满腔热情地教导小动物们梳妆打扮。

一场走秀之余,火狐一边得意扬扬地自夸,一边热情劝导刺猬清除毛刺,建议它向宠物们学习,变得柔顺一点、乖巧一点,最好涂上动物们喜欢的紫红色,显得更高贵、更主流、更时尚!

刺猬沉思片刻,微笑着问火狐:"您这不是给毒蛇猛兽们帮忙吗?"

"冤枉啊冤枉!我是好心帮你,教你提高生活质量,改变现实处境,享受美好生活,没有丝毫的恶意啊。好心当成驴肝肺了!"火狐委屈地抱怨刺猬。

刺猬说:"我知道你是好心,可你知道不知道?毛刺是祖传的安全防御系统,毒蛇猛兽们即使面对面撞上我,也不敢轻举妄动;土色是遗传的迷彩,虎狼鹰鹞看不清,毒蛇找不见。如果按你说的做,我就把自己弄成毒蛇猛兽们喜欢的美餐了。"

老虎讲飞行

老虎给猪狗鸡驴讲飞行技术时,墙头的燕子很诧异,树杈上的麻雀嬉笑不止,蜜蜂、蚊子、苍蝇们冲上去戏弄老虎……乌鸦觉得老虎很傻很可笑,主动站出来诚劝老虎。

乌鸦对老虎说:"尊敬的大王,您大讲飞行技术,特讲如虎添翼,合适吗?术业有专攻,隔行如隔山。请问,您真的懂吗?"

老虎咆哮道:"有关飞行,我幼小的时候不懂,讨吃的时候不懂,逃亡的时候不懂,失败的时候不懂。可现在,我是独一无二的成功者,我是首富,我贵为山大王!这个问题山上山下的小鸟懂,草丛里的蚊子懂,粪堆上的苍蝇懂,我岂能不懂?!"

小白鸽从空中飞过,它调皮地给老虎喊话:"你懂?你真懂?!呵呵!论飞行,台下的鸡都比你强!"

小白鸽话音未落,动物们爆笑起来,老虎暴跳如雷,掀翻桌子。

螳螂当车救孩子

一辆马车呼啸而来,螳螂伸开双臂,阻挡马车。螳螂不幸受伤,失去一条胳膊,没有得到应有的同情,反而招来种种非议。

不明真相的蛤蟆讽刺螳螂:"螳臂当车,不知进退!",

自以为是的苍蝇挖苦螳螂:"螳臂当车,不自量力!"

蝇云亦云的土鳖嘲笑螳螂:"螳臂当车,可笑,不自量!"

"哎哎哎,你们几位爷,只知其一,不知其二,更不知三四五!同为血肉之躯,你们知进退,知轻重,知生死,难道螳螂就不知道吗?你们对螳螂的差评,不但暴露你们的浅薄无知,还暴露你们的刻薄冷漠!你们知道吗?螳螂为什么冒死挡车?它真的傻吗?"蚂蚁一顿连珠炮似的反击,惊得蛤蟆、苍蝇、土鳖和虫们目瞪口呆!

母鸡弱弱地问蚂蚁:"小老弟,你说,螳螂为什么要挺身而出,拼命阻挡马车呢?"

蚂蚁含着泪哽咽地说:"保护它的孩子。"

秃鹫作死

秃鹫帮助老虎、狮子和老鹰清理草原上的腐尸,充分发挥防疫作用,名利双收,被誉为"草原上的清洁工"。

特殊职责和崇高荣誉使秃鹫私欲膨胀、狂妄自大:它目空一切,自夸

"没有天敌,天下无敌";它贪心不足,肆无忌惮地猎杀中小型兽类、两栖类、爬行类和鸟类,偷袭家禽家畜,故意传播病菌,污染环境,威胁所有动物安全,激起公愤,成为公敌。动物们群起而攻之,合力捣毁秃鹫老巢,驱逐秃鹫;秃鹫身败名裂,被眼镜蛇设计毒杀。

临死前,秃鹰含恨忏悔:"公敌处处有天敌。"

蜜蜂与蝴蝶

花季到了,蜜蜂忙着采集花粉,蝴蝶倾心赏花,怡然自乐,自己漫不经心,却嘲笑蜜蜂只会工作,不会生活。花儿盛开,蜜蜂忙着采花蜜,蝴蝶在花间载歌载舞,纵情欢乐,得意忘形,反而指手画脚,教导蝴蝶要及时行乐,不要活得太累。花季快结束了,蜜蜂一边抢抓最后时机采蜜,一边储存食物,预备饥荒。蝴蝶寻欢作乐,乐而忘忧,却讥笑蜜蜂傻,自夸精明。秋风吹,秋草黄,花落满地,蝴蝶饥饿难耐,花容失色,贫病交加,迅速老去。蜜蜂自由自在,享受着丰收喜悦,颐养天年。

乌鸦变调

因为声音难听,乌鸦不受鸟类待见,因为经常评说森林里的负面问题,乌鸦处处受排挤。痛定思痛,乌鸦决定转变思维方式,换个角度看问题,变个调发声,显得态度积极、观点正面、方向正确。

人为财死,鸟为食亡。燕雀被猎人射死,鸟儿们都变成惊弓之鸟。乌鸦却高度评价燕雀之死："它们是伟大的探索者，是勇士！它们为我们而死，我们都是幸存者！"听乌鸦这么一说，鸟儿们转忧为喜，觉得自己好幸运！好幸福！夸赞乌鸦见识高！

兔死狐悲，乌鸦安慰狐狸："狡兔三窟，兔子死亡，一下子空闲三套二手房，净福利啊！"狐狸一听，转悲为喜，感谢乌鸦，夸赞乌鸦懂经济。

城门失火殃及池鱼，乌龟、泥鳅、青蛙们惊慌失措，号啕大哭。乌鸦安慰它们："请不要哭，不要怕，不要担心。鱼少了，竞争对手减少了，钓鱼的也少了，池塘内部环境宽松，外部环境安全，大吉大利啊！"乌龟、泥鳅、青蛙们一听，喜大普奔，夸赞乌鸦看得远。

水患灾害交替，瘟疫流行，食物匮乏，哀鸿遍野。乌鸦夸鸿雁身材好，鸿雁反唇相讥："你的好机会也来了，你可以瘦成一道闪电！魔鬼身材，比小燕子更漂亮！"乌鸦羞愧难当，无言以对。

狐狸吃肉

金钱豹为老虎猎获一头猪，没等老虎享用，一群豺狼野狗扑上去抢肉。狐狸见机行事，乘乱叼走一块肥肉，躲在窝里独自享用。吃饱喝足之后，狐狸大摇大摆地出窝围观豺狼野狗们吃肉抢骨头。老虎和金钱豹追查抢肉事件，豺狼和野狗都被惩罚，狐狸却平安无事。

老鼠举报狐狸偷吃了猪肉！可围观吃肉的动物们出面作证说，只见狐狸围观，没见狐狸吃肉。金钱豹搜查狐狸窝，没有发现一根猪毛，没证据，老虎不便追究狐狸。

暗中窥视的老馋猫悄悄问狐狸："豺狼野狗都被收拾了，老兄居然安然无恙?!"狐狸对老馋猫耳语："在丛林世界里，吃肉不可被看见，没吃肉可以被看见！"老馋猫暗自赞叹，高！仁兄高！就是高！

鸭蛋下在鸡窝里

鲜鸭蛋难吃难卖,鲜鸡蛋好吃畅销。鸭子想利用鲜鸡蛋的良好信誉,借用鸡蛋销售渠道,进军鸡蛋市场;鸡也想乘机扩大市场占有率,大量赚取大鸭蛋与小鸡蛋的差价,双方互有需求,利益一致,一拍即合。

为了不动声色地暗地里合作,鸡请鸭子在鸡窝里下蛋,鸡将鸭蛋与鸡蛋混合出卖,获利平分,双方各得其所,暗自得意。

弄虚作假难长久。天长日久,市场评价发生变化,消费者普遍认为,鸡蛋变质了!母鸡遗传变异了!鸭子不会下蛋了!鸭子可能生病了!鸡鸭浑水摸鱼,引发污水效应,鸡蛋滞销,咸鸭蛋也失去市场。鸡鸭百口莫辩,自食恶果。

小马送信

雨过天晴,小马去给大象送信,途中遇到河水暴涨,木桥被洪水摧毁,渡船被洪水冲走。小马焦急万分,无可奈何,问计于河边戏水的朋友们。

小马先问老黄牛,老黄牛建议修桥;问骡子,骡子建议造船;问毛驴,毛驴建议小马去上下游绕道过河;问乌龟,乌龟建议小马不要着急,等汛期过后再过河送信。这些看似正确的建议皆不可行。小马又问老母鸡,老母鸡哈哈大笑,建议小马委托信鸽代办。小马恍然大悟,是啊!这么简单的办法,我怎么就没有想到呢?就长途送信而言,信鸽比自己更专业、更快捷、更高效。

小马送给信鸽一些豆子,请信鸽代办送信,信鸽愉快地接受委托,迅速帮小马完成任务。

好为虎子

老虎战胜野猪,成为山大王。一时间,老虎名声大振,威风八面,好为虎子的三十六种猫科动物们纷纷认虎作父、认虎作爷,自诩正宗。为谋求上位,趋炎附势的熊科动物黏黏糊糊套近乎;为扩张声势,居心叵测的犬科动物拉拉扯扯认亲戚,都说它们与老虎家族沾亲带故,从古至今是一家。

公老虎儿孙满堂,洋洋得意,沾沾自喜。与之相反,母老虎忧心忡忡,坐卧不宁,唯恐假虎仔侵犯真虎仔的既得利益,危害子孙们的未来利益。为区分真假虎仔,母老虎问计毛驴,毛驴建议山林朋友圈举办一次"虎啸大赛",通过比赛见高低,以声音分真假。母老虎大喜,聘请毛驴担任大赛裁判长,毛驴欣然从命。

虎啸大赛结果:狮子、豹子、猞猁和猫的叫声与虎仔完全不同,有的叫声比驴叫都难听。熊科动物和犬科动物自愧弗如,放弃参赛。

讨好谋私

狗熊击败野猪,逼走各种毒蛇猛兽,再次成为山大王。那些趋炎附势、趋利避害的动物们抛弃野猪,反过来讨好狗熊。为了赢得声望,巩固地位、扩大影响，获得更多好处，狗熊四处交游，八面讨好，居然讨好起蚂蚁、青蛙、螳螂、蜜蜂这样的小动物。

为讨好蚂蚁，狗熊赏赐蚂蚁一根吃剩的骨头；为讨好青蛙，狗熊承诺与青蛙共享大涝池；为讨好螳螂，狗熊给螳螂划出一块草地；为讨好蜜蜂，狗熊公开声明，将山区的百花无偿送给蜜蜂，供蜜蜂免费享用，大力支持酿蜜产业。获得利好消息，小动物们喜大普奔、欢呼雀跃，唯有蜜蜂不欢呼、不买账、不领情，也不回应。

小朋友们问蜜蜂："好事不断，喜气盈门，你为什么那么消极悲观呢？"蜜蜂直截了当地告诉朋友们："狗熊与野猪差不多，都是杂食性动物；不过，狗熊吃的更讲究，它尤其喜欢吃蜂蜜蘸蚂蚁、蜜汁青蛙腿、秘制螳螂。"小动物们得知可怕的真相，惊恐万状，四散逃亡。

空想不算数

池塘边，大树下，老猴子考小猴子简单算术。老猴子问小猴子："井里有五只青蛙，三只青蛙想爬出去，两只青蛙不想爬出去。请问，井里现在还有几只青蛙？"小猴子们不假思索地回答："两只！"池塘里的蛤蟆插嘴道："五只！"老猴子追问蛤蟆："为什么是五只？"蛤蟆回答："空想而不行动，等于没想，不能算数。"老猴子感慨地说："是啊，空想不算数。"

以损益论是非

山洪暴发，冲毁猪窝，冲走野猪喜欢吃的土豆，气得野猪暴跳如雷。野猪谩骂暴雨，诅咒水灾，抱怨山区生活的种种不顺利。

野猪骂水灾，骂得七窍生烟，咆哮得四邻不安，惊醒酣睡中的狗熊，狗熊问清原因后，和颜悦色地邀请野猪去河边游玩戏水。狗熊和野猪结伴到河边，看到洪水从上游冲下来的西瓜、甜瓜、苹果、土豆、冬瓜、南瓜、黄瓜、西红柿等美食，狗熊喜形于色。野猪大喜过望，转怒为喜，猛吃洪水赐予的瓜果蔬菜。吃饱喝足之后，野猪盛赞洪水，讴歌急风暴雨，感谢苍天大地，亲吻河岸。

狗熊觉得野猪的态度与行为很怪异、很分裂、很矛盾，小心翼翼地问野猪："您的是非标准是什么？"野猪毫不犹豫地回答："符合我的利益，就是正确的，不符合我的利益的，就是错误的，受损即非，获益即是。"

大象的回答

大象在槐树下安安静静地休息，秋毫无犯，却招来宵小鼠辈的无端骚扰。

松鼠以挑衅的口吻问大象："您能上树吗？"大象漠然置之。见大象没反应，松鼠继续自命不凡地上蹿下跳。大象闭目养神，老鼠以轻蔑的口气问大象："您会爬树吗？"大象置之不理，老鼠得意扬扬地在树上打洞。蚂蚁见松鼠和老鼠都敢羞辱大象，突然心血来潮，兴致勃勃地咬醒沉睡的大象，嬉皮笑脸地问大象："您老会爬树吗？"大象勃然大怒，踩死骄狂无知的蚂蚁，将槐树连根拔起，摔在地上。又将树枝踩断，将鼠窝鸟巢踩碎，转身离开。

　　鼠辈惹事，鸟儿受害。喜鹊战战兢兢地对乌鸦耳语，这就是大象对它们无声的回答，乌鸦点头称是。

出水不淹

　　天气酷热，蚊虫叮咬，三只小老虎趴在池塘中戏水消暑，躲避蚊虫。突然，暴雨倾盆，上游溪水奔流，下游河水倒灌，池水暴涨，小老虎们被淹没在水中。它们大声疾呼——救命！救命！救命啊！在池塘边吃草的小水牛对小老虎们大喊——站起来！站起来！先站起来！小老虎们站起来之后，发现洪水只淹到自己胯下，瞬间转忧为喜，立即破涕为笑！小老虎们若无其事地继续戏水消暑，雨依然在下，池水持续上涨，再次淹没三只小老虎。小老虎们惊呼救命，小水牛大喊——浮出来！浮出来！快浮出水面！小老虎们拼命挣扎，奋力击水，浮出水面，游出深水区，走出池塘。

炭客与乞丐

　　终南山的卖炭翁带着儿子到首都长安城卖炭，父子俩沿街叫卖。儿子偶尔听到城里人形容别人皮肤黝黑的一句话——你看你，黑不溜秋，黑得活像个炭客！难看很！心里很不是滋味，觉得烧炭卖炭的职业既无尊严，也无价值，心生转行之意。

在十字街头，儿子看见乞丐们长跪乞讨，不劳而获，虽然没有士绅体面，但是面相比农夫白，比炭客更白，心生羡慕，决定留在城里乞讨为生。卖炭翁无法说服执拗的儿子，只好听之任之，独自归山。

数月之后，卖炭翁的儿子主动回到山里。老父亲问儿子："何以回心转意，不做乞丐？"儿子说："不做乞丐，原因有二：一是低三下四，毫无尊严，不如烧炭安然；二是丐帮压榨，看似自由自在，实则身不由己，不如烧炭安全。"

狗看外人低

看门狗冒犯贵客，被来客的保镖暴打，被主子责骂，被老猫讥笑，落得一个"狗眼看人低"的坏名声。公鸡对此百思不得其解。

公鸡问狗："哥，人家都说狗眼看人低，是这样吗？"

狗反问公鸡："我低看过主人吗？低看过你和老猫吗？我只是低看门外人，轻看圈外人，小看局外人，漠视陌生人，敌视过路人而已。这就叫作内外有别，区别对待。你懂吗？"

公鸡点点头，满脸狐疑地问狗："为什么要这样呢？"

看门狗龇牙一笑，神秘兮兮地对公鸡耳语道："我是狗仗人势，彰显权威性！主人是人仗狗势，获得安全感和优越感！我得罪人，他讨好人，主人骂我，纯属表演。"

危机打开机遇之门

洪水暴发,河岸崩塌,游荡型河流两岸面目全非。水生动物们突然间失去原有的栖息地,小动物们号啕大哭,饱经沧桑的老乌龟却仰天长啸,笑逐颜开。

小鳄鱼问老乌龟:"大爷,大家都在哭,您却在笑,您是不是有点幸灾乐祸呢?"

老乌龟正色道:"此言差矣。俗话说,三十年河东三十年河西。因为这场洪水,河西这边滩涂缩小了,河湾冲毁了沙洲淹没了。但是,你看看河东那边,滩涂一望无垠,河湾宽阔平缓,沙洲水草丰茂,天敌死于暴雨洪灾,我们的生存环境更安全;迁徙过去,万事大吉。"

小鳄鱼顿悟,大喜道:"危机打开机遇之门,我们虽然不感谢危机,但要充分利用危机之后的各种机遇。"

黄鼠狼捕鼠

黄鼠狼偷鸡,声名狼藉,陷入困境。为了改变形象,改变处境,名利双收,黄鼠狼改行捕鼠,掀起一个又一个向猫学习的新高潮。

狐狸见黄鼠狼高调学猫,奋力捕鼠,非常诧异。狐狸悄悄地问黄鼠狼:"老弟真的改邪归正,不再偷鸡啦?"黄鼠狼神秘兮兮地告诉狐狸:"捕鼠是一个正义的行业、正当的职业,也是一种可以多种经营的工作。

改行捕鼠，合理合法，畅行无阻，凡是有老鼠的地方，我都可以自由出入。"狐狸大惊，自愧弗如。天哪！鼠辈捕鼠，盗贼抓贼，名正言顺，一举多得！世上居然还有比自己更精明的同行！

蜘蛛抗敌

蜘蛛的天敌太多，蛤蟆、青蛙、蜥蜴、蜈蚣、蜜蜂、麻雀们都给蜘蛛找麻烦，袭扰蜘蛛。害得蜘蛛四处流浪，居无定所，栉风沐雨，沦为弱势群体。

蝙蝠晚上灭虫，白天睡觉，被刁蛮的蚊子们骚扰得天天失眠，苦不堪言。蜘蛛得知蝙蝠的苦恼，主动上门服务，义务在蝙蝠窝四周织网，拦截蚊子，确保蝙蝠每天睡觉睡到自然醒。蝙蝠大喜，收留蜘蛛，蜘蛛终于有了安稳的栖息地。蜘蛛感恩，将晾干的蚊子送给蝙蝠吃，蝙蝠知恩图报，义无反顾地保护蜘蛛。有了蝙蝠的威慑力，蜘蛛的天敌们退避三舍，不敢侵犯。

不对等赌博

老鼠、松鼠、鼹鼠、蝙蝠、蛤蟆、青蛙们一起赌博，请兔子做裁判，大家共同约定，谁赢谁获奖，谁输谁跳崖。第一局，老鼠输了，被迫跳崖，粉身碎骨；第二局，松鼠输了，被迫跳崖，跌落过程中，松鼠挂在山腰的树枝上，幸免于难；第三局，蝙蝠输了，蝙蝠纵身一跳，飞向空中，安然无恙。见此情景，蛤蟆哭了，说这是不对等赌博，博弈资格差异太大，青蛙笑了，说这赌博有阴谋，实质不正义，它们一致要求弃权，双双退出赌博。

丑小鸭的背景

丑小鸭变白天鹅，惊动天上人间。鸡鸭鹅请它做成功励志报告，大雁、喜鹊、麻雀、乌鸦、蝙蝠、猫头鹰们赶来旁听。丑小鸭夸夸其谈，听众如痴如醉，令他愈加自命不凡。

在互动环节，树上的鸟儿们突然提出一些敏感问题。

"请问尊敬的小鸭同志，您伟大的父母大人是谁？"大雁直言不讳，直逼真相，丑小鸭猝不及防。

丑小鸭支支吾吾，遮遮掩掩，半天不回答，心直口快的乌鸦直截了当地说："他爹是赫赫有名的白天鹅大叔！它妈妈是大富豪王大爷家里的绿头鸭。"

乌鸦话音未落，会场上响起暴风雨般的掌声和异乎寻常的笑声、嘘声、口哨声。

喜鹊逼问："高贵的您不在天鹅湖享福，来养鸡场干吗？"

丑小鸭恼羞成怒，连说："无可奉告！无可奉告！"

大家你一言，我一语，众说纷纭。最后，大公鸡说出现象背后的真相："它不过是想在我们这里历练镀金，再体验一下鹤立鸡群的感觉！只可惜呀，它不是鹤。"

背锅脱险

败军溃逃，敌军跟踪追击，警卫员负责保护司令官撤退。追兵高呼，击毙司令官，重赏！活捉司令官，官升三级！危急时刻，警卫员捡起一口烧饭锅，让司令官背上。司令官一愣，转怒为喜，嘿嘿一笑，迅速脱掉将官服，扔掉身份标志，换上破衣烂衫，扮作火头军，背锅奔跑，逃离战场，转移到安全地带。

螃蟹蹿红

池塘边，人头攒动，熙熙攘攘，有钓鱼的，赏鱼的，也有烤鱼的，烹鱼的，吃鱼的。大家自娱自乐，自得其乐，忽略了螃蟹的存在，螃蟹郁郁不得志，闷闷不乐。

小金鱼在鱼缸里悠游，众人围观赞赏，螃蟹羡慕极了，上蹿下跳，企图跳进鱼缸，却不能如愿。红箭鱼在池塘里游弋，引起红色的鲤鱼、鲫鱼、石斑鱼和灯科鱼们的追捧。螃蟹对红箭鱼羡慕嫉妒恨，对红箭鱼的追捧者傲慢鄙视怒。螃蟹气势磅礴地咆哮："我，伟大的螃蟹，不但能够比你们红，而且一定会大红大紫，无与伦比！"看热闹的青蛙点点头，跷起大拇指，给螃蟹点了一个大大的赞！然后，遥指正在烹鱼的紫铜火锅，恭恭敬敬地对螃蟹说："您老人家紫铜锅里走一趟，一定会大红大紫！"螃蟹蹿红心切，忘乎所以，直奔紫铜火锅。

螃蟹勇往直前，赴汤蹈火，大红大紫，紫得发黑，再增笑料。

自爱胜自律

小和尚违反寺规戒律，私自外出吃烤肉，却被围观、被拍摄、被热议，瞬间成为网红。他给寺庙造成严重负面影响，被监院长老带到师父面前，当众接受责罚。小和尚后悔莫及，痛哭流涕，认错自责。

师父和颜悦色地对小和尚说："我不想责罚你，也不想教导你。你不妨问问大师兄，他为什么能严守戒律，不动酒肉荤腥？"

师父鼓励，小师弟央求，大师兄实话实说："我之所以能严守戒律，从未犯戒，有三点原因：第一，我遗传代谢不良，酒肉不宜，食素即是自爱，无自律心；第二，我生过胃病，必须忌口，食素就是自爱，无自律之意；第三，师父持斋把素，素心善行，虽年逾八旬仍鹤发童颜，依然洋溢赤子香气，众人无不称奇。我敬爱师父，以师父为榜样，其实还是自爱，毫无自律之心思。"

监院长老点头称是，质问小和尚："师父的心意，大师兄的感悟，你懂了吗？"

小和尚顿悟：自爱胜过自律。

缠足适履

姚小二参赛获奖，得到一双大号皮鞋，直接穿起来太大且伤脚，不穿可惜，送人又舍不得。思前想后，姚小二买来裹脚布，自己给自己缠脚。姚小二缠足适履，别扭、难受，脚臭，脚指头烂，走路慢，而且经常摔跤。一怒之下，姚小二扔掉大鞋和裹脚布，改穿布鞋。

自夸型教导

青蛙不小心,摔一了跤,弄得灰头土脸。螃蟹扬起头,逐个拍打着自己的八条粗腿,一本正经地教导青蛙:你看你,你看你,应该多长几条腿嘛,腿多走得稳啊!青蛙点点头头惭愧地说:"这是遗传问题,我没办法改变。"螃蟹得意扬扬地哈哈大笑起来。

螃蟹笑声未止,又见蜈蚣从树上掉下来。螃蟹嘻嘻哈哈地教导蜈蚣:"腿多不顶用!为什么呢?你知道吗?"蜈蚣摇摇头,说自己不知道,请螃蟹先生指教。螃蟹逐个拍打自己的八条粗腿,自信满满地教导蜈蚣,粗腿有力,攻无不克,战无不胜,天下无敌。

螃蟹教导青蛙和蜈蚣,讲得眉飞色舞,吹得神采飞扬。不料,却被章鱼突然袭击,亡命浅滩。

羊吃甘草狼吃肉

大灰狼吃到毛乌素地区的滩羊肉之后欣喜若狂。天哪!世上居然有这么鲜美的羊肉?!老狐狸告诉大灰狼,并非滩羊的品种好,而是毛乌素地区的甜甘草好!大灰狼心生奸计,让老狐狸台前表演,让猎犬们幕后运作,鼓励羊类迁徙毛乌素地区。同时,在黄河上下移植移栽甜甘草,诱导羊类吃甜甘草;绵羊、山羊、黄羊、青羊、盘羊、羚羊、岩羊、湖羊、小尾寒羊不明真相,不知死活,被养育成肉味奇特、狼类喜好的"新滩羊"。

鸭子问海

鸭子到海边找吃的，偶遇海豚。鸭子好奇地问海豚："请问大哥，海有多深？"

海豚眨眨眼睛，看看天，看看海，再看看鸭子，富有诗意地告诉鸭子："天有多高，海就有多深。"

鸭子抬头看天，低头看海，突然海潮汹涌，鸭子大惊失色，转身逃跑，与海龟相撞。海龟见状，笑嘻嘻地对鸭子说："你到海边，能找点小鱼小虾小泥鳅吃，就应该心满意足了；不潜水，不必知道海的深浅。"

鸭子点点头，去海滩上捡鱼虾。

蜗牛卧沙

蜗牛是萤火虫的首选美食，萤火虫是蜗牛最大的天敌，蜗牛逃到哪里，萤火虫追杀到哪里。有一天，蜗牛卧在沙窝里晒太阳，萤火虫低空飞过，居然没有发现蜗牛，蜗牛喜极而泣，泪流满面。

蜗牛去水边洗脸，水面平静如镜，蜗牛定睛一看，自己的颜色与沙子一模一样，萤火虫即使睁大眼睛，打开荧光灯，也难以识别。认识到自己的天赋优点，认识到沙窝的环境优势，蜗牛决定，定居沙窝，避开天敌，安居乐业。

一颗种子一塘荷

青蛙羡慕乌龟伯伯栖息的荷塘,央求伯伯给它一百颗种子,它也要种植满满一塘的荷花。乌龟伯伯没有满足青蛙的要求,只给它一颗种子,青蛙气坏了,抱怨伯伯太吝啬,气呼呼地去找金鱼姐姐讨要种子。

小金鱼问明原委,笑呵呵地告诉小青蛙:"傻弟弟,不要急,不要慌,不用忙。俗话说,有水一片绿,万物生长靠太阳;俗话又说,一颗种子一塘荷,只等七七四十九。可以自然天成的事,不必瞎忙乎。按我的办法播种,从第一片荷叶长出后,等待四十九天左右,一定会得到满满一塘荷。"

小青蛙按照小金鱼的办法播种,荷尖出水后,长出一片荷叶,一天后新长出两片,两天后新长出四片,三天后新长出八片,到第四十七天,荷叶覆盖池塘一角,大部分水面还是空荡荡的。第四十八天,小奇迹出现,荷叶覆盖半个池塘;第四十九天,奇迹惊现,荷叶覆盖了整个池塘!

天道唯平

一场暴风骤雨过后,突兀的山头被暴雨泥石流削去一大块,山坡大面积滑塌,山神爷认为自己利益受损,愤愤不平,找雷公电母论理。雷公置之不理,电母说:"实在想不开,不妨去问问见多识广的河伯老大爷吧。问问他老人家,为什么水往低处流?为什么泥石流不上山岽,却义无反顾地奔涌到山沟里去?"

山神爷带着疑问去问河伯。河伯说:"天道唯平,那里太高,风雨必定首先剥蚀,重力必定持续拉动,削掉一块又一块,直至夷为平地;那里低洼,泥水填补,泥沙淤积,日积月累,直至沧海变桑田。不信?你去沟里、洼里、湖边、海边看看去?"

山神爷去沟里、洼里、湖边、海边走了一圈,终于心服口服,心平气和了。

小虎称猫

清早起来,小老虎走出石穴,练习跳跃,偶遇一只癞皮狗。癞皮狗惊叹:"好大一只猫啊!"小老虎机智幽默地给癞皮狗点点头,独自练跳跃。

癞皮狗旁观小老虎跳跃,一群大灰狼冲上来,将小老虎和癞皮狗团团围住。头狼疑惑地问小老虎:"你是谁?干啥的?"没等小老虎自我介绍,癞皮狗自作聪明地对狼说:"它是一只猫,一只捉老鼠的老猫!"小老虎自知斗不过一群恶狼,顺势点点头,自称是猫,而且因为捉老鼠感染鼠疫。群狼厌弃小老虎,扑向癞皮狗,将癞皮狗按倒在地,要吃狗肉。癞皮狗愤愤不平地质问头狼:"你们为什么吃我不吃它?"头狼哈哈大笑道:"猫肉酸臭酸臭的,一点都不好吃;再说了老猫感染鼠疫,吃了要命。"小老虎伸出大拇指,给头狼点了个大大的赞,立即转身走开,自命不凡的癞皮狗成了群狼的早餐。

事|缓|则|圆

钓鱼得蟾

懒猫钓鱼,怕路远,怕水深,怕麻烦,怕费劲,就近在村口的大涝池里垂钓。懒猫钓鱼,一钓一只丑陋不堪的气蛤蟆,二钓一只面目狰狞的隐耳蟾蜍,三钓一只贼眉鼠眼的红眼蛤蟆,四钓一只三条腿的残癞蛤蟆,五钓一只奄奄一息的病蛤蟆。懒猫白费力气,浪费饵料,钓的全是有毒无用的蟾蜍,而且一只不如一只。沮丧的懒猫愤怒了,好大一个池塘,居然无鱼!真是奇了怪啦?!

懒猫不解地问鸡鸭鹅,大家异口同声地说:"浑水呛死鱼,水脏蛤蟆多。"

黑狗选猪

山里的动物要推选丛林之王,黑狗首选黑猪,引起棕熊不满。棕熊找上门去,与黑狗理论。

棕熊质问黑猪:"为什么选黑猪不选伟大的白虎,或者英明的棕熊?"黑狗毫不犹豫地说:"第一,我黑它更黑,论本色,我们是一大类。第二,黑猪反复强调指出,黑色是美丽的、庄严肃穆的,永远时尚的;黑色的猪也是憨厚的、诚实的,勤劳勇敢的动物偶像。第三,白虎与我们的审美观格格不入。第四点,也是最重要的一点,猪特别慷慨大方,经常与我分享美食,共度美好时光。"

棕熊认为黑狗言之有理,放弃自荐,也推选黑猪为王。黑狗诧异,兴致勃勃地问棕熊:"您为什么放弃自荐,抛弃白虎,推荐黑猪呢?"棕熊也说出四点理由:"第一,我肥它更肥,论气质,我们是一大类。第二,黑猪反复强调指出,肥胖是高贵的、富态的、永远健康的;肥胖的猪是憨厚、诚实、勤劳勇敢、吉祥如意的标杆。第三,白虎与我们的价值观渐行渐远,无法调和。第四点,也是最可贵的一点,我和猪都是杂食性动物,我们不但对脾气,而且对胃口,我们经常在一起分享美食,畅想未来。"

知音难觅,知己难得。黑狗大喜,棕熊欢喜,黑狗与棕熊握手言欢,重归于好。

鹦鹉学歌

鹦鹉学舌,不辨真假,不论是非,自夸好学上进,不假思索地传播谣言,严重伤害了猫头鹰的公信力。猫头鹰不想与鹦鹉正面冲突,形成对自己不利的热点。它反复斟酌,深思熟虑,想出一个让鹦鹉自己出丑的计谋。

为暴露鹦鹉智力低下,判断力为零的缺点,猫头鹰委托百灵鸟教鹦鹉唱一首搞笑歌谣《八哥活像一只鸡》。鹦鹉不知是计,到处传唱《八哥活像一只鸡》,展示自己的歌喉,成为森林里的笑谈。鸟类惊叹,傻鹦鹉居然不知道自己的绰号叫八哥?!这白痴竟然不知道鸡在动物界声名狼藉?!从此以后,无论鹦鹉学说什么,大家都不相信了。

屠夫养猪舍得料

农夫养猪,屠夫也养猪,猪圈与猪圈相邻。但是,两圈猪待遇殊异。

农夫养猪用废料,主要用泔水、米糠、红薯叶、野草养猪;猪营养不良,发育不良,长得特别慢,样子很难看,味道很难闻。屠夫养猪舍得料,除了少量的糠、草和泔水,大量使用五谷杂粮,还用可口的盐水、催肥剂、增长素、催肥汤给猪催膘;屠夫家的猪膘肥体壮、颜值高,膀大腰圆有气势,猪感觉幸福极了!自豪极了!盛赞屠夫舍得!真舍得!舍得是美德!为此,农夫家的猪们愤愤不平,感觉自己很悲催、很苦逼、很失落、很不幸。

中秋时节,屠夫家的生猪存栏率率先为零,农夫家的猪依然幸存,瘦猪们恍然大悟:屠夫养猪舍得料,别有用心只为得。

喜鹊报灾情

乌鸦通报灾情,实话实说,遭到老鹰贬斥,丢了差事,改由喜鹊负责通报灾情。喜鹊吸取教训,坚持实事求是,从正面通报灾情,坚定不移地传播好消息。

非洲撒哈拉大草原发生严重旱灾,喜鹊喜气洋洋地发布公告:最近,撒哈拉大草原虽发生了千年不遇的严重旱灾,但草原生态环境在剧烈变化中趋于平衡。据统计,百分之三的江河尚未断流,百分之十的湖泊碧波荡漾，百分之十五的牧场草绿花红，百分之三十的牛羊逐水草而居，百分之八十的骆驼瘦身成功，百分之九十的鸟儿赴地中海旅游度假，百分之百的黄蚂蚁幸福地生活在辽阔的大草原。

乌鸦听罢通报，痛哭流涕地对猫头鹰说："天哪！撒哈拉大草原百分之九十七的江河已经断流，百分之九十的湖泊干涸，百分之八十五的牧场荒芜，百分之七十的牛羊流离失所，百分之八十的骆驼忍饥挨饿，百分之九十的鸟儿迁徙外地。生态环境严重恶化，除了黄蚂蚁，别的小动物无法生存！"

猫头鹰奸笑两声，赞扬道："不错！喜鹊的统计学学得好，一百分！你的数学学得好，一百二十分！你的思辨能力超级好，三百六十分！你们都不错！都很优秀！"

转向拍马

权钱色名，人性同好，贪官马知县不但非常喜好它，而且刻意掩饰其所好，千方百计地自夸纯洁，标榜圣洁。对于知县大人的虚伪心态，汤师爷洞若观火。

知府大人私下问汤师爷："你们知县博学多才，年富力强，官声正隆，他是否有意府台之位呢？"

汤师爷脱口而出："自上任以来，我们县太爷以您为立身从政模范，忠君爱国，爱民如子，夙夜在公，二位大人既有板桥之风骨，亦有陶令之风范，真是世所罕见，冠乎士林。"

知府大人满意地点点头，私下将汤师爷夸赞他们的话转告知县，马知县心花怒放，立即保举汤师爷做县丞。

马知县想通过知府大人买官，私下问汤县丞："本官想求知府大人办点小事，应该如何孝敬他老人家呢？"

汤县丞沉吟片刻，一脸神秘地对马知县说："仓廪实而知礼节，富豪之家不贪小财。知府大人的父兄子侄甥舅们都在做大生意，知府大人与您一样，公忠体国，心系黎民，廉洁奉公，两袖清风，一尘不染。您有什么琐碎小事，还让您亲自出面，不如由在下代劳？"

知县喜出望外，委托县丞私下斡旋，帮知县大人买到盐运使肥缺，马老爷投桃报李，保举老汤出任盐政衙门主簿。

贵易友，富换妻。马老爷升官发财，春风得意，夫人焦虑不安，生怕地位不保。私下问老汤："你跟老爷多年，老爷最大的优点和最突出的缺点分别是什么？"

老汤故作神秘地说："清官好虚名，老爷最大的优点是爱惜羽毛，不贪财，不好色；最大的缺点是重名声，爱面子，生怕别人说他贪财好色，骄奢淫逸。"

夫人点头称是，十分满意。知府大人听说后，非常满意，保举老汤做知县。

螃蟹进城

灞河里的一只螃蟹被卖进滋水县城，螃蟹看什么都不顺眼，似乎人人都残缺，处处是问题，样样不合理。

看见行人，螃蟹感觉不可理喻，滋水城里人人都是重度残废，长八条腿才是正常的啊！怎么可以缺六条腿呢？！看着四四方方的城池，也不顺眼，认为是自我围困，不利于自由出入，应该摧毁！看着舒适宽敞安全的四合院，不顺眼，认为是自我封闭，不利于左邻右舍沟通交流，必须拆除！看着平坦正直的通衢街道，更不顺眼。咆哮道："滋水城真奇怪，家家户户邪门歪道；东西南北大街，没一条正路，全是邪路！必须改造。"

"哪里的路全是正路呢？"同车的泥鳅好奇地问。

螃蟹不假思索地说:"河汊里、沟渠里、泥潭里、涝池里,横竖无障碍,进出畅通无阻,想怎么走就怎么走,处处都是捷径,绝对不会拥堵!"

黄鳝忍不住笑了,大家都笑了!大家心知肚明,螃蟹狂妄自大,一贯横行霸道,偏好歪门邪道,有认知障碍,看不惯整齐划一的棋盘型街道。

画眉入笼

鹦鹉帮猴子造谣说谎,攻击老鹰,羞辱猫头鹰。画眉随声附和,帮忙帮凶,得罪老鹰,招惹猫头鹰;老鹰发誓,打残画眉,猫头鹰扬言,消灭画眉。为了绝对安全,为了不劳而获的供养,画眉要求享受与鹦鹉同等的待遇。念及画眉的功劳,猴子将画眉养在鹦鹉笼里,保护起来。

相见易得好,久住难相处。因为争吃抢喝,鹦鹉与画眉反目成仇,矛盾激化。画眉在笼子里度日如年,它渴望笼子外的自由,怀念山涧的泉,朝思暮想甜果草籽等美食。于是,画眉请麻雀帮忙,打开笼子,逃之夭夭。

毛驴的对策

毛驴给主人磨豆浆,主人怕毛驴偷吃黄豆,给毛驴戴上铁笼嘴。毛驴吃不到黄豆,便将嘴伸进铁桶喝豆浆。豆浆营养丰富也好消化,驴高兴极了,只喝豆浆不吃黄豆。慢慢地,驴习惯了喝豆浆,地上掉的黄豆不捡,主人赏的黄豆不吃,朋友赠送的黄豆不要,漏斗里的黄豆不看。主人以为毛驴彻底变好了,取掉铁笼嘴,不再防范它。

| 事 | 缓 | 则 | 圆 |

无效推销

蚂蚁是动物世界里的著名建筑师,它嫌建筑业太累,羡慕利润丰厚且舒服自在的推销工作,改行做推销员。

蚂蚁给蜗牛推销房产,蚂蚁说得天花乱坠,蜗牛笑嘻嘻地指着自己背上的壳子对蚂蚁说:"有房,我有房,祖传的!"蚂蚁一计不成,又生一计,给蜗牛推销车,蜗牛慢悠悠地在蚂蚁面前走了三圈,指着自己的壳子对蚂蚁说:"有车,豪华型房车,也是祖传的,想不想租赁?安全舒适,优质服务,包您满意!"蚂蚁不甘心两次推销失败,又给蜗牛推销投资型酒店、海滨别墅、景区度假村。蜗牛说:"您就不要枉费心机了吧?我有房有车,还有信用卡,到哪住哪,没必要拥有太多没用的东西。"

蚂蚁不懂推销原理,看错推销对象,无效推销,推销无效,自讨没趣,悻悻而去。

高尚的理由

秃鹫霸占白桦林,不许别的鸟儿在白桦林觅食、筑巢、游乐。百灵鸟在白桦林聚会唱歌,被秃鹫赶走;乌鸦去白桦林捉虫子吃,被秃鹫驱逐;喜鹊在白桦林筑巢,被秃鹫摧毁;啄木鸟却安然无恙,正常生活,照常工作。

乌鸦好奇地问啄木鸟:"同样是捉虫子吃,为什么你被许可,我被禁止？这不公平啊！"

啄木鸟对乌鸦耳语："我申请留在白桦林的时候，给秃鹫一个高尚的理由。"

"什么理由？"乌鸦惊讶地问。

啄木鸟笑呵呵地告诉乌鸦："我是祖传的树木医生，职业的森林卫士，我的工作不但符合秃鹫的利益，符合鸟兽们的利益，还符合全人类的利益。吃虫子只是我的工作需要而已，并非我的终极目的。"

"你的终极目的是什么呢？"乌鸦不解地问啄木鸟。

啄木鸟严肃地对乌鸦说："保护森林。"

蜘蛛拧绳

蜘蛛拧绳，遭到蚂蚁讥笑，说蜘蛛不务正业，浪费资源，重复建设。蜘蛛不与蚂蚁争辩，它借助丝绳，现场表演飞檐走壁、林涧穿越、空中捉虫、叶面饮露、弹跳上树、高速空降、突袭洞穴等绝技，蚂蚁惊呆了！天哪！好厉害的蜘蛛侠！原来只知道蜘蛛善于结网、精通灭虫，不知道它还有这多高超绝技。蜘蛛告诉蚂蚁，结网是为了正常发展，坐享其成；拧绳是为了拓展生存空间，超常运作，超常发展，纵横捭阖，有备无患，出其不意，没必要四处张扬。

事|缓|则|圆

郓哥举报

卖酥梨的郓哥到阳谷县衙举报山东首富西门庆涉嫌嫖娼罪、赌博罪、通奸罪、诈骗罪、贩卖假药罪;举报阳谷县富婆王大娘涉嫌容留妇女卖淫罪、开设赌场罪、非法经营罪。县太爷好奇地问郓哥:"你一个小毛孩子,好好卖你的酥梨就行了,为什么要管人家的闲事呢?"郓哥说:"西门大官人只管他自己快活,从来不照顾我的生意,不买我的酥梨就罢了,居然还打我!王婆子只管她自己赚黑钱,不许我在她家门前赚小钱,多次放狗咬人,实在可恨。"县太爷嘿嘿一笑,拿出两封举报信,逐字逐句地念给郓哥听,一封是西门庆举报郓哥强买强卖,非法经营;另一封是王大娘举报郓哥非法经营,造谣诽谤,扰乱市场秩序和社会秩序。郓哥一听,大惊失色,撒腿就跑,将一筐酥梨丢在老爷的大堂上。

置身事外瞎话多

山羊与猪吵架,黄牛教导山羊要宽容、要和气,要维护团结;巴儿狗奉劝山羊要包容、要柔和,不要太计较;老母鸡忠告山羊要温柔,要和谐,不要激化矛盾;毛驴劝告山羊要顾全大局,不要因小失大;鸭子提醒山羊要提高修养,不要那么偏激;山猫示意山羊,猪很蛮横,要文斗,不要武斗,多用智慧,少发脾气,要高明,不要鲁莽,惹不起,躲得起,情面薄如纸,轻易不要撕破脸皮!山羊愤怒地告诉大家,猪把大家喝水的池塘拱坏了,如果找不到新水源,大家都会渴死的!得知真相,瞬间群情激奋,大家群起而攻猪,将猪置于死地。

以臭遮臭

屠夫老郑在县城西关菜市场卖肉,老郑不讲究卫生,且患有严重的狐臭病、脚气病和肝胆胃病。每逢夏季,异味熏天,臭不可闻,不明真相的路人误以为他家的肉不新鲜,来来往往的本地人怀疑老郑卖病猪肉。生意惨淡,穷则思变。经表兄指点,老郑改行卖油炸臭豆腐、铁板臭豆干、干锅臭鳜鱼、臭带鱼炖豆腐。老郑专营臭味特色小吃,以臭遮臭,走出困窘,发达起来。

老鹰变革

老鹰聘请啄木鸟和猫头鹰灭虫,啄木鸟不愿加夜班,应急任务无法完成,猫头鹰白天无精打采,工作效率很低,不但配合不好啄木鸟的工作,还经常与啄木鸟争吵打闹,严重影响内部团结。

为调动啄木鸟加班积极性,老鹰给啄木鸟奖励夜餐;为提高猫头鹰工作效率,老鹰不但给猫头鹰奖励小鱼吃,还聘请蝙蝠给猫头鹰当助手。这些变革措施不但没有任何积极效果,反而增加经营成本,加大管理难度,降低效益。因为生物钟颠倒,生活规律逆反,啄木鸟生病,猫头鹰发疯,可怜的蝙蝠天天跟着猫头鹰当受气包,一点都不幸福,长期带病坚持工作变成病态工作常态化,大家都不满意。

百灵鸟建议老鹰顺应自然规律实施变革,优化利用不同鸟儿的天赋优点，充分发挥其本能、技能和潜能优势，改正常上班为轮班，啄木鸟上白班，猫头鹰上夜班，蝙蝠作为应急机动力量，三只鸟各司其职，持续作业，全天候防虫，不但高效治理了病虫害，而且有效控制了害虫繁殖。三只鸟不见面，没矛盾，没摩擦，鸟儿自在，老鹰省心。

打狗驱贼

傍晚时分，猎户家的狗与一只野狗在猎户家门口撕咬起来，两狗狂吠，猎户警觉，立即提枪出门，看个究竟。

猎户走到门外，见野狗凶猛，不依不饶，家犬勇猛，不屈不挠，猎户当机立断，开枪打死野狗。然后，朝门前的树林里连开三枪。邻居们听到狗叫声和枪声，纷纷出门观看，询问详情。猎户告诉众位邻居，放狗探风，打探虚实，乃是盗贼作案故技。如果家院无狗，盗贼肆无忌惮，入户盗窃，如入无人之境。如果家中有狗有枪，盗贼忌惮，必然自动退却，中止作案。贼借狗力，狗仗贼势，狗通人性，也懂贼性。贼手中有棍，狗胆大一分，贼手中有刀，狗胆大三分，贼手中有枪，狗胆大包天。我三枪击毙恶狗，三枪警示盗贼，我老汉有狗有枪有子弹，有种你就站出来！恶狗毙命，盗贼自知劣势，不敢轻举妄动，只好逃走。

众邻居拍手称快，盛赞猎户机智，夸赞猎犬神勇。真可谓，一个好汉保四邻，一只恶狗护三家！

猪死狗喜

瘟疫流行,猪类祸从天降,有的高烧病亡,有的苟延残喘,有的生不如死,有的痛不欲生,有的被宰杀,有的被活埋,有的被焚化,有的被抛入江河。物伤其类,兔死狐悲。但是,狗不以为意。狗认为,它与主子一家亲,别的动物都是异类;看着猪类的悲惨遭遇,狗类感觉喜从天降,它们像过节一样快乐。

在幸灾乐祸的狗类中,看门狗和牧羊犬最开心。看门狗拍手称快,为瘟疫叫好!感恩瘟疫消灭愚蠢的猪,使自己在动物界的地位向前挪动一格,窃喜自己由第九位晋级第八位,狂喜自己变成新科八强。牧羊犬喜出望外,奔走相告,为自己一夜暴富,白白获得猪拥有的地盘、草料和肥料欢呼!

看到狗类欢天喜地,羊却哭了,哭得悲痛欲绝。牧羊犬不解地问羊:"哭啥呢?有什么不开心的事吗?"羊说:"猪瘟流行,猪肉势必滞销短缺,羊肉必定畅销涨价。那么,不到年关,羊类的末日就提前到来了!"

看门狗皱皱眉头,满不在乎地说:"猪类的灾难与我们没半毛钱关系,我依然岁月静好,怡然自得!我弟弟依旧现世安稳,荣华富贵!"

羊抹去眼泪,真诚地告诉牧羊犬和看门狗:"等羊被吃光的时候,牧羊犬必定失业;大雪纷飞的时候,狗肉火锅必然生意兴隆!在肉类市场上,羊肉是猪肉替代品,狗肉是羊肉替代品,迟早有一天,狗肉价格暴涨!"

听罢羊的市场分析,看门狗魂飞魄散,牧羊犬失魂落魄,它们夹紧尾巴仓皇逃窜。

小智酿大祸

一卡车司机重载过境，因为拖挂车超高，车辆卡在隧道入口。司机想，绕道麻烦，卸载麻烦，卸货麻烦，重新装载更麻烦。瞻前顾后，左思右想，进退两难，司机急中生智，逐个放掉拖挂车轮胎中一半左右的空气，降低车顶高度，车辆勉强通过隧道。司机对自己的机智非常得意，不料车辆下坡转弯时，拖挂车左右失衡，卡车与拖挂车力矩失衡，车辆侧翻，酿成大祸。

老虎无牙不咬狼

猎户刘大爷逮住一只虎崽，他想驯养小老虎帮助自己打猎，又怕它长大后咬自己。于是，他找兽医帮忙，将小老虎牙齿全部拔掉，像养猪养狗养猫一样驯养小老虎。老虎成年后，随刘大爷打猎，遇到群狼攻击，老虎无牙，没有战斗力，自身难保，也保护不了刘大爷。刘大爷被群狼咬死，老虎也成了群狼的美食。

槽中无食猪拱圈

猪狗鸡驴同圈饲养，猪多势众力气大，蛮横霸道抢吃喝，害得狗鸡驴经常饿肚子。天长日久，聪明的鸡发现猪类有两个突出特点：槽中有食猪拱猪，捎带欺负狗鸡驴，内部矛盾非常激烈；槽中无食猪拱圈，为了觅食自由，为了嘴上快乐，猪会不由自主地拱圈挖墙脚。鸡将它的发现密告狗和驴，狗驴大喜，它们三个齐心合力，乘猪拱猪之机哄抢食物，不动声色地掀翻食槽。猪类吃不饱肚子，怒火中烧，立即转向攻击猪圈，将猪圈摧毁，狗鸡驴顺势逃跑。

浣熊看鸡窝

北极熊养鸡，请狐狸看鸡窝，狐狸吃鸡；请黄鼠狼看鸡窝，黄鼠狼偷鸡；请紫貂看鸡窝，紫貂不但吃鸡，还偷吃鸡蛋；请眼镜蛇看鸡窝，眼镜蛇杀鸡喝血，偷吃鸡蛋。盛怒之下，北极熊将狐狸、黄鼠狼、紫貂和眼镜蛇全部辞退，请远房亲戚浣熊看鸡窝。众所周知，浣熊是杂食性动物，喜欢吃小鱼、小虾、小鸟蛋、蚯蚓、昆虫、蠕虫以及橡子、板栗、核桃、山楂、酸枣，从来不吃鸡。

浣熊看鸡窝尽职尽责，再也没有发生偷鸡事件。但是，鸡蛋库存量却日益减少。北极熊怀疑前科犯紫貂是累犯，抓住紫貂审问。紫貂说："自从下岗之后，自己已经失去作案机会，想偷也偷不成。"狐狸、黄鼠狼和眼镜蛇惧怕浣熊,都不敢偷,浣熊监守自盗的可能性最大。北极熊恍然大悟,浣熊是杂食性动物,它吃小鸟蛋,也会吃鸡蛋,这是常识啊!信任不能放任,信任不能放弃监督,这也是常识啊!

根据紫貂提供的线索,北极熊明察暗访,果不其然,每天晚上,浣熊都偷吃鸡蛋。铁证如山,浣熊无地自容,自动辞职。总结以往的经验教训,北极熊请小猫小狗一起看鸡窝,猫狗互相监督,万无一失。

苍蝇抢鸡肋

看门狗扔掉一根鸡肋骨,苍蝇们蜂拥而至,争得难分难解,斗得死去活来,干扰了蚂蚁休息。蚂蚁出面劝架,苍蝇们置之不理,奋不顾身地恶斗抢吃。

蚂蚁指点四周,感慨万端地对苍蝇们说:"饭馆泔水多,肉铺香喷喷,茅房空荡荡,垃圾堆如山,你们何苦为眼前微不足道的小利争斗不休呢?!"苍蝇们一听,天哪!近处还有更多更大的现实利益!立即停止争斗,放弃鸡肋,奔向饭馆,奔向肉铺,奔向茅房,奔向垃圾堆。

苍蝇们飞走了,蚂蚁安宁了。

赞扬型自夸

老黄牛不幸殉职,毛驴悲痛欲绝,讲述老黄牛艰苦卓绝的一生;大公鸡引吭高歌,盛赞老黄牛的丰功伟绩;黑马哭天抹泪,夸赞老黄牛的高尚品德;白猫情真意切,讲述它与老黄牛的伟大友谊,看门狗觉得非常诧异,逐一采访,弄清原委。

看门狗问毛驴:"您把老黄牛说得比黑马还伟大,是不是有点过度解读,言过其实呢?"

"死者为大!它呀,哼哼,它说那么多伟大的闲话、正确的废话不过是想通过抬高厚道的老黄牛,压低能干的黑马,减轻自己的竞争压力而已。"没等毛驴解释,大公鸡直言不讳,直戳毛驴脊梁骨。

毛驴怒斥大公鸡:"我们的圈子里从来没有你,永远不会有你!你算个什么东西?呸!你不过是想抢抓时机,借机炫技,刷刷存在感而已。兔死狐悲,我就没见你哭过。"

黑马脾气暴躁,看门狗不敢直接采访它,转而询问白猫道:"过去,传说黑马与老黄牛势不两立,黑马明里暗里贬损老黄牛。老黄牛死了,黑马却一反常态,好话说尽!"

白猫神秘兮兮地对看门狗说:"听话听音,锣鼓听声。黑马的表白,明里三层意思:第一,老黄牛德高望重;第二,老黄牛与它惺惺相惜,彼此敬重;第三,物以类聚,牛马同道,志同道合。其实,它只有一个意思,自己不但比老黄牛本事大,而且与老黄牛一样,都是厚德载物的道德模范。"

白猫的深度解读让看门狗大吃一惊,它万万没有想到,白猫不但精通赞扬型自夸,而且心机深沉。通过深度采访,看门狗终于明白,它们都在自欺欺人地说谎,自以为是地表演说谎,在说谎中自卖自夸。

飓风来时入沟渠

"十五的月亮十六圆,十八的月亮白玉盘"。中秋时节,小动物们在沟渠边唱歌赏月,谈天说地。突然,海龟先生不请自到,它慢悠悠地爬进雨水沟,与青蛙、蛤蟆、泥鳅、小鱼、小虾们挤在一起。海龟行为异常,鸡鸭鹅惊疑。

老母鸡笑呵呵地问海龟:"您老人家舍弃浩瀚的大海,长途跋涉,千辛万苦,来到我们这狭窄拥挤的小地方,凑什么热闹!"

"飓风山竹要来了,缩头躲不过大灾大难,必须换个相对安全的小环境。飓风来时入沟渠,不做风口浪尖鬼;面对不可抗力,缩头不如转头,缩头缩脑不如用心动脑,这是我们家族千万年信奉的可靠经验。"海龟实话实说。

公鸭子不解地说:"躲在沟渠里也难得安宁呀?"

海龟不假思索地回答:"最坏的结果,不过是被冲进涝池,但不会有性命之虞。"

海龟话音刚落,只见狂风大作,乌云翻滚,电闪雷鸣。霎时间,阴风怒号,暴雨倾盆,落地雷炸响,天空中落下大鱼大虾,继而落下海蟹、海豚、鲨鱼、鲸鱼。大白鹅惊呼:"快跑!"这反应快的动物们跑回窝点躲避,反应慢的动物们可能瞬间就要毙命。

卖废为宝

灞水驿站业务繁忙,往来骡马成群,骡马粪便清理成了大难题。这驿卒们嫌脏嫌臭不愿干,雇佣的长工嫌工钱少不好好干,驿丞一筹莫展,请教在门口算卦的育人卦师。卦师给驿丞出点子,建议在驿站门口悬挂"出售优质马粪"牌子,一定生意兴隆。

驿站出售马粪的牌子挂出后,附近的花农、棉农、菜农、瓜农络绎不绝,竞相购买,连滋水县城里的大药房都来预订干马粪。驿丞大惑不解,大药房采购马粪有何用场呢?原来,阴干的马粪是炮制上等好药的文火燃料。驿站马粪生意兴隆,供不应求,大药房专门派药工收集风干马粪,驿站长工成了多余的人,驿卒们馋涎欲滴,都想插手这档买卖,却无从下手,无颜给驿丞开口。

这件事给驿丞一个重大启示:商业模式不但能解决工作中的难题,还可卖废为宝。

野马设局

吸血蝙蝠喜欢喝野马鲜血,严重危害野马生命安全,野马怒不可遏,苦不堪言。

经过一段时间的仔细观察,野马发现,猫头鹰喜欢吃小虫小鱼,更喜欢吃蝙蝠。池塘边的小虫小鱼特别多,于是野马到池塘边的大树下定居,等待猫头鹰不请自到。

猫头鹰到池塘边捉小虫小鱼,发现总有蝙蝠尾随野马,纠缠不休。惊喜之余,猫头鹰迁居到池塘边的大树上,靠近野马,讨好野马,伴随野马,伺机袭击蝙蝠,给自己打牙祭。

野马设局,不动声色地将吸血蝙蝠链接到其天敌的食物链上,借外力解除后顾之忧。

画饼卖饼

张三早餐想吃李四家油饼。李四说:"卖油茶的要油饼,卖豆腐脑的要油饼,卖胡辣汤的要油饼,我们店的油饼供不应求,实在抱歉!"今早的油饼卖完了,但可以预订午餐煎饼。李四给张三画了一张圆圆的煎饼,要求张三预付十元,等中午来吃。

午餐时间,张三来吃煎饼。李四说:"吃午餐的顾客实在太多,煎饼太抢手,您晚来一步,煎饼卖完了,但可以预订晚餐鸡蛋饼。"李四给张三画了一张特大的鸡蛋饼,要求再加五元,嘱咐张三晚饭时间早点来。

晚餐时间，张三来吃鸡蛋饼。李四说："实在抱歉，今天要吃炒鸡蛋、煎鸡蛋、煮鸡蛋的顾客有点多，鸡蛋用完了，没法做鸡蛋饼。不过，可以预订明天早上的牛肉饼。"李四给张三画了一张优质牛肉饼，要求再加五元，嘱咐张三明天早上起早点，赶早来吃誉满全城的牛肉饼。

事不过三，骗人失信。张三愤怒了，他拿起纸笔，给李四画了一张誉满全球、香飘四海的比萨饼，请李四预付三十元订金。李四一楞，给张三退还十五元订金。

喜柿在望

时至深秋，富平县绅士杨彦龙先生采摘成熟的柿子，他故意不摘完，在柿子树顶上留着一层鲜红鲜红的柿子。树上有美食，喜鹊天天来，叫喳喳，直到冬天到来，蜡梅花开，喜鹊上梅梢。

俗话说，喜鹊叫，喜事到；俗话还说，喜鹊叫喳喳，喜事到他家。喜鹊整天在杨家的柿子树上瞭望唱歌，预示他们家喜事在望，必有大喜。

冬天里，水瘦山寒，万木萧索，唯独杨家柿子树顶上看起来红红火火，远远望去，宛若一朵吉祥的红云。邻居一传十，路人十传百，大家众说纷纭，越传越奇，都说老杨红运当头，喜事连连，喜上眉梢，喜气盈门。其实，老杨仅仅做了一件有爱有趣有情怀的好事，给喜欢吃柿子的喜鹊留下充饥过冬的美食。

老杨关爱喜鹊，喜鹊留恋杨家，好人好事连着吉祥喜乐。于是，家家户户学老杨栽种柿子树，经营柿子产业，保护喜鹊，保护生态环境。这样一来，富平特产柿子、柿子饼、柿子霜、柿子醋畅销各地，富平县成了远近闻名的柿子之乡。

请虎吃狼

大青山下，七星湖畔，绵羊问狐狸："到什么时候，狼才会不再吃羊？"狐狸不假思索地说："吃到被吃。"绵羊深思熟虑之后，向东北虎发出邀请，请狐狸先生转告虎大王，大青山狼多，七星湖狼肥，吃羊羔肉长大的狼爪子堪比熊掌，美味可口，营养丰富，益寿延年，请尊敬的虎大王经常过来走一走，看一看，吃一吃。

养儿不养狮子狗

赵家的小少爷满月了，小少爷长得浓眉大眼、白白胖胖、虎头虎脑，一脸福相，全家老少欢天喜地，无微不至地宠爱小少爷，资深宠物狮子狗羡慕嫉妒恨，失落恐惧怒，日益焦躁不安起来。

狮子狗撕被褥，扯衣服，占摇篮，抢玩具，偷喝牛奶，黏主人，与少爷争宠；甚至攻击主人，仇视小少爷，打碎餐具，乱咬客人，咆哮喧闹。主人大怒，将其与邻家老猫对换，彻底抛弃它。

狮子狗私下问串门回来的老猫："我那么恋家爱主人，过得好好的，主人家为什么要狠心地抛弃我呢？"老猫对狮子狗耳语："你有三大优点，即贪婪、嫉妒、好斗；主人家是懂你的，养儿不养狮子狗，如果不抛弃你，东家不自在，小少爷不安全。"狮子狗恍然大悟，但悔之晚矣。

剪毛识狼

一只披着羊皮的狼潜入牧场，混进羊群，偷吃小羊羔，偷袭老羊，羊群群情激愤，大家强烈要求羊倌抓捕恶狼。但是，天苍苍，野茫茫，风吹草低见牛羊，野茫茫，天苍苍，风吹草低不见狼。小羊失踪，老羊遇难，大家互相怀疑，彼此猜忌，惶恐不安，谁也不知道恶狼何在，谁是恶狼。羊倌求助猎人，猎人出谋划策，建议羊倌提前销售羊毛，请羊毛商人帮忙剪羊毛。按照羊毛销售合同约定，需大批工人来牧场剪羊毛，恶狼见势不妙，离群逃跑，暴露行迹，猎人跟踪追击，打死恶狼。

野兔互吃窝边草

白兔偷吃黑兔的窝边草，被灰兔劝阻。灰兔说："兔子不吃窝边草！您难道忘记这个常识了吗？"白兔咆哮道："黑兔是只流氓兔，它吃我的窝边草，我就吃它的窝边草，不吃白不吃，吃了也白吃，白吃谁不吃？不吃是白痴。"灰兔关切地说："你赶紧回家看看吧！当心你家的窝边草被吃光。"白兔惊疑，奔跑回家，只见黑兔已经吃光白兔家的窝边草，大灰狼正在吃黑兔，白兔惊恐万状，落荒而逃。

鹦鹉不入内室

大雪纷飞,天寒地冻,宠物大搬家,鸽子从大院移居礼堂,喜鹊从门厅移居餐厅,鹌鹑从柴房移居厨房,画眉从客堂移居书房,黑猫不但移居内室,而且准许在火炕上休息。虎皮鹦鹉仍然被挂在门外,在凛冽的寒风中哆嗦、颤抖、悲鸣。鹦鹉愤愤不平地叫道:"不公平!不公平!太不公平啦!数九寒天,大家都移居过冬,为什么我就不能移居室内呢?难道我不如一条狗吗?"看门狗不假思索地说:"在保密这件事上,您不仅不如一条狗,甚至比知了、乌鸦、喜鹊、麻雀、百灵鸟之辈更糟糕。所以,大家都信不过您。"鹦鹉反问看门狗:"我做错了什么事吗?"看门狗说:"您好像没什么过错。但是,您日常所说,不是听说、据说、据听说、据报道、据内部人士说,据消息灵通人士说,据权威人士说,就是主人家如是说,或者就是网上疯传,科学研究表明等。谁敢相信您的真诚呢?"鹦鹉无言以对,抬头看雪。

乌龟租窝

细狗没完成逮兔任务,被主子驱逐,成了丧家犬。乌龟闻讯,将山脚下河道边的一处岩穴出租给细狗,约定租金用肉渣肉沫肉骨头代偿。细狗感激涕零,高高兴兴地住进龟窝。

租住龟窝之后,细狗惊奇地发现,附近野兔众多,兔窝多在洞穴里。

细狗夜以继日奋力逮兔,野兔四散逃亡,细狗占据一处洞穴,结束租住生活。

一天,一只野兔在河边偶遇乌龟,野兔指责乌龟招引细狗,危害野兔。乌龟不屑地回应野兔:"细狗打败你们,与我何干?我不过出租一处地产,做了笔小买卖而已。"

雄鸡爆料

狐狸好欺诈,乌鸦爱说谎,狐狸骗吃乌鸦一块肥肉,乌鸦很气愤,到处控告狐狸,因为没有直接证据,大家都不信,老鹰检察官不信也不理。天下奇闻,层出不穷,谁会关注两个坏蛋之间的恩怨是非呢?

为了打击报复狐狸,乌鸦请水鸭子帮忙爆料,水鸭子说:"我不行,您最好请公鸡哥哥帮忙,它说话最得力。"乌鸦疑问:"小小个事,为什么要劳驾大腕帮忙呢?"水鸭子说:"我虽然嗓门大,爱呱啦,但影响力有限,公信力不强,喊了白喊,叫了白叫。公鸡大哥每天报晓,雄鸡一唱天下白!它忠于职守,实话实说,有一说一,绝不弄虚作假,日积月累的影响力和公信力无与伦比。如果请它在报晓之后顺势爆料,那么,您的冤屈迅速传遍天下,狐狸瞬间臭名远扬,大祸临头。"

乌鸦大喜,依计行事,公鸡爆料狐狸的种种劣迹,舆论大哗,狐狸被老鹰逮捕。公鸡爆料,为乌鸦伸张正义,也为自己出了一口恶气。

理性的展示，物性的绽放

——《事缓则圆》后记

虚度半生，蹉跎岁月，写作是我日常生活第一乐趣。比较而言，我对寓言写作最痴迷，几乎到了成瘾的地步，遂有六百多篇寓言陆续发表，四本寓言集结集出版。

知天命前后，我重点从事少年儿童文学和科普文学创作，在读书、实践、思考和写作过程中，广泛探索物性的丰富多彩，透视人性的千姿百态，深切关照人性与物性的相似性，深入思考自然规律与经济规律的关联性，以善意理解的态度关切人类命运，努力创作深入浅出、老少咸宜、抒情励志、怡情益智，促进创意、创新、创业的短小寓言故事。通过讲小故事，普及哲学、历史学、心理学、社会学、法学、天文学、自然地理学、气象学、环境保护学、植物学、普通动物学和动物生物学等方面的知识，旨在重申常识、传播通识，丰富少年儿童课外阅读，推广有关学科的实用技能，促进经济社会发展。在寓言故事创作、修改和发表过程中，承蒙中国寓言文学研究会众多师友批评指正，幸运地得到中国寓言网、《潮州日报》《北海晚报》《陕西工人报》《自学考试报》《三秦都市报》《宝鸡日报》《绍兴日报》《天津中老年报》《特别关注》《意林》《读者》《源流》《青年文稿西部商界》《延河》《杂文月刊》《讽刺与幽默》等媒体师友们的大力支持，在此表示衷心感谢！

物理是事理的根基，人性是物性的绽放。寓言写作的宗旨在于寓理于事，本书精选已经发表过的三百二十八篇寓言故事，这些小故事，既是人类理性的展示，也是世间物性的绽放。但愿我的初步探索能给读者朋友理性思辨、科学研究、探索发现提供一些有用的思路。

涉足寓言写作三十多年，与以往年份的寓言写作风格相比，就文学性而言，最近五年的寓言写作在问题探索、主题提炼、标题格式、文本结构、情节逻辑、叙述风格、遣词造句等方面有较大转变，努力求新求变，反复打磨，采取主流文学艺术与各种民间艺术思想相结合的方法，努力创意新文本、新结构、新成语、新谚语、新警句、新诗句、新歇后语，努力为汉语言文学优秀传统的创造性传承，为中国寓言文学走向世界，产生更广泛影响力做出新的贡献。

由于见识和能力有限，陈词滥调和赘言败笔在所难免，不妥之处，敬请读者朋友批评指正，余不胜感激！望各位师友不吝赐教，以便继续打磨提高。

是为记。

二〇一九年春